Forrest Carter

リトル・トリー

The Education of Little Tree

フォレスト・カーター著
和田穹男訳

めるくまーる

The Education of Little Tree
by
Forrest Carter

Published by arrangement
with Eleanor Friede Books, Inc., New York, NY., USA
through Tuttle-Mori Agency, Inc., Tokyo

『リトル・トリー』を分かち合う喜び

祖母が言った。「おまえはとっても正しいことをしたんだよ。なにかいいものを見つけたとき、まずしなくちゃならないのはね、それをだれでもいいから、出会った人に分けてあげて、いっしょに喜ぶことなの。そうすれば、いいものはどこまでも広がっていく。それが正しい行ないってものなんだ」

フォレスト・カーターの『リトル・トリー（原題 *The Education of Little Tree*）』を復刊したニューメキシコ大学出版局は、まさに、幼い孫リトル・トリーに祖母が言い聞かせた右の言葉を実際の行ないに移し、一冊の重要な本を世の人々と分かち合おうとしているのだと言えよう。

『リトル・トリー』は、いつの時代にも新しい世代の人たちによってくりかえし発見され、読みつがれてゆくべき『ハックルベリー・フィンの冒険』などと肩を並べうるまれな本である。全篇美しく滋味に富んでおり、読者はとてつもないおかしさに笑わせられるかと思うと、痛切な感情にはげしく胸を揺すぶられるにちがいない。

フォレスト・カーターは『無法者ジョジィ・ウェイルズ（*Outlaw Josey Wales*）』連作をはじめ、注目すべき作品をいくつか残している。しかし、中で最も重要なのが『リトル・トリー』である。当初、『ぼくと祖父』というタイトルを予定されていた本書は、東チェロキーの山中における祖父母との生活をつづった自伝的な回想録である。一九三〇年代、経済大恐慌下の一生活記録として貴重だが、単にそれだけのものにとどまらず、どんな時代のどんな人にも共感を与えうる人間的な記録に高められている。万人の精神に語りかけ、魂の最深部に訴えかける力を持っているのである。

『リトル・トリー』を読んだ人は、いつ、どこで、どのようにしてこの本とめぐり会ったかをはっきりと覚えているようだ。書店で見つけた人もいれば、テレビショー「ブック・オブ・ザ・ウィーク」などで知った人もいるだろう。インディアン保留地に立ち寄った折に民芸品の土産物屋の一隅で発見した人もいるかもしれない。ともあれ、読者は『リトル・トリー』との最初の出会いを思い出すたびに、胸が熱くなる。それは、ひとたびこの本を読んでしまうと、もはやもとの自分に引きかえすことはむずかしく、世界を今までと同じ目で見ることはできなくなってしまうからだろう。

一九七六年に初版が刊行されたとき、『リトル・トリー』は広く書評に取り上げられ、賞賛を浴びた。ニューヨーク・タイムズから山岳地方の週刊誌にいたるまで、多くの批評家が、ここに示されたインディアン少年の鋭いインスピレーションは、機械化と物質主義に押しつぶされてしまった現代人に反省をうながし、再出発へ向けての新しい透視図を提供するものだと述べた。このようにして、本書はまず、青少年問題や教育、あるいは、インディアン、地球、人類と地球とのかかわり、などに関心を持つ人たちの間に、熱心な読者をかちえたのである。

やがて、『リトル・トリー』は、そのほかのグループの間にも愛読者を獲得しはじめた。十代の若者たちは、ある種の宗教的情熱をもってこの本を愛した。その独特な語り口の魅力に加えて、内的な世界の豊かさが、ふだん読書をしない彼らの心にも触れたのだ。もっと年齢の低い子どもたちまでが、本書をみずからの力で発見するようになった。図書館員は、『リトル・トリー』が書棚からいつも姿を消していることに気づきはじめた。アメリカ先住民の生活を研究している学生たちは、本書が神秘的でロマンチックであると同時に、きわめて正確な記録であることを知った。小学校の先生たちは、預っている子どもたちに手を焼いて、あいそをつかしかけていたが、この本のおかげで、あらためて彼らを魅力ある存在として見なおすことができた。『リトル・トリー』はしだいに入手困難となり、人から借りて読むしか方法がなくなってきた。しかし、その事実こそ、本書への愛着が読者から読者へと着実に受け渡され、広く浸透していった最大の要因と言える。

このたびの復刊により、『リトル・トリー』はふたたび入手が容易になった。新旧の読者は、もう一度、この感銘深く心を益することの大きい物語を分かち合う喜びを与えられたのである。

一九八五年一一月

南イリノイ大学法学部長　レナード・ストリックランド

リトル・トリー／目次

本書をチェロキーに捧ぐ

本文中の（　　）内の小さな文字は訳注。やや説明的な訳注は各章末に付した。

1　ぼくの名はリトル・トリー

　父が死んでから一年後、母も死んだ。そのためぼくは祖父母と暮らすことになった。ぼくは五歳だった。

　のちに祖母から聞いたところによると、母の葬式がすんでから、孤児となったぼくの扱いをめぐって、親戚の間でひともめあったらしい。

　ぼくたち一家がそれまで暮らしてきた丸太小屋は丘の中腹にあった。みぞが流れているその裏庭で、みんなは額を集めて、ぼくがどこへ引き取られるべきか、しきりに議論していた。その間にも、ペンキ塗りのベッド枠《わく》やテーブルやいすなど、とぼしい財産の分配が行なわれていた。

　祖父はなにも言わず、庭のすみ、人々の輪の背後にじっと立っていた。祖母は祖父のうしろに立っていた。祖父はチェロキー[*1]族の血が半分、祖母のほうは完全なチェロキーだった。

　祖父はみんなから頭ひとつ抜け出していた。背たけ六フィート四インチ、大きな黒い帽子をかぶり、教会に行くときか葬式のときだけ着るテカテカした黒い背広に身を包んでいた。祖母はずっと地面に目を落としたままだが、祖父はみんなの頭ごしにぼくを見つめている。庭を横ぎって、ぼくは彼の方へにじり寄り、その長い脚にしがみついた。

　祖母の話では、ぼくはだれが引き離そうとしても泣き声ひとつあげず、ただただ祖父の脚にしがみついていたという。祖父の大きな手がゆっくり降りてきて、頭の上に置かれるのをぼくは感じた。

「この子の好きなようにさせておけ」祖父が言うと、ぼくをもぎ離そうとしていた人たちが手を引いた。祖父は人前ではめったに口をきかない。その彼がなにか言うと、みんなは黙って従うのだった。

　祖父と祖母、それにぼくの三人は丘をくだり、町へ通ずる道に出た。冬の暗い午後だった。ぼくの衣類をつめこんだ麻袋を肩にかつぎ、祖父が先にたって歩いた。祖父のあとについてゆくためには、ぼくは小走りにならなければならなかった。祖母もぼくのうしろを、ときどきスカートをたくし上げながら、せかせかとついてきた。

町にはいり、歩道を歩くときも、祖父を先頭に急ぎ足だった。バスの駅に着いた。ぼくたちは長い間そこに立っていた。出入りするバスの正面にかけられた行き先札を祖母が読む。祖母はだれよりもうまく字を読めると祖父は言う。彼女が正確にぼくたちのバスをつかまえた。あたりを夕闇がおおいはじめていた。

ぼくたちはほかの客全員がバスに乗り終わるまで待った。それは正しい判断だった。というのも、車内に足を踏み入れたとたん、トラブルが起きたからだ。祖父が先に乗りこみ、ぼくはそのあと、祖母はドアの内側のステップに立っていた。祖父はズボンの前ポケットからがまぐちを取り出し、バス代を払おうとした。「切符はどこだい？」運転手が大きな声でどなる。乗客全員がいっせいにこちらに目を向けた。祖父は落ち着きはらって、「料金は払う」と言い返す。祖母がぼくの肩ごしに「行き先を言うのよ」とささやく。祖父はそれに従った。

運転手が料金を言うと、祖父は馬鹿ていねいに小銭を数える。車内燈がひどく暗かったからだ。運転手は首をうしろにねじ曲げ、わざとらしく右手を持ち上げると、聞こえよがしに言った。「やれやれ！」彼があざ笑うと、乗客もつられて笑った。ぼくは彼らの笑い声を聞いてむしろホッとした。客のほうは、切符を用意していなかったぼくたちに別段悪意をいだいているわけではなさそうだったからだ。

ぼくたちはバスの後部に向かって歩いた。ひとりの婦人が目にとまった。けがでもしたのか、目のまわりに黒いくまをつくり、口もとは血で赤く染まっている。ぼくたちがわきを通り過ぎるとき、彼女は口を手で押さえ、すぐに離すと大声でうめいた。「ワアー、ウー」しかし、つづいて彼女はケタケタ笑いだした。ほかの人たちもなんとなく笑った。痛みはとっくにおさまっているらしい。彼女のとなりにすわっている男も笑いながら、ふとももを平手でたたいている。男が大きな金ピカのネクタイピンをつけているところから、ぼくはこの夫婦は大金持ちで、いつでも医者に診《み》てもらえる人たちだと思った。

　二人にはさまれてぼくは腰をおろした。祖母が手を伸ばして祖父の手をそっとたたくと、祖父はぼくの膝の上で彼女の手を押さえた。ぼくは安心して、やがてぐっすり眠りこんでしまった。

　バスから降りて砂利道《じゃりみち》に立ったときは、夜もすっかりふけていた。祖父が歩きはじめ、ぼくと祖母はあとに続く。たちまち冷気が服をとおして肌にしみこんでくる。月が出ていた。まんまるな西瓜《すいか》を半分に割ったみたいな月で、前方の道を銀色に照らしている。道は曲がっているらしく、そこから先は見えない。

　砂利道をそれて、中央に草の帯の生《は》える馬車のわだち道にはいったとたん、ぼくは山がすぐそこにせまっているのに気がついた。真っ暗な大きな影の底にぼくたちはいた。ちょうど半月が高い尾根の真上にかかっていて、見上げるとのけぞってしまう。黒々とのしかかる山塊《さんかい》に、ぼくは身ぶるいした。

　祖母がぼくの頭ごしに声をかけた。「ウェイルズ、この子疲れてるわ」祖父は立ち止まってふりかえった。ぼくを見おろす彼の顔は、帽子の陰に隠れている。

「なにかを失《な》くしちまったときには、へとへとに疲れるのが一番いいんじゃ」祖父は向きなおってふたたび歩きはじめたが、そのあとについてゆくのは今度は容易だった。彼は歩く速度を落としたのだ。それでぼくは、祖父も疲れているのだろうと想像した。

　やがてわだち道から人ひとりがやっと通れる細い道にそれ、山ふところへまっすぐ分け入った。歩くにつれて山がぼくたちを迎え入れ、四方から包みこんでくるように思われた。

　三人の足音が小さくこだました。周囲でなにかうごめく気配がする。あらゆるものが息を吹きかえしたのか、木々の間からささやき声やため息がやわらかく漏れてくる。もう寒くはなかった。足もとから、小さな鈴を打ち振るようなチロチロという音や、勢いのよいザワザワという音が混ざり合って立ちのぼってくる。岩を嚙《か》んで流れる谷川の瀬音だった。ところどころに深い淵をつくり、水はそこでいったん静止するが、またたちまち急流となって駆けくだる。ぼくたちは谷間に足を踏み入れていたのだ。

尾根の向こう側に隠れて見えなくなった半月が、中空に銀色の光を吐き出している。そのため谷間にはほの暗い光の丸天井が懸《か》かり、ぼくたちの姿をかすかに照らし出していた。

祖母がうしろでハミングを始めた。インディアンの歌だった。メロディーだけだったので、なにを歌った歌かはわからなかったが、ぼくは気持ちが安らぐのを感じた。

突然犬がほえたので、ぼくは跳び上がった。その声は、悲しみを帯びていた。嗚咽《おえつ》するかのように長く尾を引き、しだいに遠のいて山に吸いこまれていった。

祖父がクスッと笑った。「あれはマウド婆《ばあ》さんじゃな。鼻がきかなくなっちまって、耳だけが頼りなんじゃよ」

たちまちぼくらは何頭もの犬に囲まれた。祖父のまわりで甘えて鼻を鳴らすかと思うと、ぼくの匂いをクンクン嗅《か》ぐ。マウドのほえ声がまた聞こえた。今度はすぐ近くからだ。「シーッ、マウド！」祖父が声をかけると、マウドは一目散《いちもくさん》に駆け寄って、ぼくたちに跳びついてきた。

小川にかけられた丸木橋を渡った。山を背に、大きな木の下に丸太小屋が立っているのが見えた。小屋の正面いっぱいにベランダがせり出している。

小屋の中央には広い廊下が通り、両わきの部屋をへだてていた。廊下は両端がそのまま屋外に通じている。それをギャラリーと呼ぶ人たちもいるが、山の人たちはドッグ・トロットと呼んでいる。犬がそこを走り抜けることができるからだ。

廊下をはさんで、片側は台所兼食堂兼居間として使われる大きな部屋。反対側は二つの寝室になっている。ひとつは祖父母の寝室。もうひとつのほうがぼく用に当てられた。

ヒッコリー材のがっしりした枠に鹿の皮ひもを張ったよくはずむベッドに、ぼくはからだを投げ出した。窓があいており、おぼろな闇の向こう、小川の上に枝をさし交わす木々が見えた。母への思いが胸を突き上げてきた。こんなところにいることが不思議でならなかった。

ぼくの頭を手がなでた。祖母だった。スカートのすそを床にふんわりまるく広げ、ベッドのわきにしゃがみこんでいる。白髪《しらが》が縞模様《しまもよう》をなす縄編《なわあ》みの髪が、肩から胸へ、そして膝《ひざ》へと落ちている。窓の外へ目をやりながら、祖母は低くやさしい声で歌いはじめた。

みんな、おまえが来たのを知っている
森も、森を吹き抜ける風も
父なる山が
子どもたちに歓迎の歌を歌わせているのさ
みんな、リトル・トリーをこわがらない
リトル・トリーの心のやさしさを知っているからね
みんな歌っているよ
「リトル・トリーはひとりぼっちじゃない」って

お調子者のレイナーは
泡《あぶく》を吹いて、水音たてて
陽気に踊りながら山をくだっていくよ
「ねえみんな、あたしの歌を聞いて
きょうだいがやって来たのよ
そう、リトル・トリーはあたしたちのきょうだい
リトル・トリーが今やって来たのよ」

仔鹿《こじか》のアウィ・ウスディも
ウズラのミネ・リーも
カラスのカグーも歌いはじめたよ
「リトル・トリーは
やさしく、強く、勇気がいっぱい
だからけっしてひとりぼっちじゃないよ」

祖母は、歌いながらゆっくりからだを前後に揺らした。ぼくにも風が話しかけるのが聞こえてきた。小川のレイナーが枕もとで歌を歌い、ぼくの新しいきょうだいたちについておしゃべりするのが聞こえた。
リトル・トリー、*2小さな木とは自分のことだとぼくは知っていた。山のきょうだいたちはぼくが好きなんだ。みんな喜んで迎えてくれた。ぼくは幸福な気持ちで眠りについた。もう泣かなかった。

訳注

＊1　北米南東部のアパラチア山脈南端に住み、農耕と狩猟生活を営んでいた森林インディアン。一八三八〜三九年、オクラホマ州に強制移住させられたが、山奥に隠れてとどまったり、逃げ帰った人たちもおり、現在では遠く離れた二つのグループに分かれている。リトル・トリーは、本来の故郷であるテネシー州にとどまったグループの子孫に属する。

＊2　著者フォレスト・カーターのインディアン・ネーム。本名のほかに、森羅万象と関係づけた名前もしくはあだ名を持つインディアンは多い。本名が、白人アメリカに同化させられ押しつけられた記号にすぎないのにくらべて、本人の特質をよくあらわしている。シッティング・ブル（すわる雄牛）、リトル・タートル（小さな亀）、ローリング・サンダー（転がる雷）など。

2　母《モ》なる大地《ノ・ラー》とチェロキーのおきて

煖爐《だんろ》ではふしくれだった松の古株がパチパチと脂《あぶら》のはぜる音をたてて燃えている。きゃしゃなからだつきの祖母が揺りいすをきしませ、鼻歌を歌いながら、モカシン・ブーツ（インディアンの平底のやわらかな革靴）をつくっていた。一足のブーツを仕上げるのに、夜だけの手仕事だが、一週間はかかった。鉤《かぎ》ナイフで鹿皮を切り裂いて細いひもにし、へりの部分の皮布にぐるっと縫《ぬ》いこんでゆく。こうして靴ができあがると、こんどはそれを水にひたす。ぼくの仕事は、濡れたままの靴をはいて部屋の中を行ったり来たりしながらかわかすことだった。かわくにしたがって靴はぴったり足に合い、空気をはいているみたいに軽くなる。

ある朝、飛び起きるなりぼくは急いで胸当てズボンをはき、上着のボタンをとめ、モカシン・ブーツに足を滑りこませた。あたりは暗く、冷たかった。木々の枝をふるわせる朝の風もまだ吹きはじめない時刻だ。

前の晩祖父は、もし明日の朝起きられたら、山の上の方へ連れていってやろう、と言った。起こしてやる、とは言わなかった。「男は、朝になったら自分の意志で起きるもんじゃ」ぼくを見おろし、ニコリともしなかったのである。だが、祖父は自分が起きるときにいろんな物音をたてた。ぼくの部屋との境の壁にぶつかったり、いつもより大きな声で祖母に話しかけたりした。ぼくはその音で目が覚めたのだ。ひと足先にぼくは外に出て、犬たちといっしょに暗がりの中で祖父を待った。

「おお、ここにおったか」祖父は驚いたようすだった。

「はい、待っていました」あらたまった口調で、ぼくは誇らしく返事をした。

祖父は、まわりで跳《は》ねまわっている犬たちに向かって指を立て、命令した。「おまえたちは来るんじゃねえ」しっぽを巻きながらも、犬たちはせがむように鼻を鳴らした。マウド婆《ばあ》さんがほえはじめる。それでも、犬たちはそこに残って、ついてこようとはしなかった。しょんぼりとかたまり合って、祖父とぼくが切畑（山を開墾《かいこん》してつくった畑）を抜けてゆくのを見送っている。

　ぼくはそれまでに、もっと下の登り道を登っていったことがあった。泉の湧《わ》き水が流れる小川に沿って曲がりくねった土手道で、そこをたどってゆくと、突然草地が広がっている。祖父はそこに家畜小屋を建て、ラバと牛を飼っていた。だが、今朝登ってゆくのは、その道をすぐに右に折れ、山腹を巻いてゆく上の道だった。谷間を見おろしながら、道はどこまでも上へ上へと続いている。急な傾斜を全身で感じ取りながら、ぼくは祖父のあとを小走りについていった。

　ぼくはほかのこともいっぱい感じ取っていた。祖母が言ったとおりだった。モ・ノ・ラー、母なる大地の感触がモカシンをとおしてぼくの足裏から伝わってきた。土の凹凸《おうとつ》やなめらかな感触、血管のように大地の体内を這《は》いまわる木の根、さらに深いところを流れる細い水脈の生命さえも。大地は暖かく弾力があり、ぼくはその厚い胸の上をピョンピョン跳ねているのだった。すべてが祖母の話していたとおりだ。

　空気は冷たく、吐く息は小さな雲になった。ぼくらの谷間ははるか下の方だった。裸の木の枝には歯が生《は》えたように氷が張りつき、ときどき水滴を落とす。登るにつれて、道に残る氷の量がしだいに多くなる。空にぼんやりとにじみだした光が、闇をゆっくりと押しのけてゆく。

　祖父が立ち止まり、道のわきを指さした。「ほら、いるぞ。これは山七面鳥の通り道じゃ。見えるか？」ぼくはしゃがんでその足跡を見つめた。ひとつひとつ、小さなまるいくぼみを中心に、細い棒で短く引っ掻《か》いたような筋が放射状についている。

「どれ」祖父は言った。「わなをしかけるか」祖父は道をそれて林にはいってゆく。ぼくもすぐあとに続く。まもなく切り株を取り除いたあとの穴が見つかった。

　ぼくたちは穴をきれいにした。まず積もった落葉を掻きのける。それから祖父は長いナイフを取り出し、ふわふわした土に突き立てる。土を掻き出してはわきの落葉の上にぶちまける。穴がどんどん大きく深くなってきたので、ぼくがその中にはいりこんで、土をすくい出す。とうとう穴のへりから目を出すことができないくらい深くなったとき、祖父がぼくの手を引いて引っぱり上げた。細い木の枝を集めて、穴の上にさし渡す。さらにその上に落葉を振りまく。こうしてわなの準備ができると、祖父はナイフで落葉を掻きのけながら、さきほどの山七面鳥の通り道と穴との間に、細い道筋をつけていった。次にポケットから赤いインディアン・コーンを取り出し、その道筋にパラパラとばらまく。穴の中にもひとにぎりのコーンを投げ入れた。

「これでよし。さあて、行こうか」そう言うと、祖父はまた道を登りはじめた。

土の表面から砂糖菓子のように吐き出された氷が、ひと足ごとに音をたててくだける。向こうの山がぐんと近づいてきた。見おろすと、谷間は細長い裂けめとなってはるか下の方だ。その裂けめの底に鋼《はがね》のナイフの刃のような谷川が沈んでいるのが見えた。

ぼくたちは道のわきの落葉の上に腰をおろした。ちょうど谷向こうの山の頂上に太陽の最初の光が触れた。祖父はポケットからサワー・ビスケットと鹿肉を取り出す。山を見ながらぼくたちは朝食を食べた。

太陽の光は山頂にぶつかってはじけ、大気中にまばゆい光の矢をシャワーのように射放《いはな》っている。氷をまとった木々はキラキラと輝き、見ていると目が傷つきそうだ。太陽が夜の影を下へ下へと追いやるにつれて、樹氷群のきらめきも波頭を立てて山腹を滑り降り広がってゆく。斥候役《せっこうやく》のカラスが一羽、大気を裂いて鋭い鳴き声を三回あげた。ぼくたちがここにいることをなかまに知らせているのだ。

今、山は身じろぎをし、ため息をついている。吐き出された蒸気は白くこごって小さなかたまりとなって漂う。太陽が氷を融かし、死の鎧《よろい》から木々を解放してゆくと、ピシッピシッという鋭い音、またブツブツという低い音があちこちから聞こえてくる。

ぼくらは目をこらし、耳をそばだてていた。木々の間を笛のように低くうなりながら朝の風が吹きはじめると、山の音はいっそう高まってきた。

「山は生きかえった」目を山に向けたまま、祖父が低くつぶやいた。

「はい」ぼくは緊張して答えた。「山は生きかえりました」そしてそのとき、ぼくにはわかった。祖父とぼくは、だれも知らないひとつの秘密について理解を分け合ったのだと。

なごりの闇が退《ひ》いてゆくと、小さな原っぱが向こうに現われた。草が生《お》いしげり、一面に朝日を浴びて光っている。その草原は山の腕にすっぽりと抱きかかえられているようだ。祖父が指をさした。見ると、一群のウズラがバタバタ飛び交いながら草の種をついばんでいる。今度は祖父は氷りついたように青い空を指さした。

空は雲ひとつなく晴れわたっていたが、初めぼくはそこになにも見つけることができなかった。だがすぐに、小さなしみのようなものが山の端《は》の空に浮いているのが目にはいった。それはどんどん大きくなってゆく。一羽の鳥だった。前方に自分の影を落とさないよう太陽と真正面に向き合いながら木の梢の上空へ近づいてくると、鳥は翼を半ば閉じ、スキーヤーのように身がまえ、次の瞬間、褐色の弾丸となって草原のウズラめがけて急降下した。

祖父がクスッと笑った。「あいつはタル・コン、鷹《タカ》じゃよ」

ウズラたちはあわてて飛び上がると、林に逃げこむ。だが、一羽だけ逃げおくれた。鷹が空中で鋭い爪の一撃をくらわせた。羽根がパッと舞い上がる。二羽の鳥はひとつのかたまりとなって地上に落ちた。鷹は激しく頭を振り上げ振りおろして、死の攻撃を加える。一瞬ののち、鷹は死んだウズラを爪に引っつかんで、山の端沿いに上へ上へと翔《か》けのぼっていった。

ぼくは泣き声こそあげなかったが、きっと悲しい顔をしていたのだろう。祖父が言った。「悲しんじゃならんぞ、リトル・トリー。これがおきてというもんじゃ。鷹はのろまな奴だけつかまえる。のろまな奴はのろまな子どもしか生めねえ。いいか、地ネズミはウズラの卵を食っちまう。のろまなひなにかえる卵だろうと、すばしこいひなにかえる卵だろうと、おかまいなしさ。タル・コンはその地ネズミをたくさん食ってくれる。鷹はおきてに従って生きてる。ウズラを助けてやってもいるんじゃ」

　祖父はナイフで地面を掘り、一本の根っこを抜き取った。皮をむくと、冬越しのためにたくわえられたジュースが粒になって盛り上がり、したたり落ちる。それを半分に切り、太いほうをぼくにくれた。くわえると甘みが口の中に広がった。

「おきてというものがあるんじゃよ」祖父は静かに話を続けた。「必要なだけしか獲《と》らんこと。鹿を獲るときはな、いっとう立派な奴を獲っちゃならねえ。小さくてのろまな奴だけ獲るんじゃ。そうすりゃ、残った鹿がもっと強くなっていく。そしてわしらに肉を絶やさず恵んでくれる。パー・コー、というのはピューマのことじゃがな、あいつでさえよくわかってる。だから、わしらもおきてをわきまえなきゃいかんのさ」

　そう言ってから、祖父は声を出して笑った。「もっとも、ティー・ビー、蜂《はち》のことじゃがな、あいつらは食べきれねえくらい蜜《みつ》を貯《た》めこむ。だから熊とか洗い熊……そうそう、チェロキーにも盗まれる。人間にもそんなのがおるじゃろうが？　使いきれねえくらい貯めこんで、ぶくぶくふとったのが。そこで取り合いになる。戦争がおっ始まるんじゃ。必要でもねえのに、ちょっとでも多くふんだくってやろうと、長い話し合いが始まる。奴らの言い分はな、こうやって最初に旗を立てたんだから、おれたちにはこうする権利があると、こうなんじゃ。……人間は言葉だとか旗のせいで死んでいく。……じゃがな、おきてを変えるなんてことはだれにもできやしねえのよ」

　ぼくたちは道をもどることにした。ちょうど太陽が頭の上高く来るころ、山七面鳥にわなをしかけた場所に着いた。そばに近寄らないうちに、彼らの声が耳にはいった。わなにかかったのだ。ゴロゴロのどを鳴らすかと思うと、警戒の金切り声をあげている。

「おじいちゃん、どうして？　入口はしまってないのに、どうして七面鳥は頭をかがめて出てこないの？」

　祖父は腹ばいになり、穴の中に上半身を突っこむと、けたたましくわめきたてる大きな山七面鳥を一羽引っぱり出した。その足をひもでしばり、ぼくを見上げてニヤッと笑った。

「七面鳥はどこか人間に似てるな。こいつら、なんでも知ってるつもりになって、自分のまわりになにがあるかろくに見ようともせん。いつも頭をおっ立ててふんぞりかえってるから、なにもわからずじまいになっちまうんじゃな」

「バスの運転手みたいに?」ぼくはたずねた。祖父に向かってどなったあのバスの運転手のことを思い出したのだ。

「バスの運転手?」祖父は一瞬けげんな顔になったが、すぐに笑いだした。また穴に頭を突っこんで、二羽めの山七面鳥を引っぱり出したが、その間も笑いが止まらない。「フッフッフッ、バスの運転手みたいかもしれんな。そういやあ、奴《やっこ》さんもギャーギャーわめきたてたもんな。あれは奴さんの問題じゃよ、リトル・トリー。わしらに問題があったわけじゃねえ。気にせんでいい」

祖父は足をしばった山七面鳥を地面に並べた。全部で六羽だった。「こいつらはみんなだいたいおんなじ年じゃ。頭のいぼの厚さを見りゃわかる。わしらには三羽もあれば足りるな。おまえが選んでごらん、リトル・トリー」

ぼくは獲物のまわりをゆっくりと歩いてみる。しゃがみこんで、じっくり観察する。起き上がってもう一度まわりを歩く。慎重にやらなければならなかった。ついには四つんばいになって這いまわりながら一羽ずつ見くらべた。そしてやっと、小さめの三羽を選んだ。

祖父はなにも言わず、残りの三羽の足のひもをといた。彼らは大あわてで羽を広げ、下の方へ向かってバタバタと飛んでいった。祖父は二羽を肩にかつぐと、最後の一羽を指さして言った。

「そいつはおまえがしょえるかな?」

「はい、おじいちゃん」ぼくは緊張して答えたが、ちゃんと正しいのを選んだかどうか自信がなかった。祖父の骨ばった顔にゆっくりと微笑が広がった。「もしおまえがリトル・トリーでなかったら、小さな鷹《リトル・ホーク》と呼ぶところじゃがな」

祖父のあとから道をくだっていった。山七面鳥はずっしり重たいが、肩に当たる感触は心地よい。太陽はもう遠い山の方に傾き、道のわきの木の間を漏れる光が、ぼくたちの足もとに燃えるような金色の縞模様《しまもよう》を落としている。夕方になって風はやんだ。前を行く祖父が鼻歌を歌っている。ぼくはこの時間がいつまでも続くことをどんなに願ったことだろう。というのも、ぼくが祖父を得意な気持ちにさせていることに気づいたからだ。ぼくはおきてを学び取ったのだ。

山は冬の夕日を浴びている
ぼくらは木洩《こも》れ日を踏んでくだってゆく
谷間の小屋へと続く細道を
山七面鳥の通り道を
チェロキーはみんな知っている
今こうしてここにいる
これこそ天国なのだと

山の頂きに目を向けて
朝の誕生を見てごらん
木々の間から聞こえる風の歌に耳を澄まし
母《モ・ノ・ラー》なる大地から湧き出す生命を感じてごらん
ほら、チェロキーのおきてがわかるだろう

夜明けが来るたびにぼくらは知るだろう
死の中から生は生まれ、生の中から死は生まれる
母《モ・ノ・ラー》なる大地の智恵に学べば
チェロキーのおきてがわかるだろう
チェロキーの魂に触れるだろう

3 壁に揺れる影

その冬の間、夜になるとぼくたちは石づくりの煖爐《だんろ》の前にすわった。枯れた松の古株を取ってきて、その内側の火つきのよい部分をたきぎにする。厚くこびりついた松やにが燃えてパチパチと音をたて、炎が揺れる。反対側の壁にぼくたちの影が映って、伸びたり縮んだり、ふいに大きくなるかと思うとまた小さくなって、まるで幻想的な絵を見ているようだ。ぼくたちは長い間黙ったまま、赤々と燃える炎と壁に踊る影を見つめていた。そんなとき、沈黙を破るのはたいてい祖父で、読んだ本についての感想を話しはじめるのだった。

週に二回、土曜と日曜の夜、祖母は石油ランプをともし、本を読んで聞かせてくれた。ランプをともすのはぜいたくなことだったが、ぼくのためにそうしてくれたのだと思う。石油は大切に使わなければならなかった。月に一度、祖父とぼくは開拓町まで徒歩で出かけ、帰りにはぼくが石油鑵《かん》をかつぐのだったが、鑵の注ぎ口には木の根っこの切れはしを押しこんできっちりふたをし、一滴もこぼさないよう注意した。鑵一杯の石油が五セントだった。祖父はぼくを信頼し、小屋への帰り道ずっと、それを運ばせた。

町へ出かけるときにはいつも、祖母がつくった本のリストを持っていった。図書館の係の人にそのメモを見せ、それまで借り出していた本を返す。祖母は現代の作家についてはうとかったのか、リストにはいつもミスター・シェイクスピアの名だけが記されていた。作品のタイトルまではわからなかったが、要するに彼の作品で、まだぼくたちが読んでないものならなんでもよかった。

祖父と係の人との間でよくごたごたが生じた。係の女の人は、書庫からシェイクスピアの本を持ってくると、タイトルを読みあげる。タイトルを聞いてもまだ祖父が首をひねっていると、女の人は一ページほど読んでくれた。それでもまだ思い出せないときは、祖父の頼みに応じて彼女は数ページ読んで聞かせた。ときにはぼくのほうが祖父より先にストーリーを思い出すことがあった。祖父のズボンを引っぱりながらうなずき、その本はもう読んだ、と合図を送る。一種の記憶ゲームを競い合うみたいに、祖父はなんとかぼくより先に答えようとするのだが、やがてあきらめる。こんな具合だったから、女の人は困った顔をしていた。

初めのころ、少しいらいらした女の人は、読めもしないのに本を借りてどうする気か、と祖父に聞いた。女房に読んでもらう、と祖父は答えた。そんなことがあってのち、女の人は自分自身のために、ぼくたちが読んだ本のリストをつくることにした。彼女はとても感じがよく、ぼくたちが図書館のドアを押してはいってゆくと、いつもほほえんで迎えてくれるようになった。あるとき、彼女はぼくに赤い縞模様《しまもよう》のキャンディーをくれた。外に出てからそれを二つに割り、祖父と分け合った。祖父は小さいほうのかけらを取った。ぼくはキャンディーを正確に二つに割ったのではなかった。

ぼくたちはまた、しょっちゅう辞書を引いた。最初のページから始まって、ぼくは週に五つずつ単語を覚えさせられていたのだ。そして週いっぱい、その週の単語を使って文章にし、話さなければならなかった。これはぼくにはひどく面倒な課題だった。AとかBとかで始まる決められた単語を折りこんで話すというのは、思いのほかむずかしいものだ。

シェイクスピアの作品以外のものを読むこともあった。例えば、『ローマ帝国の衰退と滅亡』である。また、シェリーやバイロンの詩も読んだ。祖母はそれらの本や著者についてなにも知らなかったのだが、図書館の女の人が気をきかせて貸してくれたのだ。

祖母は本を膝《ひざ》にのせ、前かがみの姿勢になり、静かな声で読んでくれた。縄編《なわあ》みにした長い髪が床に垂れている。祖父は揺りいすをゆっくり前後に揺すりながら聞いている。おもしろい箇所にさしかかると、ぼくにはすぐわかった。揺りいすのきしむ音がピタッと止まるのだ。『マクベス』を読んでもらったときなど、古いお城が目に浮かび、魔女たちが生きかえって小屋の壁に影を映しているのが見えた。ぼくは祖父の揺りいすににじり寄った。刃傷沙汰《にんじょうざた》の場面になると、祖父は揺りいすを止め、意見を言いはじめる。もしマクベス夫人が女性らしく従順にふるまい、夫のすることなすことに鼻を突っこみさえしなければ、そんな事件は起こらなかった。マクベス夫人はどうも貴婦人らしさに欠ける。どうして彼女がレディーと呼ばれるのか、さっぱりわからない……。祖父は興奮ぎみにそんなことを口にした。あれこれ考えたあげくだろう、数日後祖父は、あの女（もうマクベス夫人をレディーと呼ばなかった）は絶対頭がおかしかったのだ、と言いだした。そしてこうつけ加えた。一度、さかりのついた雌鹿を見たことがある。そいつは相手の雄鹿が見つけられないので頭に血がのぼり、狂ったように森を走りまわったあげく、自分から川に飛びこんでおぼれ死んだ。ミスター・シェイクスピアがはっきり言ってくれないから、よくはわからないが、あの女があんなふうになったのはミスター・マクベスのせいだ。そう思えるふしがある。彼は、なにをやるにしても面倒を引きずっていたらしいから。

祖父はその問題でだいぶ頭を悩ませていたが、やがて、やっぱりマクベス夫人に一番大きな落ち度があるという結論に落ち着いた。マクベス夫人は、さかりのついたときのいらいらを殺人なんかではなく、もっと別の方法、例えば壁に頭をぶちつけてまぎらすことだってできたはずだというわけである。

『ジュリアス・シーザー』を読んだときは、祖父はシーザーの死について同情的な立場を取った。ミスター・シーザーがなにをやったか知らないし、知りようもないが、それにしても、ブルータスとその一味は聞いたこともないくらい最低の連中だ。多勢《たぜい》をいいことに、なかまに飛びかかって刺し殺すとは！　ミスター・シーザーと意見が食いちがっているのなら、はっきり話し合いでけりをつけるべきじゃないか。この件でひどく興奮している祖父を、祖母はなだめなければならなかった。「わたしたちだってミスター・シーザーが殺されたのに同情してるのよ。あんたと言い争う気なんかないわ。それに、ずっと昔のできごとじゃないの、今さらどうしようもないわ」

最も頭を悩まされたのは、ジョージ・ワシントンの本を読んだときだった。祖父がどんな反応を示したか語る前に、祖父の負っていた背景について少しばかり説明を要する。

「山の人」であった祖父には不倶戴天《ふぐたいてん》の敵がいた。言うまでもなく、祖父は貧しく、そしてなによりもインディアンだった。今にしてみればぼくにもよくわかるのだが、敵というのは「支配階級」と呼ばれる連中のことだ。祖父にとっては、郡の保安官だろうと州や連邦の密造酒取締官だろうと、あるいはいかなるタイプの政治家であろうと、彼らは「法律」そのものだった。生きるのに精いっぱいの人たちの苦しみに冷淡で、巨大な権力をほしいままにしている怪物ども。

祖父は言うのだった。自分は完全におとなだから、ウイスキーづくりが法律[*1]に反していることは百も承知しているが、生活のためにはやむをえないのだ、と。祖父にはいとこがいたという。いとこは、ウイスキーづくりがなぜ法に触れるのか、どうしても納得がゆかなかった。選挙のつど、彼はだれに、どの党に投票すれば事態が好転するのか判断がつかなかった。いつも結果は裏目に出て、そのためまたしても法の番人たちからいじめられる。いとこは自分の苦しい状態を打開するにはどちらに投票したらいいかついにわからないまま、いらいらが嵩《こう》じて早死にしたのだと祖父は信じていた。いとこは神経質になり、大酒を飲むようになった。それが結果的に彼の死を早めたのだ。祖父は、いとこは政治家に殺されたのだと考えた。歴史をふりかえってみればわかるとおり、政治家はあらゆる殺人行為に責任がある、というのが祖父の意見だった。

何年かのちに、ぼくはジョージ・ワシントンに関する同じ本を読みなおしてみた。そして気がついたのだが、祖母は、ワシントンがインディアンと戦ったことが書かれている何章分かをそっくり省略して読んでいた。彼女は、ワシントンについていいことが書かれているところだけ読んだのである。祖父にだれかしら尊敬できる人物を与えてやりたいと考えたにちがいない。それはともかく、祖父はアンドリュー・ジャクソン[*2]はもちろん、そのほかぼくの思い出せるかぎりのいかなる政治家にも興味を示さなかった。

祖母がその本を読み進むにつれて、祖父はちょくちょくジョージ・ワシントンについて感想を漏らすようになった。政治家の中にもたまにはいい人物がいると、かすかながら望みが湧《わ》いたらしい。

だが、それも束の間だった。祖母がうっかりウイスキー税[*3]について書かれたところを読んでしまったのである。

そこにはこんなことが書いてあった。ジョージ・ワシントンはウイスキー製造者に税を課し、さらにその製造を許可制にしようとした。トーマス・ジェファーソンは彼に反対で、山地の貧農は小さな畑しか持っておらず、平地の大土地所有者にくらべてはるかに穀物の収穫量が少ないことを指摘した。ジェファーソンはまた、山の人たちが穀物で利益を上げようとしたら、ウイスキーをつくるしか手がないこと、ワシントンがやろうとしていることは、アイルランドやスコットランドの例を見ればわかるように、多くの紛争を引き起こすもとだとも警告した（実際の話、スコッチ・ウイスキーの焦げくさい味は、昔、つくり手が追っ手の王の兵隊どもから逃げ隠れしなければならず、蒸留用のポットをいつも焦げつかせてしまったのが始まりで、今ではそれを売りものにしているのだ）。だが、ジョージ・ワシントンはジェファーソンの忠告に耳を貸さず、ウイスキーに税を課してしまった。

本のそのくだりは祖父に大きなショックを与えた。揺りいすを揺するのをやめ、黙ったままうつろな目で煖爐の火を見つめている。祖母はまずいことになったと思ったらしい。本を置くと祖父の肩をたたいて立ち上がらせ、腰に手をまわして寝室へ連れていった。ぼくも祖父と同じようにショックを受けていた。

一か月後、祖父とぼくは町へ出かけた。例の一件がまだ祖父の頭から去っていないことを知ったのはそのときだった。祖父が先になって、ぼくたちは山道をくだり、わだち道をしばらく歩いて、本道に出た。ときどき車が通り過ぎたが、祖父は目もくれなかった。車に乗せてもらうのを好まなかったのだ。ところが、突然一台の車がぼくたちのわきに止まった。窓のないオープンカーだったが、そのときはカンヴァス地の幌《ほろ》がかかっていた。車に乗っているのはひとりだけ、バリッとした身なりからすると、政治家かもしれない。

男は頭を突き出し、大声でたずねた。「乗っていかんかね？」

祖父は立ち止まり、ちょっと考えている。乗りっこないとぼくは思っていた。ところがびっくりしたことに、祖父は礼を言って乗りこんだのである。そしてぼくに後部座席に乗るよう手で合図する。車は走りだした。なんてこの車は速いんだろう。たちまちぼくはわくわくしてきた。

祖父は腰を浮かしたり、しゃっちょこばってすわりなおしたりしていたが、背が高すぎるうえに帽子までかぶっているものだから、頭が幌につかえてとても窮屈そうだ。背なかをまるめるのを嫌う祖父は、背筋をピンと伸ばしたまま、上体を倒し、頭をフロントガラスすれすれに近づけた。まるで、その政治家のハンドルさばきと前方の道路の両方をじっくり観察しているとでもいったかっこうだ。政治家はしだいにそわそわしだした。祖父のほうはいっこうに動じる気配はない。やがて政治家が口をきいた。「町まで行くのかね？」

「へえ、そうです」祖父は答えた。車はさらにしばらくの間走った。

「百姓かね？」

「そんなところで」

「わたしは州立教員養成大学の教授なんだ」口ぶりから教授であることを鼻にかけていることがありありだった。ぼくはちょっと驚いたが、彼が政治家でなかったのにホッとした。祖父は黙っていた。

「インディアンかね？」教授がたずねる。

「へえ」

「ふーん」それで納得がいったというような声音だった。

突然祖父が首をねじ曲げると、逆に教授にたずねた。

「ジョージ・ワシントンがウイスキーに税をかけたっていうんじゃが、なにかそのことについて知ってらっしゃるかな？」なんと祖父は教授の方に身を乗り出し、しかも彼の肩をピシャピシャとたたいたのである。

「ウイスキー税だと？」教授は大声で叫んだ。

「へえ、ウイスキー税のことですわ」

教授は顔を真っ赤にし、急にいらいらしはじめた。それを見てぼくは、彼が個人的にウイスキー税となにかしら関わりがあるにちがいないという気がした。

「そんなもの知らんよ。ジョージ・ワシントン将軍のことかね？」

「ほかにもそんな人がいたんですかね？」驚いて祖父が聞く。ぼくもびっくりした。

「いやいや、そうじゃないんだ。とにかくウイスキー税のことなんか、わたしはなにも知らんよ」教授の口調にはうさんくさいものが感じられた。祖父も合点《がてん》がゆかない顔だ。教授はまっすぐ前を見ている。車の速度が上がった。祖父もフロントガラスごしにじっと道路を見つめている。なぜ祖父が車に乗る気になったのか、ぼくはそのときになってやっとわかったのだった。

祖父がふたたび口を開いた。あまり期待していない口調だった。「ワシントン将軍が頭に一発くらったかどうか、——つまり、あの戦争でライフルの弾《たま》が頭をかすらなかったか、知りませんかな？」

教授は祖父に目を向けようともせず、ますますいらだってきた。「わたしはね、英語の先生なんだよ。ジョージ・ワシントンのことなんか知るもんかね」どもりながら彼は言った。

ぼくたちは町の入口に着いたので、車を降りることにした。めざす場所からはまだかなり距離がある。道のわきに降り立つと、祖父は教授に礼を言おうとして帽子を取った。教授は見向きもせずに車を急発進させ、土ぼこりを雲のように巻き上げて走り去っていった。あの手の人間がやりそうなこった、と祖父が言う。あの教授のそぶりはあやしいというぼくの意見に祖父も賛成だった。教授に見せかけた政治家かもしれんぞ。政治家の中には、自分は政治家ではないというふりをして善良な人々をだます奴がいっぱいいる。それに、本物の教授だからといって気を許してはだめだ、あいつらのほとんどは頭がおかしいそうだからな。

ジョージ・ワシントンは、戦争中、頭に一発くらったにちがいない。さもなきゃ、ウイスキーに税をかけるなんてまねはできっこない、というのが祖父の考えだった。

祖父には昔、ひとりの叔父《おじ》がいたという。叔父は、ラバに頭を蹴《け》とばされ、それ以後正常にもどることはなかった。もっとも、人に言ったことはないが、祖父には叔父に対するひとつの見かたがあった。叔父は、ラバの一撃で頭が変になったことを、うまく利用していたふしがあるというのだ。例えば、こんなことがあった。ある男が自分の小屋に帰ってみると、女房が叔父とベッドにはいっている。亭主に現場を見つかった叔父は、四つんばいになって庭に逃げ出すと、豚みたいにへたりこんで、いきなり泥をつかんでパクパク食いはじめた。狂ったふりをしていたのかどうか、だれにもわからなかった、と祖父は言う。少なくとも、その気の毒な亭主には判断がつかなかった。叔父は長生きし、ベッドの上で安らかな死を迎えた。

ともかく、ジョージ・ワシントンが頭に弾丸をくらったというのは、ぼくにはいかにもありそうなことだと思えた。ウイスキー税以外にも彼が引き起こしたさまざまなもめごとも、それで説明がつく。

訳注

＊1　一九一九年、合衆国憲法修正第一八条により、酒類の製造、販売、運送が禁じられた。その後、密造、密売が横行、三三年、禁酒法は廃棄される。その後もテネシーなどいくつかの州では州法として残ったが、六六年までには全廃。

＊2　西テネシー出身の将軍、第七代大統領。インディアンに対する最も苛酷な迫害者であった。一八三〇年、インディアン強制移住法を成立させた。

＊3　ジョージ・ワシントンの設けた連邦物品税によりウイスキーも課税された。ペンシルベニアでは、ウイスキーづくりの農民が暴動を起こしている。

4　赤狐スリック

　ある冬の午後おそく、祖父はマウド婆《ばあ》さんと老いぼれリンガーを小屋の中に閉じこめた。ほかの犬たちの足手まといにならないようにだ。なにかが始まるな、とぼくは思った。祖母はもう知っているらしく、黒い眼をキラキラさせながら、祖父と同じようにぼくにも鹿皮のシャツを着せた。着せ終わると、片手を祖父の肩に、もう一方の手をぼくの肩に置く。ぼくはなんだか急におとなになったような気がした。

　ひとことも質問しないかわりに、ぼくは二人のまわりにつきまとっていた。ビスケットと肉のはいった袋を渡しながら祖母は言う。「今夜はずっとベランダにいて、耳を澄ましてるわ。きっとあんたたちの声が聞けるでしょう」

　庭へ出ると、祖父は口笛を吹いて犬を呼び集めた。ぼくたちは泉から流れ出す小川沿いの窪地《くぼち》を登りはじめた。犬たちは前になり後になりして、ぼくたちをせきたてる。

　祖父は二つの理由で、何匹もの猟犬を飼っていた。第一の理由は、トウモロコシ畑と関係がある。小さな畑だったが、鹿や洗い熊、野豚、それにカラスなどが荒らしに来る。祖父の話では、祖父はマウドとリンガーに見張り役を与えた。マウドは全然嗅覚《きゅうかく》がきかないので狐を追わせるのには不向きだが、聴覚と視覚は鋭いのでそれなりにできる仕事があるし、自分が役にたつとわかれば誇らしい気持ちになる。犬だけじゃない、だれだって自分が役たたずの穀《ごく》つぶしだと思いこむのはよくない、というわけだ。

　リンガーは優秀な猟犬だったが、今では年を取りすぎている。しっぽなんかボロボロにすり切れていて見すぼらしい。それに、目も耳もよくない。リンガーをマウドと組ませるのは、マウドの仕事を手伝えるからだけでなく、まだ自分は役にたつとリンガーが自覚できるようにするためなのだ。そうすれば、リンガーも誇りを失わないですむ。トウモロコシ畑の見張り役ぐらいなら、彼だってしっかり足を踏んばって堂々とつとめることができる。

トウモロコシの収穫期が近づくと、祖父は畑に近い谷間の納屋にマウドとリンガーを移した。二匹はそこでおとなしく待機する。マウドはリンガーの目となり耳となって活躍した。なにか動物が侵入するのを見つけると、畑の持主は自分だと言わんばかりにほえたてながら向かってゆく。するとリンガーもまねをしてすぐ追いかけはじめるのだった。

二匹はトウモロコシ畑の間を突進してゆく。マウドは鼻がきかないので、洗い熊が茂みの中に身を隠すと、そのそばを駆け抜けてしまいかねなかった。だが、すぐうしろからついてくるリンガーは鼻だけは確かだった。地面に鼻をすりつけるようにして、ほえたてながら洗い熊を狩り出す。畑から追い出しただけではすまず、匂いをたどって森の中まではいりこむ。そしてしばらくすると、しょんぼりした表情でもどってくるのだ。ともかく、リンガーとマウドの老犬コンビは、おおせつかった大役を根気よくりっぱにはたしていた。

祖父が犬を飼っているもうひとつの理由は、純粋な楽しみ、つまり狐追いのためである。狩りのためではない。そもそも狩りをするのに犬を使ったことなど一度もなかった。そんな必要はなかったのだ。というのも、祖父は、山のあらゆる動物の水場やえさ場、習性、足跡、さらには考えかたから性格まで、どんなりこうな猟犬も足もとにおよばないほど知りつくしていたからだ。

赤狐は、犬に追いたてられると円を描いて逃げる習性を持っている。巣穴を中心に、直径一マイルないしはそれ以上の円周を描くのである。そうやって走りながら、赤狐はあの手この手のトリックをしかけることを忘れない。来た道をちょっと引きかえすかと思うと、水に飛びこんでみたり、見せかけの逃げ跡を残したりもする。だが、円にはいつまでもこだわりつづける。疲れてくると、しだいに円を求心的にすぼめてゆき、ついには巣穴に身を隠す。それを山の人たちは「巣に上がる」と呼んでいる。

走れば走るほど、赤狐はからだが熱くなり、口からは強い匂いのよだれがしたたり落ちる。犬はその匂いを追ってますますほえたてる。それが「熱い匂いの追跡」と呼ばれるものだ。

一方、灰色狐が逃げるときには8の字を描く。8の字のまんなか、線が交差するあたりに巣はある。

祖父は洗い熊の考えることも読み取ることができた。そして、いたずらっぽいたくらみをいつも笑っていた。祖父が断言するところによると、洗い熊のほうでも、ときには祖父を笑いものにすることがあるという。祖父はまた、山七面鳥の通り道についてもよく知っていたし、水辺から飛びたった蜂を目で追って巣をつきとめることさえできた。好奇心の強い鹿の習性も知っているので、すぐそばまで彼らを呼び寄せることなどお手のものだ。ウズラの群れの中を、羽根一枚そよとも動かさせることなく、しのび足で通り抜けることもできた。彼は、最小限必要なとき以外は、山の動物たちの生活をおびやかすことはけっしてなかった。動物たちにもそれはよくわかっていたのだと思う。

祖父は動物たちといっしょに生きていたのだ。彼らと対立する気などまったくなかった。ところが、白人の山の男たちはみな無神経だった。祖父はじっと我慢していたが、彼らのやりかたときたら、犬を引き連れてあちこち獲物を追いながらドカドカと走りまわる。動物たちはみんな隠れ場に逃げこんでしまう。白人たちは、十二羽の山七面鳥を見つけたら、もしそんな腕があればの話だが、十二羽をみな殺しにしなければおさまらない。

けれども、白人たちも祖父には山の主《ぬし》として一目置《いちもく》いていた。町の店で祖父と出会ったときの彼らの目の表情や、帽子のつばに手をやるしぐさから、ぼくにもそれが見て取れた。彼らは、自分たちの狩り場では獲物がどんどん減っているとこぼしながらも、銃をかつぎ犬を引き連れて祖父の住む谷間や山の中に足を踏み入れることはけっしてしない。祖父は、彼らの話を聞きながら頭を振ることはよくあったが、いつも黙っていた。ただぼくにだけはあとでこう言うのだった。あいつらはチェロキーのおきてのことなんか、ちっともわかっちゃおらん、と。

うしろで犬たちが跳《は》ねまわっていた。ぼくは祖父のあとにぴったりついて小走りに駆けていた。神秘的で胸をわくわくさせるような時間が谷間を流れていた。日はもう沈んでしまい、残りの光もあせて、空は鮮やかな赤から血のようにどす黒い色に変わってゆく。太陽はあえぎながら最後の息を引き取ろうとしているみたいだった。どんどん暗くなり、あたりのようすは一変してゆく。夕方の風がないしょ話を耳打ちするかのように、ひそやかに吹き過ぎる。

多くの動物たちがねぐらに引きあげ、夜行性の生きものだけがえさを求めてうろつきはじめる時間だった。ぼくたちは、納屋のある牧草地を横ぎってゆく。祖父が急に立ち止まったので、ぼくはその腰にぶつかりそうになって、あわてて足を踏んばった。

谷間の下流の方から一羽のミミズクが飛んできた。鳴き声ひとつ、羽音ひとつたてずに祖父の頭をかすめると、幽霊のようにスーッと納屋の中に消えた。

「コノハズクだ」と祖父が言う。「ほら、夜になるとときどき聞こえるじゃろ。女のうめき声みたいなのが。ネズミを捕りに来たんじゃ」コノハズクの邪魔をしたくないと思ったぼくは、祖父のわきによけ、納屋から少し離れて、しのび足でその場所を通り抜けた。

夕闇がのしかかってきた。登るにつれて両側に山がせまってくる。まもなく、道がY字形になって二またに分かれるところに着いた。左側の道を取る。ここから先は、泉から流れてくる小川のへりぎりぎりに沿ってゆくしかない。祖父はこの道を「廊下」と呼んでいた。左右の腕を伸ばすと、両側の崖《がけ》につかえるくらい狭い。崖はまっすぐ黒々と切り立ち、空と接するあたりでは裸の木々の重なりが鳥の柔毛《にこげ》のように見えた。ふりあおぐ空には、星がいくつか弱々しくまたたきはじめている。

どこかでナゲキバトが鳴いている。長く、のどにかかったその鳴き声を山は敏感にとらまえ、いくえにもこだまを返す。そしてそれは山を越え、谷を越え、やがて音というよりは遠い記憶のように吸いこまれ消えてゆく。

さびしくなってきたので、ぼくは祖父のかかとにぶつかるくらいぴったりとくっついて歩いた。犬たちでもうしろにいてくれたら安心なのだが、彼らはみな祖父の前を行ったり来たり、鼻を鳴らして早く狩りを始めようとせがんでいる。

「廊下」は急な登り傾斜となり、やがて大きな水音が聞こえてきた。祖父が「宙吊《づ》りの間」と呼ぶぽっかり開けた場所で、谷川が水量豊かに流れている。

ぼくたちは今まで来た小道をそれ、谷川の上の山へと分け入った。祖父が、犬を放した。指さして、ひとこと「行け！」と命令する。犬たちは勇みたって、小さな鋭い鳴き声をあげながらいっせいに山の奥へ駆けこんでゆく。まるで子どもが野イチゴを摘みに行くみたいだな、と祖父は笑う。

谷川の真上、小さな松の林の中に腰をおろした。そこは暖かかった。松の低木が熱を放っているのだ。もし夏だったなら、松の茂みは暑すぎるので、ナラかヒッコリーの木陰にすわるのがいい。

星明りが谷川の水面を照らし、波に揺られ、しぶきにくだけている。「すぐに犬の鳴き声が聞こえてくるぞ、奴らがスリックの匂いを嗅《か》ぎつけたらな」と祖父が言う。スリック（ずる賢い、の意）というのは、ある狐に祖父がつけたあだ名だった。

ぼくたちはスリックの縄張《なわば》りの中にはいりこんでいたのだ。スリックとはもう五年ほどのつき合いになる、と祖父は言う。狐狩りといえば、狐をしとめて殺すものだとだれもが考える。だが祖父の場合はそうではない。生まれてこのかた、狐を殺したことは一度もない。それなのになぜ狐をかまうのかというと、犬たちが狐を狩り出すようすをじっと耳で追いかけるのが愉快だからだ。狐が巣に上がってしまうと、祖父はかならず犬たちを呼びもどした。

スリックは、変わりばえのしない生活に退屈すると、小屋がある切畑までわざわざ出向いてきて、祖父と犬をけしかけ、自分を追わせるようにしむけるのだという。興奮した犬たちに手を焼くこともあった。彼らはほえ叫びながらスリックのあとについてどんどん谷を登っていってしまうからだ。狐は、巣穴に引きあげたくなると、猟犬を撒《ま》くためにみごとなだましの手を使う。追いかけっこが楽しくてたまらないときは、あちこちいつまでも逃げまわっているのだが。祖父は、スリックが機嫌悪く、追いかけっこを楽しむ気分でないときに犬を放すのが好きだった。小屋のまわりをうろついて迷惑をかけた罰を思い知らせてやれ、というわけだ。

少し欠けた月が山の上にのぼった。月の光は松の茂みにさしこんで影絵をまき散らし、谷川の水をきらめかせ、「廊下」に銀色の小舟の形をした蒸気をゆっくりと浮かび出させる。

祖父は松の木にもたれて両足を投げ出した。ぼくもまねをし、ぼくの責任にまかされた食料の袋をわきに引き寄せた。あまり離れていないところから、長い、どこかうつろなほえ声が聞こえてきた。

「リピットの奴」祖父は低い声で笑った。「うそをついてやがる。リピットはもう待ちきれんのよ。それで、獲物の匂いを見つけたふりをしてるのさ。あのほえかたはいんちきっぽいじゃろ？　自分でもうそをついてるって知ってるんじゃよ」

「うそをついてやがる」とぼくも言った。ぼくたちは、祖母のいないところでは乱暴な口をきいてもよかった。

すぐにほかの犬たちが、うなり声でリピットをたしなめた。山の人の間では、リピットのような犬は、「はったり屋」と呼ばれている。ふたたびあたりに静けさがもどった。

しばらくすると、遠い、太く長く尾を引くほえ声がしじまを破った。その声には興奮の気配が感じられたので、今度は本ものだとぼくは直感した。ほかの犬たちもすぐにほえはじめる。

「あいつはブルー・ボーイじゃ。山にはいると、あいつが一番鼻がきく。……今のはリトル・レッドじゃな、ブルー・ボーイのすぐあとについてるぞ。……ほら、今度はベスじゃ」さらにつづいて、狂ったようにほえたてる声も聞こえてきた。「老いぼれリピットの奴、びりっけつにいるぞ」

犬たちはあらんかぎりの声でほえながら、どんどん遠ざかってゆく。彼らの合唱が前にうしろにいくえにもこだまするので、ぼくたちは何百匹もの犬に囲まれているといった感じだ。まもなくその声も、はるかかなたに消えていった。

「クリンチ山の向こう側へまわったな」

ぼくは聞き耳を立てたが、もうなにも聞こえなかった。

「キーッ」背後で夜鷹《ヨタカ》の声が空気を鋭く切り裂く。谷川の向こう側でフクロウが答える。「ホーッ、ホーッ、ホーウーッ」

「夜鷹の奴、水のあたりには残りもののえさがたっぷりあると思って、すきをうかがってるんじゃ。フクロウはそれが気に食わんのさ」

谷川で魚がピシャッと跳ねる。ぼくはしだいに心配になってきた。「ねえ、おじいちゃん、犬たちは迷い子になったの?」

「いいや。そのうち声が聞こえてくるさ。クリンチ山の向こう側をまわって、反対側から出てくる。見てろよ、あそこの尾根へ飛び出してくるから」

祖父が言ったとおりだった。遠くからかすかなほえ声が聞こえてきたかと思うと、それはどんどん大きくやかましくなり、ぼくたちの目の前の尾根を一気にくだる。どこか下流で谷川を渡り、ぼくたちのうしろの山腹を駆け登り、駆け抜け、ふたたびクリンチ山の方へ向かってゆく。ただ、今度はクリンチ山の手前側を巻いているらしく、犬たちの声はとぎれることなく聞こえてきた。

「スリックの奴、輪を縮めはじめたな。今度川を渡ったら、犬を引き連れてわしらの目の前に姿を見せるぞ」祖父の推測は正しかった。ぼくたちの下手、あまり遠くないところで水を蹴散《けち》らす音が聞こえた。バシャバシャという水音と犬たちのほえ声が混ざり合う。祖父はまっすぐ上半身を起こすと、ぼくの腕をつかんだ。「ほら、奴だぞ!」

谷川の土手の柳の間を抜けて、一匹の狐が姿を現わした。スリックだ! 舌をだらりと垂らし、トコトコと駆けてきた。うしろから追ってくる犬にはまるで無頓着《むとんちゃく》といったようすで、ふさふさしたしっぽもだらりと垂《た》れさがっている。とがった耳だけピンと立て、のんきそうに灌木《かんぼく》の茂みに沿って走る。ふと立ち止まると、スリックは前脚を上げてペロペロとなめはじめた。それから犬の声のする方をふりかえって、またトコトコと走りだした。

ぼくたちの足もとの谷川には、五、六個の岩が水面に顔を出し、飛び石のように連なって、流れの中ほどまで続いている。スリックはその岩のところまで来ると立ち止まり、またうしろをふり向いた。犬たちとの距離を測っているらしかった。それから背なかをぼくたちに見せ、流れをながめる姿勢でその場に静かに腰をおろした。月の光に照らされて、毛皮のコートが赤い。犬たちのほえ声が近づいてきた。

　祖父がぼくの腕をきつく握った。「見てろよ！」スリックは、岸辺から最初の岩へ跳び移った。そこでちょっと立ち止まったかと思うと、ヒョコヒョコ踊るようなしぐさをする。二番目の岩に跳び移ると、そこでも踊りのしぐさ。そのようにして、次から次へと岩を跳び、川の中ほどの最後の岩にたどり着いた。

　そこでスリックはまわれ右をすると、岩づたいにもどってくる。岸に一番近い岩までもどった彼は、立ち止まって耳をそばだてた。それからおもむろに水に脚を入れると、上流に向かって岸沿いに泳ぎはじめる。やがて彼の姿は見えなくなった。ぎりぎりまで時間かせぎをしていたにちがいない。犬たちが岸辺にやって来たときには、スリックの姿は間一髪の差でそこにはなかった。

　ブルー・ボーイが地面に鼻をこすりつけるようにしながら、ほかの犬たちを先導してきた。老いぼれリピットがすぐうしろを、そしてベスとリトル・レッドが少しおくれてひとかたまりになってついてくる。ときどき彼らのうちのどれかが鼻づらを上げ、オーッ、ウーッとうなり声をたてる。その声を聞くと、ぼくまで血がうずうずしてくる。

　犬たちは、飛び石になっている岩のところへやって来た。ブルー・ボーイは一瞬もためらいを見せず、岩から岩へと跳び移ってゆく。ほかの犬たちも続いた。

　最後の岩までやって来ると、ブルー・ボーイは足を止めた。ところが、老いぼれリピットは当然のようにそこから水に飛びこんで、向こう岸へと泳ぎはじめたのである。ベスがそのあとに従った。

　ブルー・ボーイは鼻づらを上げてクンクンと空気を嗅《か》ぐ。リトル・レッドは彼のそばにとどまった。やがて、二匹は岩づたいにとってかえした。岸にもどると、ブルー・ボーイが先にたち、あたりを嗅ぎまわる。上手の岸辺にスリックの匂いをさぐりあてたブルー・ボーイは、長い大きなほえ声をあげる。リトル・レッドが唱和した。

ベスは流れの中でまわれ右をしてこちらにもどってきた。老いぼれリピットはというと、わけがわからず、わめきながら向こう岸をあっちへ行き、こっちへもどり、走りまわっている。ブルー・ボーイの声を聞くと、リピットは大あわてでふたたび水に飛びこんだ。頭の上まで水しぶきを跳ね飛ばしつつ必死で水を搔《か》き、ようやく岸辺にたどり着くと、なかまのあとを追って走る。

祖父とぼくは腹をかかえて笑った。あんまり大笑いしたものだから、ぼくは松の若木に踏んばっていた足を踏みはずし、オナモミの茂みへ転がり落ちてしまった。祖父が引っぱり上げてくれた。髪の毛についたイガを取りながら、ぼくたちはなおも笑いつづけた。

「スリックの奴、案の定《じょう》うまい手を使いやがる。わしらがこの場所に陣取ったわけがわかったじゃろう？　奴はきっとあそこにやって来て、なにかやらかすと思っとったよ」

犬がすぐそばまで来るのをスリックがあんなに待った理由は、岩の上に自分の新鮮な匂いを残すためだ。犬たちは、興奮すると感情ばかりが先行して、持ち前の嗅覚をはじめとする感覚の力を発揮できなくなる。スリックはそこまで計算に入れたというわけだ。リピットとベスについてはスリックの読みは正しかったが、ブルー・ボーイとリトル・レッドはその手に乗らなかったことになる。

祖父はつけ加えて言った。「よくあることじゃ。リピットの奴がまんまと引っかかったのとおんなじでな、人間だって感情ばっかりが先走りすると、しまいには手痛い目に会うもんなんじゃ」

もう夜が明けかかっていたが、ぼくは気がつかなかった。谷川の岸辺に降りてゆき、ぼくらは弁当のサワービスケットと干し肉を食べた。犬たちはほえながら一周して、今はぼくたちの正面の尾根にもどってきている。

朝日が山の頂きにのぼり、谷川ごえにまぶしい斜光を木々に投げかけ、ヤブミソサザイや紅冠鳥の目を覚まさせる。

祖父は杉の木の皮を細長くナイフではぎ取り、一方を折り曲げてひしゃくをつくった。ぼくたちはそれで谷川の冷たい水をすくって飲む。水底の小石がひとつひとつはっきりと見えた。水はほのかに杉の匂いがして食欲をそそったが、もうビスケットは残っていなかった。

スリックは、今度はもっと上流の向こう岸に姿を見せるはずなので、もう一度見ることにした。ぼくは言いつけられたとおり、じっと動かずに待ちつづけた。アリが足を這《は》い登ってきたときさえ、身動きするのをこらえた。それを見て、払い落としてもだいじょうぶ、スリックの目にははいらないだろうから、と祖父が言ってくれた。ぼくはアリを払いのけた。

やがて、谷川の下手の方に犬たちが現われた。ふと上流に目をやると、スリックの姿が見えた。あいかわらず舌をだらりと垂らし、対岸の土手をのろのろと登っている。祖父が低く口笛を吹いた。スリックは足を止め、谷川ごしにこちらをふりかえった。ぼくたちをあざ笑うように目を細めてしばらく立っていたが、フンと鼻を鳴らすと小走りに姿を消した。

スリックは、わずらわしい目に会わされてうんざりしたので、あんなふうに鼻を鳴らしたのだ、と祖父は言う。だが、スリックは当然の報いを受けたのだとぼくは思い出した。

狐は「すりかわりの術」を使うと言われているが、祖父は実際にそれを見たことがあるらしい。何年か前、祖父は狐追いに出かけ、牧草地の上手の、とある丘の上に腰をおろしていた。まもなく、一匹の赤狐が犬に追いたてられて姿を現わした。赤狐は谷間の一本の木の下で立ち止まり、小さくひと声ほえる。するともう一匹の狐が出てきて、初めの狐は入れかわりに木の下に隠れた。二匹めの狐はトコトコ走りだし、犬たちはそのあとを追う。祖父は木のそばへしのび寄った。犬たちがほんの二、三フィートのところを通過中というのに、最初の狐はなんといびきをかいて眠っていた。狐は自信たっぷりなので、犬がどんなに近寄ろうとうろたえないのだと祖父は説明した。

土手の上にブルー・ボーイと一団が現われた。一歩ごとに彼らはほえたてる。どうやらスリックの強い臭跡を嗅ぎつけたのだ。犬たちはすぐ見えなくなったが、やがて一匹だけなかまから離れたところではげしくほえだした。

祖父がクスッと笑う。「やれやれ、老いぼれリピットの奴、先まわりしてスリックの裏をかく気らしいな。今に迷い子になるぞ」リピットのような犬を、山の人たちは「ぺてん師」と呼ぶ。

ぼくたちは、リピットを呼びもどすため大声で叫びはじめた。ほかの犬たちももどってくるので、それは狩りの終了を伝える合図でもあった。祖父の叫び声はヨーデルみたいだった。ぼくもまねてみた。そんなに息が長く続かなかったが、祖父はなかなかうまいとほめてくれた。

まもなく、犬たちが全員もどってきた。ひとりおくれてもどったリピットは、自分の行ないを恥じて、すごすごとなかまのうしろに隠れる。「ちっとは懲《こ》りたろうよ、リピットの奴。狐の裏をかこうなんて、自分で自分の首をしめるだけさ」

ぼくたちが「宙吊りの間」をあとに、「廊下」を抜けて家路についたときには、午後の太陽はすでに傾きはじめていた。犬たちは疲れきって足を引きずっていた。ぼくもへとへとだった。祖父自身疲れてゆっくり歩いてくれなかったなら、ぼくはとてもあとについてゆけなかっただろう。

あたりが夕闇に包まれるころ、小屋のある切畑と祖母の姿が見えてきた。祖母は道に立って出迎えてくれたのだ。ぼくはまだ歩けたが、祖母はぼくをおんぶし、片方の腕を祖父の腰にまわした。よほど疲れていたせいか、ぼくはたちまち祖母の背なかで眠りに落ちた。いつ小屋に帰り着いたのかも知らなかった。

5　理解と愛

ふりかえってみると、祖父とぼくは口数の少ないほうだったと思う。もっとも、山や獲物のこと、天気のこと、そのほかいくつかのことがらに話がおよぶと、祖父は黙ってばかりはいなかったが。言葉や本などに関する話題になると、祖父もぼくも最後の判断は祖母にまかせることにしていた。いつでも祖母はきっぱりとけりをつけてくれたのである。

例えば、ある婦人に道をたずねられた一件について話し合ったときもそうだった。

ある日、祖父とぼくは開拓町から家に帰る途中だった。荷の中には本がたくさんあったので、二人で分けて背負った。図書館の女の人が毎月山ほど貸してくれるのに、祖父は閉口していた。本の登場人物がこんぐらがって、だれがだれだかわからなくなってしまうのだ。

この一か月ほど、祖父は、大陸会議[*1]の席上、アレキサンダー大王は大銀行家の肩を持ち、ミスター・ジェファーソンの給料を引き下げようとした、と言い張ってきた。アレキサンダー大王はその当時の政治家ではないし、とっくに死んでしまった人物だ、と祖母が言って聞かせたのだが、祖父の思いこみはなおらない。そのため、アレキサンダー大王についての本をもう一度借り出す始末だった。

祖母の話が本当かどうか、本を読みかえせばわかる、と祖父はがんばった。祖母がかんちがいしたことなど一度もない、とぼくはぼくで言い張った。

ともかく、祖父もぼくも胸の内ではいつも祖母が正しいとわかっている。本が多すぎるのが混乱のもとだ、と祖父はいささか憂鬱《ゆううつ》になっていた。ぼくはもっともだと思った。

さて、その日、ぼくは石油罐《かん》といっしょにミスター・シェイクスピアの本を一冊と辞書を背負っていた。祖父のほうは、残りの本とコーヒーの罐を受け持っていた。

祖母はコーヒーが好きだった。まる一か月の間手こずったアレキサンダー大王の一件も、このコーヒーを飲みながら祖母がみごとに決着をつけてくれるだろうとぼくは思った。

　開拓町から続く道を、ぼくは祖父のあとについて歩いていた。そのとき、黒塗りの自動車が近づいてきて、ぼくたちの横に止まった。今まで見たこともない馬鹿でかい車だった。

　二人の婦人と二人の男が乗っている。窓ガラスがスルスルと動いてドアの中に滑り降りてゆく。ぼくたちはそんなしくみを見るのは初めてだったので、婦人のひとりが把《と》っ手をまわしてガラスをすっかり降ろしてしまうまで、目をまるくして見つめていた。あとで祖父が話してくれたのだが、そばに目を寄せて見ていたら、ドアに細いすきまがあいていて、そこへガラスは吸いこまれていったという。ぼくは背が足りなかったので、それを見ることができなかった。

　その婦人はきれいなドレスに身を包み、指にはいくつもの指輪をはめ、耳には大きな玉飾りをぶらさげていた。

「チャタヌーガ（テネシー州南東の都市）へはどう行けばいいの？」婦人がたずねた。モーターの音はほとんど聞こえない。

　祖父は道路わきにコーヒー罐を置き、土ぼこりで汚れないよう、その上に本をそっとのせた。ぼくも石油罐を下に置いた。人から話しかけられたときは、まず荷物をていねいに下に置いてから相手の言葉に注意を集中しなさい、とぼくはつねづね祖父に言われていたのだ。

　祖父は婦人に向きなおり、帽子を脱いで持ち上げた。そのしぐさが気にさわったと見えて、婦人は声を張りあげた。「チャタヌーガへ行く道を聞いてるのよ。あんたつんぼなの？」

「いいや、奥さん。今日は耳の具合もいいし、からだの調子も最高でさあね。ありがたいこって。で、あんたはどうですかな？」祖父はふざけていたのではない。相手の健康をたずねるのがこういうときの礼儀だからだ。それなのに婦人のほうはカッと頭に来たらしい。祖父もぼくもあっけにとられた。もっとも、彼女がいきりたったのは、車の中のほかの連中がようすを見てゲラゲラ笑っていたせいだったのかもしれない。

婦人はもっと大きな声で叫んだ。「チャタヌーガへ行く道を教えてくれるの？　どうなのよ？」

「もちろんでさあ、奥さん」

「なら、早く教えてよ」

「さあてと、まずもってあんたら向きがまちがっとるよ。東に向かっとるが、西に行きたいんじゃろう？　けどな、真西じゃあねえ。ほんのちょっぴり北寄りにな。ほれ、あそこにでっけえ山が見えるじゃろうが。あれをまわりこんでまーっつぐ行けばいいんじゃ」祖父はもう一度うやうやしく帽子を取った。祖父とぼくはかがんで荷物を持ち上げようとした。

婦人が窓から頭を突き出してわめく。「あんた、まじめなの？　方角なんか当てにならないわ。まっすぐチャタヌーガへ行く道がどれかって聞いてるのよ」

祖父はびっくりしてからだをまっすぐに起こした。

「西へ行く道ならどれでも――ただし、ほんのちょっぴり北寄りにということを忘れんようにな」

「あんたたち、なんなの？　よそ者の二人づれってわけ？」

彼女の言葉に祖父は面くらったみたいだった。「よそ者」などという言葉を聞くのは初めてだったので、ぼくはびっくりしてしまった。祖父は黙って婦人の目をじっと見つめた。しばらくしてはっきりした口調で言った。

「そうかもしれんな」

でかい車は走り去った。車の向きも変えず、チャタヌーガとは正反対の方へと。祖父はやれやれというように頭を振った。七十年生きてくる間には頭のおかしな連中とも出会ったが、あの婦人はとびきりだ、とつぶやく。ひょっとして政治家じゃないの、とぼくが聞くと、女の政治家なんて聞いたことがない、もっとも、政治家の女房かもしれんが、と祖父は答えた。

ぼくらは馬車のわだちが残る道へとはいっていった。開拓町からの帰り道、わだち道へさしかかるといつも、ぼくは祖父になにかたずねることはないか、と考えはじめるのだった。声をかけられると、祖父は、相手の言葉に全神経を集中させるために、かならず足を止める。その間に追いつくことができた。ぼくはまもなく六歳になるところだったが、年齢のわりにチビで、祖父の膝《ひざ》の上に頭がとどくかとどかないかくらいだった。だからいつも彼のあとを小走りでついてゆかなければならなかったのだ。

その日、ぼくは祖父からだいぶおくれたので、必死で駆けつづけていた。ほとんど叫ぶようにして祖父に声をかける。「おじいちゃーん。おじいちゃんはチャタヌーガへ行ったことあるの？」

「いいや」祖父は立ち止まった。「一度行こうとしたことはあったがな」

ぼくはようやく追いついて石油鑵を下に降ろした。

「そうさな、二十年……いや三十年前になるかもしれん。わしにはイーノックという名前の叔父《おじ》さんがおった。わしの父さんの一番下の弟じゃ。叔父さんはもういい年じゃったが、酒を飲むとわけがわからなくなって、ほっつき歩く癖があった。そう、ひとりぼっちで山ん中へはいっちまうんじゃ。あるとき、山へはいったきり三週間も四週間ももどってこん。わしらは旅の行商人なんかに聞いてまわったよ。そのうち、叔父さんはチャタヌーガで監獄に入れられてるってうわさが伝わってきた。で、わしが出向いて引き取ることに決めたんじゃが、ちょうどそこへひょっこりもどってきた」

祖父はちょっと考えこむように息をつぎ、それから笑いだした。「叔父さんのかっこうときたら、はだしで、ぶかぶかのおんぼろズボンだけでな、そのズボンを片手で引き上げておったよ。洗い熊に襲われたみたいに、傷だらけじゃった。話を聞いて、山ん中を歩きどおしでもどってきたとわかったんじゃ」祖父は笑いやんだ。ぼくは石油鑵に腰をかけて足を休めた。

「イーノック叔父さんが言うにはな、ぐでんぐでんに酔っぱらって、どこをどう歩いたものやら、気がついたら、見たこともない部屋のベッドに二人の女と寝てた。起き上がって、女どもから逃げようとしたときに、ドアがバーンとあいて、でっかい男が血相変えて飛びこんできた。そいつがわめきたてるところによると、女のひとりはそいつの女房で、もうひとりは妹らしい。どうやら叔父さんは家族全員とおつき合い願ったってわけさ。

女たちも起き上がって、叔父さんに向かってがなりたてた。その男に金かなにかを払えって言うんじゃ。男のほうもわめきつづける。叔父さんは、あたりを這《は》いずりまわってズボンを探した。ポケットに金が残ってるとは思えんが、ナイフならあるはずじゃ。男が商売でしくんだ芝居らしいと叔父さんにはわかったのさ。ところが、どうしたわけかズボンは見つからん。さて弱った。ほかに手はない。そこで叔父さんはエイヤッとばかりに窓の外に飛び降りたんじゃ。まずいことに、その窓は二階にあった。イーノック叔父さんは砂利《じゃり》や石ころだらけの地面にもろにたたきつけられた。それで傷だらけになったってわけさ。

叔父さんはすっぱだかじゃったが、気がついてみると手に窓の日よけテントの切れはしを握ってる。飛び降りるときに引っつかんだらしい。そいつを腰のまわりに巻きつけると、暗くなるまで身を隠そうと思ったんじゃ。ところが隠れる場所なんてどこにもありゃあせん。で、しょうがねえから人通りの多い道路のどまんなかへスタスタ歩いてった。叔父さんが言うにはな、通行人はどいつもこいつも無作法じゃったと。あんまり騒ぎたてるもんで、叔父さんはまた逃げ出したくなった。そこへ警官がやって来て、牢屋《ろうや》へぶちこまれちまったのさ。

翌朝、警官がだぶだぶのズボンとシャツと靴をくれて、ほかの囚人といっしょに町へ道路掃除に行けと言いつけた。十人ばかりで掃除を始めたのはいいが、どう見てもきれいになったとは思えん。掃除するそばから通行人がごみを投げる。なんの役にもたたんと思った叔父さんは、ずらかろうと決めたんじゃ。チャンスをねらっていきなり駆けだした。だれかがシャツを引っつかんだが、ふりきって逃げた。ぶかぶかの靴を脱ぎ捨て、ズボンを引っぱり上げながら走った走った。林ん中へ逃げこんで、暗くなるまで待ったんじゃ。それから星を見て方角をつかみ、家へ向かって出発したものの、山を越すのに三週間もかかった。豚みたいに、ドングリやヒッコリーの実ばっかり食いながらな。すっかり懲《こ》りたイーノック叔父さんは、ぷっつり酒をやめたし、それからは町へは絶対に寄りつこうともしなくなったよ」

祖父は長い話を終えて、最後にこうつけ加えた。「わしはチャタヌーガなんぞへ行ったことはねえ。行く気もせんよ」

ぼくも絶対チャタヌーガへなんか行かないぞ、と心に決めた。

その晩、夕食のとき、ぼくは祖母にたずねたくなった。「ねえ、おばあちゃん。『よそ者』ってなんのこと?」

祖父は食べる手を止めたが、皿から顔を上げなかった。ぼくと祖父の顔をかわるがわる見つめたのち、目をキラキラ光らせながら祖母が答えた。「『よそ者』っていうのはね、生まれた場所でないところにいる人のことさ」

「おじいちゃんはね、ぼくたち、『よそ者』だって」ぼくは馬鹿でかい車に乗った婦人の話をした。彼女がぼくたちによそ者かと聞き、それに対して祖父がそうかもしれないと答えたことを祖母に説明した。祖父は皿を押しやった。「わしはな、あんな道路わきで生まれたわけじゃねえ。あの連中にしても、わしのことを道さえ教えられん人間で、土地の者じゃねえと思ったから、『よそ者』呼ばわりしたんじゃろうよ。それにしてもいやみなひどい言葉さ(祖父は祖母の前では「ひでえ」のかわりに「ひどい」という言いかたをした)。この世になくってもいっこうにかまわん言葉さ。いつも言うとおり、ひどい言葉が多すぎるよ」

祖母もその点にはまったく賛成だったが、言葉の問題に深入りするのは好まなかった。祖父が、例えばthrowedと言う癖があるのを、祖母にもなおさせることはできないでいた。祖父の言い分はこうだ。knew《ニュー》というのは新品の品物をさす。だから、「知っていた」と言いたいときはknowedでなければならない。またthrew《スルー》というのはドアの向こうへ通り抜けることをさすものでで、「投げた」と言いたいのならthrowedでなければならない。祖父は自分の言い分は筋が通っていると信じていて、だれが反論しようが挺子《てこ》でも動かなかった。

言葉がもっと少なかったら、世の中のごたごたもずっと減るのに、と祖父は嘆く。ぼくだけにそっと言ったこともある。いつの世も馬鹿がいて、もめごとを引き起こすしか能のない言葉をせっせとでっちあげているのだ、と。もっともな話だった。祖父は言葉の持つ意味よりも、その音、あるいは話し手の口調のほうに大きな関心を払った。言葉のちがう人たちの間でも、音楽を聴けば同じ思いを共感できる、と言う。それには祖母も同じ意見だった。祖父と祖母が話し合うときがまさにそうで、交わす言葉の音とか口ぶりが大きな意味を持っていた。

祖母は名前を「きれいな蜂《ボニー・ビー》」と言った。ある夜おそく、祖父がI kin ye, Bonnie Bee.と言うのを聞いたとき、ぼくにはそれがI love you.と言っているのだとわかった。言葉の響きの中に、そのような感情がこもっていたからだ。

また、祖母が話の途中でDo ye kin me, Wales?とたずねることがあった。すると祖父はI kin ye.と返す。それはI understand you.という意味である。祖父と祖母にとっては、愛と理解はひとつのものだった。祖母が言うには、人は理解できないものを愛することはできないし、ましてや理解できない人や神に愛をいだくことはできない。

祖父と祖母はたがいに理解し合っていた。だから愛し合うこともできた。祖母はこうも言った。理解は年を経るほどにいっそう深まってゆき、命に限りのある人間のあらゆる思いや説明を超えたところまで行き着くことができる。だからこそ人はそのような理解をkinという言葉で呼んだのだ、と。

祖父は、昔自分がまだ生まれないころはkinfolksという言葉は、自分が理解しうる人で、かつ理解を共有しうる人たちのことを意味し、したがってまた、愛し合う人たちを意味していたのだと言う。だが、人々は自分本位になってしまい、その本来の意味とは無縁の、ただの血縁関係者を意味するものへと言葉をおとしめてしまった。

祖父がまだ子どもだったころ、お父さんにひとりの友だちがいて、しょっちゅう小屋へ顔を出した。その男は年寄りのチェロキー・インディアンで、「洗い熊《クーン》ジャック」と呼ばれていた。年がら年じゅう不機嫌なへそ曲がりだった。洗い熊ジャックのどこが気に入ってお父さんはつき合っているのか、祖父にはさっぱり見当もつかなかった。

みんなで連れだって谷間の小さな教会へ出かけることもあった。ある日曜日のことだった。たまたま信仰告白日にぶつかっていたのだが、出席者は神の声にうながされたか、つぎつぎと立ち上がって、自分の罪を懺悔《ざんげ》したり、神への大いなる愛を口にしたりしていた。

洗い熊ジャックの番になると、彼は立ち上がってしゃべりだした。「今ここにいる者の中に、おれの陰口をたたく奴がいるらしい。おれはとっくに気づいてたよ。あんたたち、なにが気に食わねえのか、おれにはわかってる。教会役員会がおれに賛美歌の本箱の鍵を預けたことをねたんでるんだ。この際言わせてもらうが、みんなそれがおもしろくねえんだ。あんたらの持ってねえ鍵を、おれひとりがこのポケットに入れてるせいでな」

洗い熊ジャックは鹿皮のシャツの下からピストルの柄をちらつかせた。カーッと頭に血がのぼって、床をドンドン踏み鳴らす。

教会には、祖父のお父さんも含めて、気の荒い男が何人かいた。彼らは気分しだいで銃をぶっぱなしかねない連中だったが、このときばかりはだれひとり抗議しようとする者はいなかった。祖父のお父さんが立ち上がって話しはじめた。「洗い熊ジャック、あんたが賛美歌の本箱の鍵をきちんと預かってくれてるんで、ここにいるみんなは感心してるんだ。だれにもできねえくらい、きちんと保管してくれてるんだからな。もし変なうわさが流れて、あんたの気にさわったなら、ここにいるみんなだって悲しいんだ。おれは今この場でそう宣言してもいいぜ」

洗い熊ジャックはそれを聞いて気分をなおし、満足げにいすに腰をもどした。出席者全員が胸をなでおろした。

家に帰る途中、祖父はお父さんに、洗い熊ジャックはなぜあんなことをいきりたってしゃべったのかとたずねた。たかが賛美歌の本箱の鍵じゃないか。それなのにあんな大げさなふるまいを演じた洗い熊ジャックはおかしいと思ったのだ。お父さんがキッとなって言った。「いいか、息子よ、洗い熊ジャックを笑ったりしちゃならんぞ。……チェロキーが自分の土地から追っぱらわれて、むりやりオクラホマへ行かされたときのことさ。洗い熊ジャックは血の気の多い若者だったよ。あいつはここらの山ん中へ身を隠して抵抗したんだ。そのうち南北戦争[*2]がおっ始まると、連邦政府軍をやっつければ土地や家を奪いかえせると考えた。死にものぐるいで戦ったよ。二度ともあいつの負けだった。戦争がすむと、政治家どもが乗りこんできて、おれたちに残されていた最後の土地までふんだくろうとした。洗い熊ジャックは逃げまわり、身を隠しながらまだ戦いつづけたよ。いいか、洗い熊ジャックは戦争をかいくぐってずっと生きてきたんだ。で、今あいつが持ってるものっていえば、賛美歌の本箱の鍵一個だ。洗い熊ジャックがけんかっぱやく見えるとしたら……もう戦うものがなにもねえからさ。あいつは戦うことしか知らなかったんだ」

祖父はその話を聞いて、泣きだしそうになったという。それからのち、洗い熊ジャックがなにを言おうとなにをしようと、全然気にならなくなった。祖父は洗い熊ジャックを愛した。彼を理解したからだ。

それがkinだ、それを実践しないから人々の間に醜いもめごとが起こるのだ、と祖父は言う。いや、もうひとつ、もっぱら政治家のせいで起こるごたごたもあるが、と祖父はつけ加えた。

ぼくにも胸にこたえて理解できるものがあった。洗い熊ジャックの話に、ぼくもほとんど泣きだしそうになった。

訳注

＊1 一七七四年、北米の一三のイギリス植民地が本国の抑圧策に対抗して組織した合議体。七六年には独立宣言を発表。八九年、連邦政府が成立するまで存続。

＊2 一八六一〜六五年、奴隷制の存続をめぐって北部と南部間に起こった内戦。チェロキーは、ほかの多くのインディアン部族同様、南部諸州連合側に参加させられ、北の連邦と戦った。この敗北により、南を支持したインディアンは従来の条約上の諸権利をも大きく奪われた。

6　祖父母の昔話

祖父母はぼくが過去を知ることを望んだ。昔を知らなければ、未来は開けてこない。祖先の人たちがどこから来たのか知らなければ、これから人々がどこへ行こうとしているのかもわからない。そういうわけで、昔の話をしばしば語ってくれた。

連邦政府軍の兵隊が来る以前、チェロキーの人たちはこつこつ働いて谷間を耕やし、肥沃《ひよく》な畑に変えていった。春の種まきも終わって土の中に新しい命が芽ぶきはじめるころ、人々はなかまの間に生まれた新しい夫婦を祝って結婚のダンスを踊るのだった。森では鹿や鳥たちが繁殖の営みに続く小さな生命の誕生に有頂天になっていた。

秋が深まり霜が降りると、カボチャが色づき、柿は赤く熟《う》れ、トウモロコシの実が引きしまる。村では総出で収穫を祝う祭がもよおされた。冬の猟のしたくが始まり、山の人たちは自然のおきてを守ることを誓い合うのだった。祖父母はこのような昔の平和な生活についてよく語ってくれた。

あるとき、連邦政府軍の兵士がやって来た。そして、紙きれを示してサインしろとせまる。彼らが言うには、その紙きれには、白人開拓者がこの土地にはいってくるが、けっしてチェロキーの土地を奪ったりはしない、と書かれているという。チェロキーの人たちがサインをすると、今度はもっと大勢の銃剣を持った兵隊がやって来た。兵隊は言う、あの紙きれの条文は変更になった、と。そして、新しい条約により、チェロキーは谷間の畑や家や山をあけ渡して、連邦政府が用意した土地へ移らなければならないと告げる。日の沈む遠い土地、白人たちが見向きもしない土地へ行けと言うのだ。

兵隊が広い谷間を銃でぐるりと囲んだ。夜には野営のたき火が点々と谷間を取り巻く。チェロキーはその輪の中に放りこまれた。山や谷から狩り出されたチェロキーは、牛や豚同然にひとまとめに囲いの中に閉じこめられた。

何日も何日もかかってチェロキーを狩り集めると、連邦政府軍は、ラバに幌馬車《ほろばしゃ》を引かせてきた。日の沈む土地まで乗っていってよいと言う。チェロキーの人たちはもはやすべてを奪いつくされていた。だが、なにかを保ちつづけていた。それは見ることも、着ることも、食べることもできないなにかだ。そして、だれひとり幌馬車に乗ろうとはしなかった。歩くことを選んだのだ。

兵士たちは、チェロキーの人たちの前後左右について馬を進めた。チェロキーの男たちはまっすぐ前方を見つめて歩いた。下を向いたり、兵士の方に目をやる者はいなかった。女や子どもたちは男のあとに続いた。やはりだれひとり兵士の方を見ようとはしなかった。一行のうしろをからっぽの幌馬車がガタゴトとついてくる。土地も家も略奪されたけれど、チェロキーは魂を幌馬車に奪われることはなかった。

白人の村にはいると、行列の通るのを見ようと、人々は道路沿いにむらがった。からっぽの幌馬車を従えて徒歩で行進するチェロキーを見て、彼らは笑った。笑い声を聞いてもチェロキーはふり向かなかった。すぐに笑い声はやんだ。

ふるさとの山がはるかうしろに遠のくにつれて、ひとりまたひとりと死者が出はじめた。魂は死にも弱りもしないが、飢えと寒さに幼い子ども、老人、病人がつぎつぎに倒れていった。

初めのうち、死者が出るたびに兵士が号令をかけて行進を止め、死体を道端に埋めさせた。だが日を追って死者はふえ、何百人、何千人という数にのぼった。行進中、命を失った人の数は全体の三分の一を越えた。死者の埋葬は三日おきと決められた。兵士たちは、先を急ぎ、できるだけ早くチェロキーと手を切りたかったのである。死体は幌馬車に乗せよ、という命令が伝えられたが、チェロキーは拒んだ。

小さな男の子は死んだ妹を背負って運んだ。夜になると地面に妹を横たえ、そのわきで眠った。朝が来ると、冷たい妹を持ち上げてまた背に負った。

夫は死んだ妻を、息子は死んだ母を、あるいは父を運んだ。母親は死んだ赤ん坊を運んだ。みんな、いとしい者の死体を両腕に抱き、歩きつづけた。兵士の方を見る者、沿道にむらがる白人たちに目をやる者はひとりもいなかった。行列を見て、中には泣きだす人もいた。だが、チェロキーは泣かなかった。魂をのぞかれたくないから、人前では泣かない。幌馬車に隠れることを拒否することによって、チェロキーは、泣く姿を人目にさらすことも拒否したのである。

この行進は「涙の旅路」[*1]と呼ばれている。チェロキーが涙を流して泣いたわけではない。この言葉にはロマンチックな響きがあり、行進を道端でながめた人たちの悲しみを語るにはふさわしいかもしれない。だが、死の行進のどこにロマンチックなものがあるだろうか？

よろめき歩く母親の腕の中で、二度と閉じることのない瞼《まぶた》をグラグラ揺れる空に向かって見開いているこわばった赤ん坊。それを詩にうたうことができるだろうか？妻の死体を抱き寄せて地べたに眠り、朝になればふたたびやせ腕にかかえて歩かねばならない男。その男は長男に末の子の死体を運ばせてもいるのだ。住み慣れた山を二度と見ることもかなわず、語ることも泣くことも、思い出すことさえ自分に禁じた人たち——それを美しい歌として歌うことができるだろうか？

チェロキーの人たち全員が「涙の旅路」をたどったわけではない。山で生きる術《すべ》を身につけた人のうちある者は、山奥深い谷の底や水辺に隠れた。だが、追っ手を逃れるため、妻や子どもを引き連れてしじゅう移動しながらの生活だった。

彼らは獲物を捕るわなをしかけたが、ときにはそこへもどらないこともあった。兵隊がやって来たからである。食べものといえば、土の中から掘り出した根っこ、すりつぶしたドングリ、開墾地《かいこんち》から切り取ってきた山ゴボウ、木の内側の皮などだった。冷たい谷川で魚を手釣りすることもあった。彼らは影のように音もなく動きまわった。たとえその場に人がいたとしても、彼らの姿を見たり、音を聞くことはできなかったはずだ。だが、彼らは、自分が生きていることをなかまに知らせるために、ごく小さな印を残すことがあった。

彼らはあちこちでなかまを見つけることができた。祖父の父の一族はみな、山で育った人たちだった。土地や財産に対して無欲で、ほかのチェロキー同様、ひたすら山の生活の自由さを愛していた。

祖母は、祖父のお父さんが、妻、すなわち祖父のお母さんとその家族に初めて出会ったときの話を聞かせてくれた。

ある日お父さんは、谷川の土手の上にかすかな印を発見した。いったん家へ帰り、鹿のうしろ足を持ってもどると、それをさっきの印のそばに置いた。銃とナイフもそのわきに置いた。翌朝ふたたび行ってみると、鹿肉はなくなっていた。しかし、銃とナイフはそのままで、さらに別の長いインディアン・ナイフとトマホークが置かれていた。お父さんはそれらはそのまま残し、あらたに皮つきのトウモロコシを持ってきて、ナイフやトマホークの横に並べた。こうしておいてから、長い時間その場所で待ちつづけた。

夕方近くなって人影が現われた。用心深く、木の間隠れに立ち止まるかと思うと、また数歩近寄ってくる。お父さんは彼らの方へ手をさし伸べた。現われた人たちは全部で十二人の家族だった。男もいれば女もおり、子どももいる。彼らもお父さんに向かって手を伸ばした。こうして親しく手を触れ合うことのできるなかまを探し求めて、たがいに遠い道のりを踏み分けてこなければならなかった。だが、とうとう出会えたのだ。

背の高いりっぱな若者に成長していたお父さんは、谷間でめぐり会った一家の末娘と結婚した。二人は契《ちぎ》りの印のヒッコリーのつえを死ぬまで大切に小屋の中にしまっておいた。妻は髪の毛にムクドリモドキの赤い羽根をさしていたので、みんなから「赤い翼《レッド・ウイング》」と呼ばれていた。柳の枝のようにほっそりとしたからだつきの娘で、夜になるといつも歌を歌った。

祖父母は晩年のお父さんについても話してくれた。お父さんは南北戦争の勇士だった。ジョン・ハント・モーガン将軍ひきいる南軍に加わり、なかまや家族の生活をおびやかす、はるか北の正体のつかめない怪物「連邦政府」と戦った。

晩年のお父さんは、ひげは真っ白、寄る年波にからだは衰弱する一方だった。小屋の壁のすきまから冬の風が吹きこむと、古傷が痛んだ。左腕には大きな刀傷があった。まるで肉をたたき切る斧《おの》でやられたみたいに、サーベルの鋼《はがね》が骨にくいこんだのだった。肉は癒着《ゆちゃく》したものの、骨髄は今もズキズキ痛み、敵軍を思い出させた。

　ケンタッキーの戦場で左腕を負傷したお父さんは、その夜水筒の水を半分も飲み干した。少年兵が槊杖《さくじょう》（銃身内を掃除するための細い鉄棒）を火にかざして熱し、お父さんの傷口を焼いて出血を止めた。お父さんはふたたび馬にまたがった。

　晩年のお父さんにとって、足首の故障が一番こたえた。切り落として捨ててしまいたいくらいだった。小さな弾丸が貫通してできた大きく複雑な銃創だったが、オハイオの戦場でその傷を受けたとき、彼は気がつかなかった。その夜、お父さんの属する騎兵隊は敵軍に向かって猛烈な攻撃をしかけた。先祖から受けついだ血の中に流れる闘志がむくむくと頭をもたげてくる。馬は地を蹴《け》って疾駆し、風がむちのように頬《ほお》を打った。恐怖は微塵《みじん》もなく、やみくもに気持ちが昂《たか》ぶってきた。反逆の血が煮えたぎり、胸からのどへインディアンの荒々しい雄叫《おたけ》びが突き上げてくる。

　このような興奮のさなかで、お父さんは片足を台なしにするほどの深傷《ふかで》を負いながら、それに気づかなかったのである。さらに二十キロほど進軍した山の中で、お父さんと友兵は谷間の暗がりを偵察《ていさつ》にまわっていた。馬から降りようとしたところ、地面に着いた片方の足がグニャリと曲がってしまった。ブーツの中は、まるで井戸水を汲《く》んだバケツみたいに血がたまり、ビチャビチャ音をたてている。そのとき初めて彼は足首の負傷に気がついた。

　後年、お父さんはあの夜の突撃の思い出を楽しむようになった。びっこになってしまったいまいましさや、つえに対する嫌悪感を、その思い出がやわらげてくれるからだ。

　お父さんは、腰に近いわき腹にも重い銃創を負ったが、鉛の弾丸を摘出できないまま放っておくしかなかった。その傷は、ネズミが穀物の貯蔵箱をかじるように、日夜たえまなしに彼を痛めつけた。肉体の内側は徐々にむしばまれていった。いずれみんなで彼を小屋の床に押さえつけて、屠殺《とさつ》した牛をさばくみたいに、腹を切開しなければならなくなるだろう。

　腐臭が鼻をつくようになれば、それは壊疽《えそ》を起こしているからだ。苦痛を除こうにも、麻酔剤など手にはいらない。ただ水をがぶ飲みさせるしかない。やがて、お父さんは血にまみれ床に横たわったまま死に向かってゆくのだ。最後の言葉さえ発することができず、腕や足を押さえつけられたまま断末魔《だんまつま》の苦しみにあえぐだろう。だが、彼のことだ。その老いさらばえた筋っぽいからだを床から持ち上げ、のどをふりしぼって一声叫ぶにちがいない。連邦政府への憎しみが反逆の血を呼びさまし、最後の雄叫びを叫ばせる。そしてついに息を引き取るだろう。連邦政府の鉛だまが彼を殺すのに四十年もかかったことになるだろう。

　その世紀は終わろうとしていた。血塗られた戦闘と死の時代、たまたまお父さんが生を享《う》け、その中で翻弄《ほんろう》された時代もようやく終わろうとしていた。新しい世紀が幕をあけるだろう。ふたたび人々は戦場を行進し、ふたたび死体を運ぶのかもしれない。なにひとつ先のことは知れない今、お父さんにわかることは、過去、それもチェロキーの身に起こった過去だけだ。

　長男はチェロキー・ネーション[*2]へ行ってしまった。次男はテキサスで死んだ。今彼のそばにいるのは、末っ子と妻赤い翼の二人きり。

　その気になれば、まだ馬に乗ることもできるかもしれない。モーガンの隊から払い下げてもらった軍馬にまたがって、五段の柵《さく》を跳び越えることさえできそうな気がする。いまだに彼はインディアンの習慣に従って、馬のしっぽをつけ根まぎわで短く切っていた。こうすれば、しっぽの毛がやぶに引っかかって、敵の追っ手に目印を残す恐れはない。

　だが、古傷の痛みは日ましにひどくなる。水をがぶ飲みしてみても、以前ほど効きめはない。小屋の床に押さえつけられて傷の切開を受ける日も近いだろう。お父さんにはわかっていた。

　ある秋の終わりのことだった。テネシーの山々では、冷たい風がヒッコリーやカシの最後の葉をもぎ取ってしまった。お父さんと息子は谷間へ降りる道の途中に立っていた。お父さんにしてみれば、もう山道を歩けないなどとは考えたくもなかったから、つえにすがって小屋の外へ出てきたのだ。

　夕日に見とれるふりをしていたが、二人とも向かいの尾根に目をすえていた。空を背景に裸の木が寒々と立ち並んでいる。彼らは目が合うのを避けていた。

　やがてお父さんが口を開いた。「おまえに残してやれるものはなんにもねえ」そして低く笑った。「あの小屋はおまえにやろう。せいぜい手を温めるたきぎぐらいにしかならんじゃろうがな」息子は山に目を向けたまま答えた。「いいんだよ」

「おまえはりっぱなおとなじゃ。家族もおる。ああしろ、こうしろとは言わん。……ただ、ご先祖から伝わった教えをしっかり守ること。それと、助けを求める人があったら、ぐずぐずせんと手をさし伸べることじゃ。……わしの時代は終わった。これからはおまえの時代じゃが、どんなものになるやら、わしにはわからん。どう生きたらいいか、わしにはさっぱり予想できんよ。洗い熊ジャックとおんなじさ。いいか、おまえは新しい時代を迎えるのに、財産らしいものはなんにもねえ。……じゃがな、山だけはおまえに対していつまでも変わらん。そしておまえも山を愛するじゃろう。その気持ちさえありゃ、真っ正直に生きていける」

「覚えておくよ」息子は答えた。弱々しい冬の太陽は尾根の向こうに沈み、肌を刺すような風が吹きはじめた。老人は口をきくのがやっとだった。最後に彼はこう言った。「わしは……おまえを愛しとるよ」

　息子は黙ったまま腕を伸ばし、老人のやせこけた肩を抱いた。足もとの谷間はもうすっかり暗く、両側の山影も闇に溶けこんでゆく。息子は、老父の肩を抱き、老父はつえで足もとを確かめながら、二人はそろそろと小屋に通じる谷間の小道をくだっていった。

　これが、祖父がお父さんといっしょに散歩し、言葉を交わし合った最後となった。

　年を経て、ぼくは祖父の両親の墓を何度か訪れた。高い山の上、白カシがしげる林の中に寄り添うように二つの墓はある。そこは秋ともなると膝《ひざ》が埋まるほど枯葉が積もるが、やがて無情なこがらしがあとかたもなく吹きさらってしまう。そして春が来ても、まわりには寒さに耐え勝ったインディアン・スミレが見られるだけだ。それは苛酷な時代を闘い抜いた二人の烈しい不滅の霊魂のかたわらに、ひかえめな小さい青い花をのぞかせるのだった。

祖父の両親の結婚を記念するつえも、まだ朽ちないいま、二人をつなぐかのように墓の頭のところに置かれている。そのふしの多いヒッコリーのつえには、楽しいにつけ悲しいにつけ、あるいはけんかのあとの仲なおりの印につけられた刻みめがたくさん残っている。膝を折って目を近づけると、小さく二つの名前が刻まれているのが見える。それはこう読み取れるだろう――イーサンと赤い翼。

訳注

＊1　一八三八〜三九年、一万三〇〇〇人のチェロキーが、集団ごとに順次オクラホマの保留地へ強制移住させられた。一三〇〇キロの行程中、寒さ、食料不足、病気、事故などによる死者が続出、その数は四〇〇〇人にのぼったと言われる。これに先だつチョクトー、ウィネルバ、クリーク族などの移住に際しても多くの生命が失われた。連邦政府によるインディアン減らしのもくろみのひとつとして効を奏したが、アメリカ史上にぬぐいがたい汚点を残した。

＊2　アメリカ・インディアンの部族単位のまとまりで、「国」としてとらえられる概念。また、その領土をさすこともある。本文中のチェロキー・ネーションとは、強制移住先のオクラホマ州保留地の西チェロキー・ネーションをさす。

7　サツマイモ・パイ

冬の間、ぼくたちは枯葉を掻《か》き集めてはトウモロコシ畑へ運び、一面にばらまいた。納屋の向こう、谷間の奥まったところに、小川をはさんで両側に畑は広がっていた。祖父が山の斜面を切り開いてつくった畑である。「坂」と呼んでいるとくに傾斜の急な畑ではトウモロコシの育ちが悪かったが、ぼくたちはそこにも種をまいた。谷間にはたいらな土地などほとんどなかったのだ。

ぼくは落葉を集めて麻袋につめこむ仕事が好きだった。軽いので運ぶのも楽だ。祖母も手伝って、三人がたがいに袋をいっぱいにするのを助け合った。祖父は袋を二つ、ときには三つ背負った。ぼくも二つ背負おうとしたが、落葉に膝《ひざ》まで埋まってしまって足が思うように前へ進まない。降り敷いた褐色の落葉の上に、カエデの黄、ゴムやウルシの赤がまだらに散り、森の中は錦を広げたみたいだ。

ぼくたちは森を出たりはいったりして畑に枯葉をふりまいた。枯れ松葉をまくこともあった。祖父の話によると、枯れ松葉は土を酸性にするのに必要だという。もちろん、多すぎては逆効果だ。

この仕事を一日じゅうやっていたわけではない。長時間根《こん》をつめると退屈してしまうので、祖父の言う「気分転換」のため、別の仕事にかかるのだった。

祖母は「黄色い根《イエロー・ルート》」を探して掘り出した。そのついでに野生ニンジンとか「鉄の根《アイアン・ルート》」、カリュム、クスノキ、あるいはアツモリソウなどの根も掘る。祖母は薬用植物にくわしく、どんな病気でも薬草を用いてなおすことができた。彼女がつくる薬はよく効いたが、強壮薬の中には二度とごめんこうむりたい味のものもあった。

祖父とぼくは毎日のように、ヒッコリーの実や栗、それにチンカピン栗の林の中へ分け入った。ときには黒クルミの林へ行くこともあった。木の実は、ことさら探そうとしなくても、向こうから目に飛びこんできた。実を拾い、草木の根を掘り出して食べ、その合間に洗い熊に出くわしたり、キツツキを観察したりする楽しさにくらべたら、落葉集めの仕事なんかとてもつまらなく思えたものだ。

夕闇が降りてくるころ、木の実や根っこを山ほど背負って谷間をくだる。祖母に聞こえないのがわかると、祖父は小声で自分自身に悪態をつく。「ちくしょう、なんてこった。今日も遊んじまった。もう気分転換なんぞしちゃおれん。くそ、こんつぎはいちんちじゅう落葉集めじゃ」その言葉を聞くたびにぼくはがっかりしたものだが、翌日になると祖父はけろりと忘れて、またも「気分転換」にぼくを誘うのだった。

袋のなかみをあけるごとに、畑は落葉と松葉におおわれていった。雨を待って、落葉が地面にしっかりくいついたのを確かめると、祖父は、ラバのサム爺《じい》さんを犂《すき》につなぐ。ぼくたちは落葉を土の中へ犂きこんだ。

今「ぼくたち」と言ったのは、犂を引く仕事をぼくも手伝わされたからである。犂の把《と》っ手は、ぼくが両手を頭より高くさし上げてやっととどいた。刃があまり深く土にくいこまないよう、把っ手につかまって全体重をかけなければならない。だが、ともすると今度は刃先が浮き上がって、ただ土の表面を引っ掻くばかりだ。サム爺さんは辛抱《しんぼう》づよくぼくにつき合ってくれた。刃先を地面に対して垂直に立てようと必死になって踏んばっていると、立ち止まってじっと待っていてくれる。そしてぼくの「進め！」の合図でふたたび歩きはじめる。

犂の刃を適度に土にくいこませるためには、把っ手をあるときは押し上げ、あるときは引き降ろさねばならない。左右の把っ手の間に渡された横木に顎《あご》をガツンとやられることもしばしばだった。だが、まもなくどのくらい顎を引いていれば痛い目に会わずにすむか、その呼吸をつかむことができた。

ぼくがサムに犂を引かせている間、祖父はあとからついてきたが、手を貸そうとはしなかった。サム爺さんを左に行かせたいときには「ホウ！」、右に行かせたいなら「ジー！」というかけ声をかける。サム爺さんは放っておくと左に寄るくせがあったので、ときどきぼくは「ジー！」と叫ぶ必要があった。ところが、サム爺さんは耳がよく聞こえないので、あいかわらず左の方へそれてゆく。今度は祖父が大声でどなる。「ジー！　ジー！　ジイーッ！　この馬鹿ったれが！　ジイーッ！」するとサム爺さんは右にもどってゆく。

困ったことに、サム爺さんはたびたび耳にしているうちに「ジー」の合図とののしりの言葉をこみにして覚えてしまい、それをひとまとめに聞かないと右に向きを変えなくなってしまった。

こうして作業中、老ラバに向かってたえまなくののしらなければならなくなり、ぼくもそのやりかたを受けつぐ羽目になった。祖母に聞きとがめられないうちはこれで万事うまくいっていた。ところがあるとき、ぼくが口汚くどなりちらしているところへ、ひょっこり彼女が現われたのである。祖父がこっぴどくしかられたことは言うまでもない。祖母がそばにいるかぎり、仕事は目に見えて能率が下がった。

サム爺さんはおまけに左目が見えなかった。そのため、畑の向こう端に行き着いても、絶対左まわりに折りかえそうとしない。なにかにぶつかるのを恐れているのだろう。ともかく、いつも右へまわりこもうとする。一方の端で右に折りかえすのは問題がないが、その反対側の端に着いたときがやっかいだ。そこではサムを右まわりの円周状にぐるっと大まわりさせることになる。いったん犂を畑の外へ引き出さなければならないが、畑のへりには灌木《かんぼく》のやぶやら野イバラが密生している。そこへ突っこむのだから、にっちもさっちもいかない。サム爺さんは老いぼれでおまけに半分めくらなんだから我慢しろ、と祖父は言う。しかし、ぼくは一回おきにやぶと格闘しなければならないので閉口だった。とくに前方に黒イチゴのやぶが待ちかまえているのが見えるとがっくりした。

あるとき、祖父がイラクサの茂みの中で犂を回転させようとした拍子に、切り株の根もとにあった穴に足を突っこんでしまった。その穴にはスズメ蜂が巣をつくっていた。暖い日で、蜂はまだ冬ごもりしていなかったから、たちまち祖父のズボンの上にみっしりむらがってたかる。祖父は大声でわめきたてながら、小川の方へすっ飛んでいった。蜂がまだ穴から出てくるのを見て、ぼくもあわてて逃げ出した。浅い川床に仰向けに寝て、祖父はズボンをピシャピシャたたきながらサム爺さんに悪態をついた。さすがに我慢できなかったたと見える。

だが、サム爺さんのほうは蜂の巣穴のわきに立ち止まって、祖父が仕事にもどるのを辛抱づよく待っている。犂のそばに近寄れないのには弱った。そのまわりをスズメ蜂の大群が黒い霞《かすみ》のようにブンブン飛びまわっているのだ。祖父は畑のまんなかに立って、サムを呼び寄せようとした。

「こっちへ来い、サム！　さあ来るんじゃ！」しかし、サム爺さんはいっこうに動こうとはしない。自分の仕事をよくわきまえていて、犂が地面に放り出されているうちは、じっとしていたほうがいいことを知っているのだ。さんざんのしっても効きめがないので、祖父は四つんばいになり、ラバのまねをして、大きくいななないてみせた。みごとな鳴きまねだった。サム爺さんは耳を前に倒し、祖父の方をけわしい目つきで見る。けれどもやはり動こうとはしない。ぼくもやってみたが、祖父ほどうまくいななけない。またしてもそこへ祖母がやって来た。畑のまんなかで四つんばいになっているぼくたちを、あきれたように見おろしている。祖父はあわてて立ち上がった。

林の中から祖父は燃えやすい枯枝を拾ってきた。マッチでそれに火をつけると、スズメ蜂の巣穴へ放りこむ。煙が立ちのぼって、蜂の大群はようやく犂のそばから退散した。

その夕方、小屋へ帰る道すがら祖父はぼやいた。「サム爺さんの奴、世界一まぬけなラバなのか、一等りこうなラバなのか？　わしには手に負えん問題さ。何年考えてもわからんわ」ぼくにもわからなかった。

それでもぼくは犂で土を起こしてゆく仕事が好きだった。おとなになったみたいな気持ちにさせてくれるからだ。祖父のあとについて山道を歩いていると、ぼくの歩幅が少し大きくなったような気がする。夕飯のテーブルで、祖父はよくぼくのことを自慢げに話す。すると祖母もうなずいて、「おまえ、だんだんおとなになってきたね」などと言ってくれた。

そんなある夕食どきのことだった。犬たちがいっせいにほえはじめたので、ぼくたちは入口のベランダへ出てみた。丸木橋を渡って若い男がひとりやって来る。なかなかのハンサムで、祖父と同じくらい背が高い。ぼくは彼の靴に目を引かれた。折り返しのあるツヤツヤした黄色い靴で、その上にまるく折り返された白い靴下がのぞいている。胸当てズボンのすそは靴下の高さにぴったり合わせてある。白いシャツの上に短い黒いコート、頭に小さな帽子をきちんとかぶり、手には細長いかばん。

「おや、ありゃあパイン・ビリーじゃねえか」祖父の声を聞いて、男は手を振った。

「寄って休んでいけや」

パイン・ビリーは入口の踏み段で立ち止まる。「ちょっと通りかかったもんでね」この先は山ばかりなのに、どこへ行く途中だというのか、ぼくは不思議に思った。

「まあちょっと中へはいって、夕飯を食べていきなさいよ」祖母も誘い、パイン・ビリーの腕を取って引っぱる。祖父は彼の細長いかばんを受け取った。ぼくたちは台所へもどった。

祖父も祖母もパイン・ビリーが好きらしい、とぼくはすぐに見て取った。彼はポケットからサツマイモを四個取り出すと、祖母に渡す。祖母はさっそくそれでパイをつくった。パイン・ビリーは三切れ食べた。ぼくもひと切れ食べたが、最後に残ったひと切れをパイン・ビリーが食べませんようにと心の中で祈っていた。

食事がすむと、テーブルから煖爐《だんろ》のそばへ席を移した。パイの最後のひと切れは、なべにはいったままテーブルの上に残っている。

パイン・ビリーは、よく笑う男だ。ぼくは、祖父よりも大男になるだろうと言われて気をよくしたし、祖母は、また一段ときれいになりましたね、とおだてられてうれしげだった。そのおせじには祖父まで相好《そうごう》をくずした。パイを三切れも食べちゃったけれど、ぼくも彼が好きになってきた。まあいいや、あのサツマイモはパイン・ビリーが持ってきたんだもの。

ぼくたちは煖爐のまわりにすわっていた。祖母は揺りいすに背をあずけ、祖父は火の方へ前かがみになっている。パイン・ビリーはまっすぐな背もたれのいすにかけている。なにかわくわくするようなことが起こりそうに思えた。祖父が口を開いた。「どうじゃな、なんかおもしろい話はねえか、パイン・ビリー？」

パイン・ビリーはからだをうしろにのけぞらせて、いすの二本の前脚を宙に浮かせた。ポケットから小さな鑵《かん》を取り出してふたを取り、嗅《か》ぎタバコをひとつまみつまんで突き出した下唇にのせる。祖父と祖母にもすすめたが、二人は首を振って辞退した。パイン・ビリーはすっかりくつろいでいる。煖爐の火にピッとつばを飛ばした。「そうさね、どうやらおれにもつきがまわってきたんじゃねえかと思うんだ」もう一度つばを飛ばしてから、ぼくたちの顔をぐるっと見わたす。なんの話かはわからないけれど、おもしろそうな話が始まりそうだった。

祖父も膝を乗り出した。「そりゃあ、なんじゃね、パイン・ビリー？」

パイン・ビリーはもう一度からだをのけぞらせて、天井の梁《はり》に目をやり、腹の上で両手を組んだ。

「先週の水曜日だったかな…… いいや、火曜日のことだ。月曜の夜、ジャンピング・ジョディんとこで踊ってたんだからな。そう、まちがいねえ、火曜日におれは町へ行ったんだ。町のおまわりのスモークハウス・ターナーって奴知ってるかね？」

「うんうん、会ったことあるさ」祖父がじれったそうにあいづちを打つ。

「それでね、おれはスモークハウスと立ち話をしてたんだ。そこへ馬鹿でかいピカピカの車がやって来て、筋向かいのガソリン・スタンドへはいってった。スモークハウスの奴は気がつかなかったがね。車には男がひとり乗ってた。そいつはえらくめかしこんだ野郎でさ、都会の人間らしかった。車から降りると、ジョー・ホルコムに満タンにしてくれと言った。おれはその男をじっと見てたんだ。そいつはあたりをキョロキョロ見まわしてたよ。でね、おれはピンと来たのさ。奴は都会でなんかやばいことをやったにちがいねえってね。でもな、おれの目に狂いはないと思ったけど、スモークハウスにずばりそうは言わなかったんだ。で、こう言ったのさ。『スモークハウス、おれがたれこみをやるようなケチな人間じゃねえってことは知ってるだろ？　だがな、都会の犯罪者は別だ。あそこの野郎はどうもちょいと気になるなあ』」そこでパイン・ビリーは言葉を切り、もう一度ぼくたちの顔を見まわした。

「スモークハウスは、その野郎をじぃーっと見てたよ。で、こう言うのさ。『おまえの言うとおりらしいぜ、パイン・ビリー。ちょいと調べてみる必要がありそうだ』で、奴はゆっくり道を渡って車の方へ近づいてったよ」

パイン・ビリーはいすの前脚を床に降ろし、煖爐につばを飛ばすと、勢いよく燃えている火をしばらく見つめた。ぼくは先を聞きたくてうずうずした。

「ところで、ご存知のとおり、スモークハウスの奴は読み書きができねえ。おれのほうはけっこうできる。それで、おれの手が必要かもしれんと思って、奴のあとについてったんだ。例の野郎は、おれたちに気がつくと、車ん中へはいっちまったよ。スモークハウスは窓から頭を突っこんで、馬鹿ていねいに聞いたんだ。『あんた、ここでなにしてるんですか?』ってね。その野郎、見るからにおどおどしてた。フロリダへ行く途中だ、って答えたが、あやしいもんさ」

ぼくにもそれはあやしいものだと思われた。祖父もうなずいている。

「スモークハウスはもうひとつ聞いたよ。『どこから来たんですか?』すると野郎は、シカゴからって言う。スモークハウスの奴、じゃあけっこうですから、この町から早く出てってくださいって、調べるのを打ち切ろうとするんだ。野郎のほうも、ガソリンを入れたらすぐ出ますって。ところで、その間に……」パイン・ビリーは祖父と祖母に目くばせをした。

「その間におれは、車のうしろにまわりこんで、ナンバー・プレートを読み取っておいたんだ。で、スモークハウスのそでを引っぱって言ってやったね。『この男、シカゴから来たって言ってるが、ナンバー・プレートはイリノイ州のもんだぜ』さあて、スモークハウスの奴、今度はシロップにたかるハエみたいに、その男に取っついたよ。そいつを引きずり出して、車のわきに立たせたんだ。『あんたシカゴから来たって言うが、じゃあなぜイリノイ州のプレートをつけてるんだ?』弱みを握ったもんだから、ピシャリと決めつけたね。スモークハウスも本気になった。その男、不意を突かれてたじたじだったけど、すぐにその場逃れの見えすいたうそを並べはじめたよ。舌先三寸でまるめこもうってわけだが、そうは問屋がおろさないってんだ。スモークハウスはそんなに甘い男じゃねえ」

パイン・ビリーは自分の話に興奮していた。「スモークハウスは、その野郎を留置場にぶちこんだ。とことん取り調べてやるって言うんだ。きっとすげえ懸賞金つきのおたずね者だと思うぜ。半分はおれのもんさ。野郎の風体《ふうてい》からして、思いもよらねえでかい懸賞金つきかもしれん」

祖父も祖母もそうにちがいないと請《う》け合った。大きな町の犯罪者は我慢がならん、と祖父が言う。ぼくたちはみんな、パイン・ビリーは金持ちになったも同然だと思った。

けれども、パイン・ビリーはのぼせきっていたわけでもない。たいした懸賞金でないことだってありうる。取らぬタヌキの皮算用はよしたがいいと自分で言うのだ。ほかにも金もうけの手は打ってある、とパイン・ビリーは別の話を始めた。

嗅ぎタバコの赤鷲社《レッド・イーグル》が懸賞文を募集中で、優勝者には五百ドルくれるという。五百ドルといえば一生食いつないでゆける金だ。パイン・ビリーは申し込み用紙もすでに手に入れた。あとは、なぜ赤鷲印の嗅ぎタバコが好きなのかを書きさえすればいい。それを書く前に、彼はじっくり思案を重ね、ついに考えられるかぎり最高の答案を思いついた。

彼が言うには、応募者のだれもが赤鷲印は抜群の品質だとおだてるだろう。自分だってもちろんそうだ。けれど、それだけでは足りない。赤鷲印の嗅ぎタバコは、口に入れても最高にうまいということを発見した。命のあるかぎり、自分は赤鷲印以外の嗅ぎタバコを口に入れるつもりはない。と、こう書けば文句なしに優勝というわけだ。この答案を赤鷲社のお偉方が読んだら、パイン・ビリーはわが社の嗅ぎタバコを一生買いつづけるのだから、賞金を与えても結果的にはもとが取れる、と考えるはずだ。ただ赤鷲印はすばらしいとほめるだけの人に賞金を与えたところで、みすみす損をするばかりじゃないか。「頭だよ、おれは頭を使ったってわけさ」とパイン・ビリーは得意げである。

　ああいうお偉方は、自分の金をあやふやなことに使ったりはしない。だから金持ちなんだ、とパイン・ビリーは言う。「懸賞金はもうおれのポケットにはいったようなもんさ」

　祖父も同じ意見だった。パイン・ビリーは立ち上がってドアのところへ行き、嗅ぎタバコをつばといっしょにペッと吐き出した。そしてテーブルへもどると、サツマイモパイの最後のひと切れをひょいとつまんで口に放りこんだ。ぼくはつばを飲みこんだが、すぐに自分に言い聞かせた。大金持ちのパイン・ビリーだもの、パイをたくさん食べてもしかたないや。

　祖父が石の水さしを手渡すと、パイン・ビリーはのどをゴクゴク鳴らして水を飲んだ。祖父もひと口飲む。祖母は咳《せき》が出たので、自分でつくった咳止めシロップを飲んだ。

　祖父の頼みに応じて、パイン・ビリーは細長いかばんからバイオリンと弓を取り出し、「赤い翼《レッド・ウィング》」を弾きはじめる。祖父と祖母は曲に合わせて足を踏み鳴らす。パイン・ビリーはバイオリンをたくみに弾きながら歌った。

赤い翼はかわいい嫁ご
今夜もお月さん、ようす見にのぼる
風はこっそりため息漏らす
鳥は梢《こずえ》で夜の歌歌う
遠いはるかな星空の下
いとしい花婿《はなむこ》戦い疲れ
草を枕に眠ってござる
赤い翼はさびしいと泣くが
心はひとっ飛び、あの人の胸へ

　ぼくはいつのまにか床の上で眠ってしまった。祖母がベッドへ連れていってくれた。もうろうとした頭の中でバイオリンの音だけが細く尾を引いていたが、それもすぐに消えてしまった。ぼくは夢を見た。パイン・ビリーが小屋を訪ねてくる。大金持ちのパイン・ビリーだ。肩には重そうな麻袋をかついでいる。麻袋をあけると、サツマイモがゴロゴロ転がり出てきた。

8　ぼくの秘密の場所

湧《わ》き水を集めて流れる小川には、無数の小さな生きものの姿が見られた。もし伝説の巨人になって、曲がりくねる流れをはるか高みから見おろすことができたら、その全体が生命《いのち》の川であることがわかるだろう。

ぼくはまさに巨人だった。背たけは二フィートをちょっと越えるぐらいしかなかったけれど、巨人のように水たまりのわきにしゃがみこみ、小さな渦《うず》を巻きつつチョロチョロと流れこむ水を観察していた。水たまりにはカエルが卵を生みつけていた。ゼリー状の球が鎖のようにつながり、オタマジャクシが黒く点々と透けて見える。ゼリーを食い破って外に出る日を待ちかまえているのだろう。麝香虫《じゃこうちゅう》が水の中を這《は》いまわる。ウグイが岩陰から矢のような速さで襲いかかる。麝香虫を手にのせ鼻を近づけると、なんとも言えぬ甘く濃い匂いがする。

午後じゅうずっと麝香虫を取ったこともあった。それでもポケットには二、三匹しかはいっていない。つかまえるのはとてもむずかしいのだ。その虫をぼくは祖母のところへ持っていった。彼女は甘い香りが好きで、灰汁《あく》の石鹸をつくるときに、いつもスイカズラの花を混ぜるのをぼくは知っていた。

祖母は麝香虫の匂いを嗅《か》ぐと、ぼくを上まわる興奮ぶりをあらわにした。「こんなにすてきな香りは初めてよ！　今まで麝香虫のことを知らなかったなんてどうしたわけかしら？」

夕食のテーブルを囲むとすぐに、祖母は祖父に向かって麝香虫の話を始めた。ぼくは、祖父の手に虫をのせて匂いを嗅がせた。彼もやはりびっくりした顔になって、七十年生きてきたが、こんな匂いはついぞ嗅いだことがない、とうなった。

祖母が言った。「おまえはとっても正しいことをしたんだよ。なにかいいものを見つけたとき、まずしなくちゃならないのはね、それをだれでもいいから、出会った人に分けてあげて、いっしょに喜ぶことなの。そうすれば、いいものはどこまでも広がっていく。それが正しい行ないってものなんだ」

小川で水を跳ね散らかして遊ぶものだから、ぼくはびしょ濡《ぬ》れになった。だが、それを見ても祖母はなにも言わなかった。子どもが森や川でやらかす遊びについて、チェロキーのおとなたちは絶対にしかったりはしないのだ。

ぼくはよく小川の上流を探検に行った。透きとおる水を渡り、しだれ柳がやわらかな緑のカーテンのすそを水に垂《た》らしているところでは背をかがめてくぐり抜け、流れにさからってどこまでも登ってゆく。岸辺にはシダが茂り、濃い緑のレースの縁飾りを水の上にかざしている。その葉をよく見ると小さな傘《かさ》グモがつかまっている。

このクモは、細い糸の一方の端をこちら岸のシダの枝につなぐと、さらに糸を吐《は》き出しながら宙を跳び越えて、対岸のシダの枝に張りわたす。糸をつなぎとめると、また宙に跳び上がる。こうして、何度も往復して、ついには小川の上に真珠のようにキラキラ光る巣を張りめぐらすのである。小さいながらたいした根性《こんじょう》の持ち主だった。失敗して落ちると、急な流れに運ばれながらも必死に水を掻き、ウグイに見つかってパクリとやられる前に岸に這い上がってくる。

ぼくは小川の中ほどにかがんで、一匹のクモが両岸に糸を張りわたすようすを観察していた。そのチビグモは小川の上流、下流のどこにもない大きな網を張ってやろうという気を起こしたらしく、とくに川幅が広い場所を選んでいた。シダに糸を結びつけては反対側へのジャンプをくりかえしていたが、とうとう水に落ちてしまった。たちまち押し流されたが、命がけでがんばって岸に這いのぼり、もとのシダにもどってきた。そしてふたたび仕事を始める。

三たび水に落ち、三たびシダにもどってきたとき、チビグモはギザギザした葉の先端に歩み寄って尻《しり》をおろし、顎《あご》の下に前脚を交差させると、じっと水面を見おろした。さすがに懲《こ》りてあきらめたのだろうとぼくは思った。ぼく自身、観察をあきらめかけていた。水の中に腰をかがめていたものだから、ぼくのお尻はしびれるほど冷たくなっていた。チビグモはあいかわらず水を見たまま考えこんでいる。しばらくすると、彼になにか考えがひらめいたらしい。シダの葉の先端でジャンプを始めた。ピョーン、ピョーンと上下に跳ねつづける。それにつれて、シダの葉もしだいに上下に揺れはじめた。彼は葉っぱの揺れをもっと大きくしようと、さらにジャンプをくりかえす。そして突然、葉先が高く跳ね上がった瞬間、彼は宙を斜めに跳んだ。反動を利用し、向こう岸のシダへと跳び移ったのである。そしてみごとに成功した。

彼はしてやったりとばかりに興奮して、ピョコピョコ歩きまわっている。危ない！　また落っこちそうになった。

こうして、そのクモの巣は、ぼくが今までに見た中で一番大きくりっぱなものに仕上がった。

ぼくは小川について一日ごとに知識をふやしていった。柳に巣をつくっているディップツバメは、初めぼくが近づくと大騒ぎしたものだった。しかし、すぐに顔なじみになり、こちらへいっせいに頭を突き出し、話しかけるようになった。土手沿いに鳴きたてるカエルたちも、初めのうちぼくが近づくと急に黙りこんでしまった。ぼくは残念だった。だが、祖父が、カエルは人が歩くと地面が震動するのを感じて警戒するのだと教えてくれた。さらに祖父は、チェロキーの歩きかたをやって見せてくれた。それは、かかとを地面につけず、爪先だけでモカシンを地面にするようにして歩くのである。ぼくはすぐにこの歩きかたを覚え、それからは、カエルたちを驚かすことなく近寄れるようになった。ぼくがカエルたちの中に腰をおろしても、彼らはそのまま歌を歌いつづけた。

ぼくの「秘密の場所」を見つけたのも、小川に沿ってさかのぼっていったときだった。山腹を少し登ったところにそれはあって、月桂樹にぐるっと囲われた草の小山である。こんもりしげった草の中から一本のモミジバフウの老木が斜めに突き出ている。発見した瞬間、そこがぼくだけの秘密の場所であると直感した。それからはしばしばそこへ通うようになった。

マウド婆《ばあ》さんがぼくのお供をするようになった。彼女もその場所が気に入ったらしい。ぼくたちはいつもモミジバフウの木の下にすわり、風や葉ずれの音、さまざまな鳥の声に耳を傾けた。マウドは物音をたてず静かにしていた。そこが秘密の場所であることを心得ていたのだろう。

ある午後のおそい時間に、ぼくとマウド婆さんはモミジバフウにもたれて、あたりをながめていた。すると目の端をチラッとかすめたものがある。目をもどして確かめると、それは祖母だった。あまり遠くないところを横ぎってゆく。声をかけてこないところをみると、ぼくの秘密の場所にはまったく気がつかないらしい。

祖母は木の葉をそよがす風よりも静かに歩けた。ぼくは立ち上がってあとをつけた。根っこを採りに出かけてきたものらしい。ぼくも手伝うことに決めて声をかけた。倒木に腰をおろし、二人は根を選《え》り分ける仕事を始める。秘密を胸にしまっておくには、ぼくは幼なすぎた。どうしてもあの秘密の場所のことを話したくなったのである。祖母は全然驚いたそぶりを見せなかった。そのことにぼくは驚いてしまった。

チェロキーの人たちは、みんな自分だけの秘密の場所を持っている、と祖母は言う。祖母自身やはり持っているし、けっして聞いたことはないけれど、祖父もどうやら山のてっぺんあたりに持っているらしい、とも言った。だれにとってもそういう場所は必要なのよ。その話を聞いて、ぼくは自分も秘密の場所を持っていることを誇らしく思った。

祖母は話しつづけた。

「だれでも二つの心を持ってるんだよ。ひとつの心は、からだの心《ボディー・マインド》、つまりからだがちゃんと生きつづけるようにって、働く心なの。からだを守るためには、家とか食べものとか、いろいろ手に入れなくちゃならないだろう？　おとなになったら、お婿《むこ》さん、お嫁さんを見つけて、子どもをつくらなくちゃならないよね。そういうときに、からだを生かすための心を使わなくちゃならないの。でもね、人間はもうひとつ心を持ってるんだ。からだを守ろうとする心とは全然別のものなの。それは、霊の心《スピリット・マインド》なの。いいかい、リトル・トリー、もしもからだを守る心を悪いほうに使って、欲深になったり、ずるいことを考えたり、人を傷つけたり、相手を利用してもうけようとしたりしたら、霊《スピリット》の心《マインド》はどんどん縮んでいって、ヒッコリーの実よりも小さくなってしまうんだよ。

からだが死ぬときにはね、からだ《ボディー》の心《マインド》もいっしょに死んでしまう。でもね、霊《スピリット》の心《マインド》だけは生きつづけるの。そして人間は一度死んでも、またかならず生まれ変わるんだ。ところが生きている間、ヒッコリーの実みたいにちっぽけな霊《スピリット》の心《マインド》しか持ってなかったらどうなると思う？　生まれ変わっても、やっぱりヒッコリーの実の大きさの霊《スピリット》の心《マインド》しか持てない。だから、なにも深く理解することはできないんだ。それで、からだ《ボディー》の心《マインド》がますますのさばるから、霊《スピリット》の心《マインド》はますます縮んじゃって、しまいには豆粒ぐらいになって、見えなくなっちゃうかもしれない。もう霊《スピリット》をなくしちゃったのとおんなじだよね。

　そうなったら、生きてるくせに死んでる人ってことになるの。いくらでも見つかるわ。そういう人はね、女の人を見るといやらしいことしか考えない。他人を見ると、なんでもケチをつけたがる。木を見ると、材木にしたらいくらもうかるかってことしか考えない。きれいなことなんかちっとも頭に浮かばないのさ。そんな人がうようよしてるよね。

　霊《スピリット》の心《マインド》ってものはね、ちょうど筋肉みたいで、使えば使うほど大きく強くなっていくんだ。どうやって使うかっていうと、ものごとをきちんと理解するのに使うのよ。それしかないの。からだ《ボディー》の心《マインド》の言うままになって、欲深になったりしないこと。そうすれば、ものごとがよーく理解できるようになる。努力すればするほど理解は深くなっていくんだよ。

　いいかい、リトル・トリー、理解というのは愛と同じものなの。でもね、かんちがいする人がよくいるんだ。理解してもいないくせに愛してるふりをする。それじゃなんにもならない」

　ぼくはすぐに心に決めた。すべての人を深く理解するよう努力しようと。ヒッコリーの実の大きさの霊《スピリット》しか持てないなんていやだから。

祖母は静かな口調でさらに続けた。

「霊《スピリット》の心《マインド》が大きく力強くなってきたら、昔自分のからだに宿っていた命も全部見とおせるようになるの。そこまで行くとね、からだが死ぬなんてことはもうないのとおんなじになっちゃうの。

リトル・トリー、おまえの秘密の場所からよーく見てごらん。春には、なにもかもが新しく生まれてくるね。――生きものだけじゃない、新しい考えだってそうさ。なにかが生まれるときには、いろいろ大変なことが起こる。例えば春の嵐って奴さ。あれはね、赤ちゃんが生まれるときとおんなじ。血と苦しみの中から赤ちゃんは生まれるんだよ。霊《スピリット》がもう一度からだという着物を取りもどそうとして暴れまわるんだ。

夏というのは、命が育つとき。そして秋にはみんな熟したり枯れはじめたりして、心の中で昔へもどっていったりする。思い出とか悲しみってものが湧いてくるんだ。冬になると、なにもかも死んでしまう。死んでしまったように見える。わたしたちのからだが死んでしまうみたいにね。でもね、春がまためぐってくるように、みんなまた生まれてくる。チェロキーならだれだって知ってることとさ。ずーっと昔に知ったことなんだよ。

おまえもわかるようになるよ。おまえの秘密の場所にあるっていうモミジバフウだって、やっぱり霊を持ってるってね。人の霊じゃなくって木の霊を持ってる。これはね、わたしの父さんが教えてくれたのさ。

父さんはね、『茶色の鷹《ブラウン・ホーク》』って呼ばれてた。とっても理解の深い人だったよ。木の考えてることだってわかっちゃったの。わたしがまだちっちゃかったときの話だがね、父さんがなにか困ったようすだった。家の近くの山には白カシの木がたくさんあったんだけど、そのカシの木が興奮しておびえてるって、父さんは言う。しょっちゅう山に登ってカシの木の間を歩きまわってたわ。みんな背の高いまっすぐな、とてもきれいな木だったの。わがままな木は一本もなかった。ウルシや柿、ヒッコリーや栗が下に生えても、全然文句を言わない。それらの実を食べにいろんな生きものが集まってきたよ。わがままでなかったから、カシの木には大きな霊が宿ってたんだ。とても強い精霊だった。でも、あるときから父さんは、カシの木のことが心配でたまらず、夜も見まわりに行くくらいだったわ。なにかまずいことがあるにちがいないって思ったのね。

ある朝早く、山の上からお日様が顔をのぞかせたころ、父さん——茶色の鷹は、白カシの林にきこりが何人もはいってるのを見つけた。幹に印をつけたり、全部伐《き》り倒すにはどうすりゃいいか調べたりしてるじゃないか。きこりがいなくなると、白カシは泣きだしたんだってさ。だから茶色の鷹は、もう夜も眠れやしない。それからは毎日、きこりのようすをじっと見張ってたわ。きこりたちは、木を運ぶために馬車の通れる道を山のてっぺんまでつくろうとしてたの。

父さんがチェロキーのなかまたちに相談すると、みんなで白カシを守ろうってことになった。きこりたちが引きあげるのを見はからって、夜の間に総出でその道をあちこち掘り起こして、深いみぞだらけにしたんだ。女も子どもも手伝ったよ。

次の朝、きこりたちはもどってきたけど、一日じゅう道路をなおしてた。でも夜になると、またチェロキーが掘りかえしちゃう。そんなくりかえしが三日も続いたもんだから、きこりたちは鉄砲を持った見張り役を立てた。でも、道全体を見張るなんてできやしない。チェロキーは、見張りの目のとどかないところを掘りかえしたのさ。

とてもきつい闘いだったから、みんなへとへとだった。ある日、きこりたちが道をなおしていると、突然一本の大きな大きな白カシの木が馬車の上に倒れてきたの。ラバ二頭が死んで、馬車はめちゃくちゃ。とてもりっぱで元気なカシの木だったから、倒れるはずがないのにね。

きこりたちはとうとうあきらめた。春の雨の時季も始まってたしね。そうして二度ともどってこなかったんだよ。

満月の夜、チェロキーは白カシの林でお祝いの祭をしたの。黄色いお月様の光の中で輪になって踊ったのさ。白カシも歌ったよ。歌いながら枝と枝を触れ合わせ、チェロキーの頭や肩にやさしくさわったんだ。なかまを助けようとして命を投げ捨てたあの白カシの木に、みんなでおとむらいの歌を歌ってあげたわ。わたしはあんまりわくわくしちゃってね、山の上の空へ舞い上がりそうな気がしたほどだったよ。

リトル・トリー、いいね、こんなことはしゃべっちゃだめ。世間の人にしゃべってもなんにもならない。世間っていうのは白人のものだからね。でも、おまえは知っておかなくちゃいけない。だからわたしはしゃべったんだよ」

ぼくには初めてわかった。煖爐《だんろ》のたきぎとして、枯れた木しか使わないわけを。それは精霊が立ち去ってしまった抜けがらだからだ。このとき森の命、山の命をぼくは知ったのだ。

「父さんはとても深い理解の持ち主だった。きっとまた生まれ変わって、強い魂の、理解の深い人になってるにちがいない。わたしも強くなりたいの。そうすりゃどこかで出会ったら、父さんと同じくらい深いところで父さんを理解できるはず。わたしたちの霊がたがいに理解し合うのよ。おまえのおじいちゃんもね、自分では気がついてないけど、深い理解にどんどん近づいてる。わたしたち二人はずーっといつまでもいっしょさ。霊どうしが理解し合った仲だからね」

ぼくは祖母にたずねた。ひとり置いてけぼりにされないようにするにはどうすればいいか、と。

祖母はぼくの手を取り、立ち上がると山道をくだりはじめた。ずっと黙ったままだった。やがて、ぽつりと言った。「いつも理解するようつとめるんだよ。そのうち、おまえも理解ってものに行き着くことができるさ。わたしより先かもしれないよ」

先かどうかなんてどうでもいい、とぼくは言った。おじいちゃん、おばあちゃんに追いつけさえすればそれでいいと思った。ひとり取り残されるのはいつだって悲しいものだから。

9　危険な商売

七十年の生涯において、祖父は職業を持ったことは一度もなかった。山の人々にとって、職業とは給料をもらって雇われる仕事を意味する。祖父は他人に雇われることには耐えられなかった。満足はこれっぽっちもなく、ただ時間を無駄にするだけだと言うのだ。

一九三〇年、ぼくが五歳のころ、一ブッシェル（約三〇キロ）のトウモロコシの売り値は二十五セントだった。もちろん、うまく買い手が見つかったらの話で、実際にはなかなかむずかしかった。それに、仮に一ブッシェル十ドルで売れたとしても、ぼくたちの生活をささえるのは無理だった。というのは、ぼくたちのトウモロコシ畑はあまりにも小さかったからだ。

けれども、祖父はある商売をやっていた。だれもが商売を持つべきだし、その商売を誇りとすべきだと彼は考えていた。その商売というのは、スコットランド系の先祖から何百年にわたって代々受けつがれてきたものだった。つまりウイスキーづくりである。

ウイスキーをつくっていると知れると、町の人間からひどい非難を受けたものだ。だが、本当は非難の矛先《ほこさき》は大都市の悪質なウイスキー製造業者に対して向けられるべきであった。彼らは人を雇って即製大量のウイスキーをつくっていた。質などどうでもよかった。麦芽ジュースを急速に変化させ、泡がよく出るようにと、炭酸カリウムやら水酸化カリウムやらをぶちこむ。濾過《ろか》するといっても篩板《ふるいいた》がわりに鉄あるいはスズの網、ときにはトラックのラジエーターなどを使う。こうしてできたウイスキーには有害なものがいっぱい含まれており、飲んだ人が死ぬことさえあった。

あんな連中は死刑にされるべきだ、奴らのあくどい商売のやりかたばかり見ていたら、どんな商売だって悪いものに見えてくる、と祖父はいきまいた。

祖父のよそいきの背広は、五十年前、結婚する際につくったものだが、いまだに少しもいたんでいない。それをつくった仕立職人は、自分の仕事に誇りを持っていた。だが、そうでない奴もいっぱいいる。自分の注文した仕立屋がどんな仕事ぶりであったかによって、仕立屋という商売一般に対する判断は決まってしまう。ウイスキーの商売だって同じことだ、と祖父は言った。

祖父は、ウイスキーをつくるとき、なにも加えなかった。砂糖さえもである。砂糖はしばしばウイスキーの濃度を薄め、量をふやす目的で使われる。しかし、祖父によれば、そんなものは本ものではない。彼は混じりけのないウイスキーをつくった。トウモロコシだけでつくったウイスキーである。

祖父はウイスキーは古いほどいいという通説には反対だった。いろんな人が、長年寝かせたウイスキーがうまいとしたり顔で言うのを耳にした彼は、一度試してみた。つくって一週間しかたっていないウイスキーと、ずっと以前つくったもののいくつかとを飲みくらべてみたが、少しも味は変わらなかった。

みんなが言わんとしているのは、樽《たる》の中で長年寝かせれば、木の匂いと色がウイスキーに移るということにすぎない。そんなに樽の匂いが好きなら、中に頭を突っこんで腹いっぱい匂いを吸いこめばいい。そのあとでちゃんとしたウイスキーを飲めばいいんだ。祖父はそういう連中を「樽嗅《か》ぎ」と呼んだ。切り株にたまった水を樽につめて、長い間寝かせてから連中に売る。そうすればたっぷり木の香りがするから、奴らは喜んで飲むだろうよ、と苦々しげに皮肉るのだった。

祖父の意見によれば、そういう馬鹿げた考えは、つくったウイスキーをいちどきに蔵に入れて何年も寝かす余裕のある大会社のお偉方が言いふらしたものにちがいない。零細のウイスキーづくりをしめ出す手なのだ。彼らは、わが社の製品は樽のかぐわしい匂いがすると称して、宣伝に大金を使う。おろかな人はやすやすとだまされてしまう。だが幸い、樽の匂いなんかにうつつを抜かさない良識ある人もまだいるので、零細のウイスキーづくりもやってゆけるというわけだ。

自分にできる唯一の商売はウイスキーづくりであり、またぼくもまもなく六歳になることだから、その商売を教えこもうと祖父は考えた。大きくなったら商売変えしたくなるかもしれないが、ウイスキーづくりを覚えておいて損はない。生活に困ったときにいつでも助けになる、とぼくに言い聞かせるのだった。

樽の匂いのウイスキーを売る大会社との闘いになることは、ぼくにもすぐに理解できた。だが祖父がその商売を教えこもうと考えてくれたことは、ぼくを誇らしい気持ちにさせた。

祖父のウイスキー蒸留器は、谷川から小川が支流となって流れ出す「廊下」の上手にあった。月桂樹やスイカズラのこんもりした茂みの奥に隠されていたので、小鳥たちの目にさえ触れない場所だった。祖父自慢の蒸留器である。釜《かま》も、ふたから突き出た管も、「ミミズ」と呼ばれるコイル状の管も、すべて銅でできている。

ふつうのにくらべて小型の蒸留器だったが、大きなものは必要なかった。月に一回だけ利用するのだが、毎回決まって十一ガロン（約四十二リットル）のウイスキーをつくりだせた。そのうち九ガロンは、開拓町の辻にあるジェンキンズさんの店で買い取ってもらった。一ガロンにつき二ドル。トウモロコシから得られる収入としては大きな額だった。

その収入のおかげで必要なものは全部買えたし、わずかながら貯金さえできた。祖母は、余ったお金をタバコの袋に入れて果物用の壺の底に隠した。「おまえの取り分もいっしょだよ。一生懸命働いて、商売を覚えてくれたんだものね」と祖母は言った。

二ガロンのウイスキーは自家用に取っておく。祖父がときどき飲んだり、客に出すためだ。いくらかは祖母の咳《せき》止めの薬をつくるのにも使われた。また、蛇やクモに咬《か》まれたときとか、そのほかいろいろな用途の傷薬としてウイスキーは欠かせなかった。

手を抜かずにやろうとすれば、蒸留の仕事はとてもきついものだった。

たいていの場合、ウイスキーの原料とされるのは白トウモロコシである。だが、ぼくたちはインディアン・コーンを用いた。それしか栽培していなかったからだ。黒みがかった赤い色をしているが、ウイスキーになると明るい赤に変わる。ほかのウイスキーにはない色で、ぼくたちは自慢に思っていた。見る人が見れば、だれの手になるものかすぐわかるのである。

祖母も手伝って、まずトウモロコシの皮をむき、実をばらす。次にその一部を麻袋につめ、ぬるま湯をかけて、日なたにさらす。冬なら煖爐《だんろ》のそばに置く。日に二、三度麻袋を引っくりかえし、トウモロコシが中でよく混ざるようにしなければならない。四、五日もすると、ひとつぶひとつぶから長い芽が伸びる。

残りのトウモロコシは臼《うす》ですりつぶす。製粉所に持ってゆくとお金がかかるので、祖父は挽《ひ》き臼を自分でこしらえた。二つの大きくたいらな石を上下向かい合わせにしたもので、木の把《と》っ手をゴリゴリまわして実をすりつぶす。

こうして用意のできた発芽トウモロコシと粉とをかついで谷間を登り、「廊下」の奥の蒸留所へ運び上げる。小川の流れから木の樋《とい》で水を引き、蒸留釜の四分の三まで満たす。トウモロコシの粉を水の中にぶちこみ、釜の下に火をたく。ぼくたちは、たきぎのかわりに炭を使った。煙が立たず、見つかる恐れがないからだ。

祖父はぼくのために、蒸留釜のわきの切り株の上に木箱を置いてくれた。ぼくの役めはその上に立ってグツグツ煮えるトウモロコシを撹《か》きまわすことだ。もっとも、釜のへりより目の位置が低いので、中をのぞきこむことはできず、自分の撹きまわしているものがどんな状態になっているかは確かめようがなかった。祖父は、うまいぞ、その調子だ、と声をかけてくれた。腕が疲れても痛くなっても、ぼくは根気よく撹きまわし、けっしてなかみを焦がすことはなかった。

じゅうぶん煮たってきたら、釜の底の排出管の栓《せん》をあけて煮汁を樽の中に引きこみ、適度に冷《さ》ます。そして細かくつぶした発芽トウモロコシを加え、ふたをして寝かせる。四、五日寝かせるが、毎日出かけていって、よく撹き混ぜなくてはならない。こうして、醱酵《はっこう》が始まる。四、五日たつうちに、トウモロコシ汁の上を厚く堅いあかがふたのようにおおう。それをくだいてすくい取る。これでいよいよ蒸留にかかるのである。

祖父は大きなバケツ、ぼくは小さなバケツを持ち、樽の中からトウモロコシ・ビール（祖父はそう呼んでいた）をすくう。バケツのなかみを蒸留釜にあける。ビールを全部釜にあけたら、ふたをし、火をつける。ビールが煮たってくるにつれて、蒸気がさかんに立ちのぼり、ふたの上の管から螺旋《らせん》状の「ミミズ」管の中へと押し出されてくる。「ミミズ」は樽の中へ引きこんである。樽には樋がさしこまれ、小川の冷たい水が流れているので、蒸気は冷やされてふたたび液体にもどり、樽の外へ引き出された「ミミズ」の先端からポタポタとしたたる。しずくの落ちる容器には、油脂分を漉《こ》し取るためのヒッコリーの炭が敷きつめてある。油脂分が含まれたままのウイスキーは、飲むと気分が悪くなるからだ。

　こうして得られたウイスキーはどのくらいの量か？実は二ガロンばかりでしかない。その二ガロンはわきに取っておいて、次の作業に移る。気化せず釜に残ったトウモロコシ・ビールの煮汁をバケツに抜き取る。つづいて、釜の内側にこびりついたかすをこそぎ落とさねばならない。さっきできた二ガロンのウイスキーのことを、祖父は「シングルズ」と呼んでいた。*二百度以上の強いものだという。そのシングルズと煮汁とを釜にもどし、ふたたび火をつける。水を少し加えるほかは、さきほどとまったく同じことをくりかえす。こうしてようやく十一ガロンのウイスキーができあがるのである。

　前にも言ったとおり、非常に骨の折れる仕事である。ウイスキーをつくるような奴はぐうたらだと世間の人は言うが、ぼくにはそのわけがまったくわからない。一度もウイスキーをつくった経験のない人のたわごとにちがいない。

　祖父のウイスキーづくりの腕はずば抜けていた。ふつう、いいウイスキーができることはまれで、むしろ失敗するほうが多い。火は強すぎてもいけない。醗酵させすぎると酢《す》になってしまう。また、蒸留を急ぐと弱いものしかできない。炭酸ガスの泡の状態を目やすにアルコール度を判断する目も必要だ。ぼくは、祖父がウイスキーづくりに大きな誇りを持っている理由が納得できた。だからぼくは一生懸命技術を覚えこもうとつとめた。

　ぼくにもかなりの手伝いができた。「おまえが来るまで、わしひとりでやってきたなんて信じられんよ」と祖父は言う。炭を運んだり、釜の中を掻きまわしたり、とにかく休む間もない忙しさなのだ。蒸留が終わると、祖父はぼくを抱き上げて、からになった釜の中に入れる。釜の内側にこびりついたかすをこすり落とすのもぼくの仕事だった。急いでやらなければならなかった。釜の中は余熱がこもってかなり熱かったのである。

祖父とぼくが蒸留所で働いている間、祖母は犬たちを小屋に閉じこめておく。だれか谷間の道をやって来る者があったら、祖母はブルー・ボーイを放し、ぼくたちのところへ走らせるという取り決めになっていた。一番鼻がきくブルー・ボーイは、ぼくたちの匂いをたどって蒸留所へまっしぐらに駆けてくる。その姿が見えたら、緊急事態だった。初めは伝令役にリピットを使っていたが、彼は蒸留の残りかすを食べて酔っぱらう癖がついてしまった。ほとんどアルコール中毒になってしまったので、祖父は彼を伝令役からはずした。マウドを使ってみたが同じ始末だったので、今はブルー・ボーイにその役がまわったのだ。

山の中でウイスキーをつくっている人が心得ておかなければならないことはたくさんあった。蒸留がすんだら、釜やそのほかの器具をきれいに洗っておく必要がある。それをおこたると、トウモロコシ汁の残りが酸敗《さんぱい》して強い匂いを放つようになる。取締官は猟犬なみに鼻がきくから、何マイル離れていても匂いを嗅ぎつける、と祖父は言う。「法の番犬」という言葉もそこから来た。調べてみればわかるが、奴らは昔から王様やそのたぐいの人間に仕えるなど、特殊なかたちで洗練された職業を受けついでいる。人を追跡するのを専門に育てられた犬と同じだ。だが、その手の人間は、独特な匂いを身にまとっているので、会えば気がつくはずだ。奴らが近くをうろうろしていればわかるものだ、と祖父は断言した。

バケツを蒸留釜にぶつけないよう注意することも大事だった。山の中ではその程度の音でも二マイル四方に響きわたるからだ。樽からトウモロコシ・ビールを汲《く》み出したバケツをさげて切り株に登り、さらに木箱に登って、身を乗り出すようにしてなかみを釜にあけるのだが、音を立てやしないかとぼくはびくびくしどおしだった。だがすぐに慣れて、へまはしなくなった。

歌を歌っても口笛を吹いてもいけない。だが、話すのはかまわなかった。ただし、ふつうの話しかただと、やはり山の中では遠くまで聞こえてしまう。知らない人が多いが（チェロキーなら知っている）、ある音の幅の範囲内でしゃべるかぎり、その声が伝わっても、まるで山の音、例えば林を吹き抜ける風とか谷川のせせらぎの音のようにしか聞こえない。祖父とぼくもそんなふうにしてしゃべったのである。

仕事をしながら、小鳥の声にも注意して耳を傾けた。小鳥が飛びたったり、コオロギが鳴きやんだら要注意だった。

頭の中で判断しなければならないことがあまりにも多かった。しかし、一度にあれこれ全部を気にする必要はない、と祖父は言ってくれた。そのうち自然に身につくさ。実際、そのとおりになっていった。

祖父のウイスキーには、商標とでも言うべきマークがつけられた。壺のふたの上を引っ掻いてトマホークの形をした印をつけるのである。ほかの山人たちもそれぞれ自分だけのマークを持っていた。「わしもいずれは死ぬが、そうなったらこのマークはおまえに譲ろう」と祖父は言った。祖父も父親から譲り受けたのだった。ジェンキンズさんの店では、トマホーク印のウイスキーしか買わない客もいた。「実際のところ、おまえはもう商売の相棒なんじゃから、このマークの半分はおまえのもんさ」と祖父は言ってくれた。ぼくが自分のものと呼べるものを所有したのは、これが最初だった。ぼくはぼくたちのマークを誇らしく思った。このマークをけがすような悪いウイスキーはけっしてつくるまいと心に誓った。

ぼくは今までの人生で恐ろしい目に会ったことが何度もあるが、最もこわかったのは、ウイスキーをつくっていたときのできごとだ。

春も真近なある日、祖父とぼくは仕事をもう少しで終えようとしていた。いつもどおり、できあがったウイスキー半ガロン入りの壺のひとつひとつに封をし、麻袋に入れる。さらに枯葉を間につめて、壺どうしがぶつかって割れないようにする。

祖父は重い大きな袋を、ぼくは壺三個入りの小さい袋を背負う。やがて壺四個を背負えるようになったが、このころはまだ三個がやっとだった。袋は肩にくいこみ、山をくだる途中で何度か荷をおろし、休まなければならなかった。そんなとき、祖父もいっしょに休むのだった。

さて、その日、壺を全部袋に入れ終えたとき、祖父が押し殺した声で叫んだ。「くそっ！　ブルー・ボーイだ！」見ると、ブルー・ボーイは蒸留釜のわきに腹ばいになり、舌を出してあえいでいる。まずいことに、ぼくたちは彼がどのくらい前からそこにいたのか知らなかった。音もたてずにやって来て、そのまましゃがみこんでしまったからだ。ぼくも「くそっ！」と言った（前にも言ったが、祖母がそばにいないと、祖父もぼくもよく汚いののしり言葉を吐《は》いた）。祖父は耳をそばだてた。聞こえてくる音に変化はなく、小鳥も飛びたたない。

「いいか、袋を持って道をくだるんじゃ。だれか姿が見えたら、わきに隠れてやり過ごせ。わしは、釜を洗って隠してから、反対側へくだる。小屋で会おう」

ぼくはあわてて袋をつかみ、肩ごしに投げて背に負う。重みに引っぱられてうしろへ引っくりかえりそうだった。よろめきながらも大急ぎで「廊下」をくだりはじめる。こわかった。だが一刻も早くその場から離れる必要があった。蒸留器を見つけられないことが一番大事だった。

山の人にとって蒸留器をたたきこわされることがなにを意味するか、平地の人にはわからない。シカゴの住民にとってシカゴ市が焼け落ちるのと同じくらい最悪の事態なのだ。祖父の蒸留器は代々受けつがれてきたものだが、祖父の年齢からして新しいものに買いかえる力はない。蒸留器をこわされたら、ぼくらは仕事を奪われ、食べてゆけなくなってしまう。

仮に売りもののトウモロコシがいっぱいあったとしよう。そしてそれが運よく売れたとしよう。しかし一ブッシェル二十五セントにしかならないなら、どうやって生計を立てられるだろうか？　ましてやぼくたちときたら、ひとにぎりのトウモロコシしかつくれなかったのである。

蒸留器は死んでも守らなければならない。祖父に言われなくてもわかっていた。だから、ぼくは大急ぎでその場を立ち去った。三個の壺のはいった袋を背負い、駆け足で山道をくだる。それは、言葉にならないほどきつかった。

祖父はブルー・ボーイをぼくにつけてくれた。ぼくが人の気配を物音で気づくより先に、ブルー・ボーイは風に混じる匂いを嗅ぎ取ることができる。すぐ前を行くブルー・ボーイからぼくは目を離さないようにした。

「廊下」の両側には山が垂直に切り立ち、小川の土手は人ひとりがようやく通れる幅しかない。「廊下」を半分ばかりもくだったころ、はるか下の谷間から急に騒がしい声が聞こえてきた。

祖母が犬を全部放したのだ。ほえ、わめきたてながら、犬たちはこちらめざして一目散に駆け登ってくるようすだ。やはりまずいことが起こったにちがいない。ぼくが立ち止まると、ブルー・ボーイも立ち止まった。犬たちはしだいに近づいてくる。「廊下」へ通じる道へまわりこんで、ぼくのいる方へ向かってくる。ブルー・ボーイは耳としっぽを立て、空気の匂いを嗅いだ。背なかの毛を逆立てると、ぼくをうしろにかばうかのように四肢を踏みしめて、しっかりした足どりで歩きはじめる。たのもしかった。

そのとき、人影が現われた。すぐ先の曲がり角をまわって、不意に数人の男が現われたのだ。先方も驚いたようすだった。ぼくには一個師団の兵隊のように見えたが、あとで思いかえせばせいぜい四、五人のグループだったのだ。見たこともない大男ぞろいで、それぞれ胸にバッヂを光らせている。足を止めて、奇異なものを見る目つきでじっとこちらをうかがっている。ぼくも立ち止まって、彼らを見つめた。口がカラカラに乾き、膝《ひざ》がガクガクした。「おい、ありゃあガキだぜ！」ひとりが叫んだ。「インディアンのガキだ！」と別の男。モカシンに鹿皮のズボンとシャツ、長くて黒い髪——インディアンであることをひと目で見抜かれたとしても不思議はない。

「おい、おチビさん、袋の中になにがはいってるんだ？」とひとりが声をかけてくる。もうひとりが叫ぶ。

「犬に気をつけろ！」

ブルー・ボーイが歯をむいて低くうなりながら、そろそろと彼らの方へ向かってゆく。

男たちは警戒しながらも、ぼくの方へ足を踏み出した。ぼくは逃げ場を失った。小川へ飛びこんだところですぐつかまってしまう。かといって、来た道を逃げたら、蒸留器の場所へ案内するようなものだ。蒸留器を守ること、それは祖父だけでなく、ぼくの責任でもあった。ぼくはかたわらの崖に跳びついた。

山の急傾斜を駆け登って逃げるしかない。いちかばちかだ。祖父は、チェロキーの人たちが急勾配《こうばい》を駆け登る方法を教えてくれていた。それは、垂直方向にではなく、山の腹を巻くようにして斜め上に向かって駆け登ってゆくやりかただった。土の上を走ると滑って足を取られる。そうではなく、谷側からせり出す灌木《かんぼく》の枝先とか、かたわらの木の幹や根かたを足がかりにしつつ、ピョンピョン跳びはねるようにすばやく登ってゆくのである。ぼくはこのやりかたを使った。

男たちから離れるには、取りついた崖の上からさらにうしろ方向へ登って逃げればいいのだが、それでは結局「廊下」の上へ出るだけだ。男たちを少しでもそちらへ導いてはならない。ぼくは逆に、くだり道に沿う崖の上を男たちの方へと向かった。

彼らの頭のすぐ上をすり抜けてゆく。男たちは道のわきのやぶを掻き分けてせまってきた。灌木の枝先を踏んでいるぼくの足に先頭の男の手がとどきそうになる。彼は灌木をぐいとつかんで引っぱろうとした。つかまったら最後、その場で殺されかねない勢いだった。そのとき、ブルー・ボーイが猛然と男に跳びかかり、足に嚙みついた。男は悲鳴をあげ、うしろに続く男たちの上に転げ落ちた。ぼくは走りつづけた。

うなり、闘うブルー・ボーイの声が聞こえていた。グエッという息の音につづいてキャンキャンという悲鳴。蹴《け》とばされたか、殴られたかしたのだろう。だが、ブルー・ボーイはすぐにまたうなり声とともに男たちに向かっていった。それらのすべてを背後に聞きながら、ぼくは必死に駆けた。速く速く！　気はせくが、壺が重く足ははかどらない。

男たちは崖をよじ登ろうとしている。そこへほかの犬たちが到着した。ぼくの耳は、老いぼれリピットのほえたてる声をはっきりと聞き分けることができた。あのマウド婆さんの声も。犬たちの甲高い声やうなり声に、男たちの悲鳴やののしりの声が混ざり合って、恐ろしい騒ぎが始まった。のちに祖父が語ったところによると、彼はその騒ぎを反対側の山の真上で聞いたのだが、まるで戦争が起こったみたいだったという。

ぼくはしゃにむに走りつづけたが、息が切れ、ぶっ倒れそうになったので、わずかの間立ち止まった。そしてまた走りだした。最後の登りでは、壺の袋を引きずっていた。やっと山の頂上に登り着いた。倒れこむように草の上に尻を落とす。へとへとだった。

犬と人の争う声が下の方からまだ聞こえていた。彼らが「廊下」から谷間へ後退したらしいことが手に取るようにわかる。金切り声、ののしり叫ぶ声、わめき声がとぎれることなく湧《わ》き起こり、大きな音の球みたいにもみくちゃになって山道を転がり落ちてゆく。やがてその音も遠のき、いつもの山の静けさがもどってきた。

ぼくは立ち上がれないほど疲れきっていたけれど、気分はすっかりよくなってきた。ざまあ見ろ、あいつらは蒸留所のそばにも寄れなかった。おじいちゃんは喜んでるだろうな。

足が言うことを聞かないので、ぼくは枯葉の上に身を投げ出した。そして、いつの間にか眠りに落ちた。

目が覚めると、あたりはもう暗い。遠くの山の上に月がのぼっていた。満月に近く、眼下の谷間に皓々《こうこう》たる光を投げている。犬の声が聞こえた。祖父がぼくを探させるために放ったにちがいない。狐追いのときのように勇みたったほえ声ではなく、クンクンと訴えるように鳴いている。ぼくが返事するのを待ちあぐねているのだろう。

犬たちはぼくの通った跡を嗅ぎつけたらしく、こちらに向かって登ってくる声が聞こえる。ぼくは口笛を吹いた。キャンキャンというれしげな声が返ってきた。すぐに一団の影が走り寄ってきた。ぼくを取り巻いて、顔をペロペロなめたり、跳ねまわったり、大騒ぎだ。めくら同然の老いぼれリンガーまでもが来てくれたのだった。

犬たちといっしょに山を降りていった。マウドは待ちきれなくなって、ぼくを見つけたことを祖父母に伝えようと、ほえたてながら先に駆けていった。鼻もきかないくせに、手柄をひとりじめにする魂胆《こんたん》らしかった。

谷間へくだってゆくと、道に立っている祖母の姿が目にはいった。目印になるようランプを前にかざしてくれていた。祖父もいっしょだった。

二人はこちらへ登ってこようとはせず、じっと立ったまま、犬を引き連れたぼくの方を見ている。ぼくはわくわくした気分だった。背なかにはウイスキーの壺を後生大事に背負っていた。どれひとつとして割ったりはしなかったのだ。

祖母はランプを下に置き、ひざまずいてぼくを迎えた。きつく抱きしめられて、ぼくはあやうく壺を落とすところだった。「あとはわしが持っていこう」と祖父が手を伸ばした。「わしにはとてもおまえみたいにうまく切り抜けられなかったろうよ。年も年だしな。そのうちおまえは山ん中で一番腕のいいウイスキーづくりになるぞ」

祖父以上にすぐれたウイスキーづくりになれるとは思えなかったけれど、そう言われたことがぼくを誇らしい気持ちにさせた。

祖母はひとこともしゃべらず、ぼくを背なかにおんぶして小屋へとくだってゆく。まだまだぼくには元気が残っているのに。

訳注

＊ 純粋アルコールでさえ二百度（イギリス式表示では百度）だから、二百度以上というのはむろん誇張である。

10　クリスチャンにだまされる

翌朝になっても、犬たちは跳ねまわったり、四肢を踏んばってかっこうをつけてみたり、得意げで興奮ぎみだった。自分がなにか役にたつ仕事をしたとわかっているようすだった。ぼく自身も誇らしい気持ちだったが、思い上がっていたわけではない。あんなことは、ウイスキーづくりの商売につきものだということを納得したからだ。

老いぼれリンガーの姿が見えなかった。祖父とぼくは口笛を吹いたり大声で呼んでみたが、姿を現わさない。小屋のまわりの切畑を探してみたが、やはり見つからない。そこで、犬を連れて探しに出かけることにした。谷間から「廊下」へと登っていったが、どこにも彼の形跡は発見できなかった。前の晩ぼくが追っ手を逃れてはいりこんだ山道をもう一度たどってみよう、と祖父が言い出した。やぶの中を目をこらしながら通り抜け、崖《がけ》をよじ登り、山の上へ上へとたどってゆく。ブルー・ボーイとリトル・レッドが老いぼれリンガーを見つけた。

リンガーは木の幹に頭をぶつけたのだった。今までに何度も木にぶつかったり、棍棒《こんぼう》で殴られたことさえあったが、それも今度が最後だった。わき腹を見せて静かに横たわっている。頭は血まみれ、半開きの口の中も真っ赤で、だらりと垂《た》れた舌を鋭い牙《きば》が刺し貫いていた。だが、リンガーはまだ生きていた。祖父がそっと腕の中に抱き上げる。ぼくたちは山を降りていった。

小川のほとりに来ると、二人でリンガーの顔の血を水で洗ってやった。牙の突き刺さった舌も用心深くはずしてやる。リンガーの顔の毛がみすぼらしい灰色であることに、ぼくはあらためて気がついた。老いぼれの彼にとって、ぼくを探して山の中を駆けまわるのは無理な仕事だったのだ。

リンガーを間にはさんで、祖父とぼくは小川の土手に腰をおろした。しばらくして、リンガーはどんよりくもった目を力なくあけた。もともと目がよく見えないのだが、今はなにも見えないだろう。

ぼくはリンガーの顔の上にかがみこんで話しかけた。

「昨日は山の中を探しまわってくれてありがとう。なのに、こんな目に会わせてしまってごめんね」リンガーはぼくの顔をなめた。気にしないでくれ。あんたのためなら、いつでもなんでもするよ、と言っているかのようだった。

リンガーを抱きかかえて、祖父は山道をくだりはじめた。ぼくはうしろ脚をささえる役を受け持った。小屋に着き、リンガーを下におろすと祖父は言った。「老いぼれリンガーは死んだよ」ここへもどる途中で息が絶えたのだった。「リンガーの奴はな、わしたちが探しにきてくれたし、家へ連れもどってくれるのがわかって、満足しておったよ」それを聞いて、ぼくもいくらか気持ちが救われた。

「山の犬らしい死にかたをしたよ。忠実に仕事をはたして、山ん中で死んだんじゃからな」祖父は自分に言い聞かせるようにつぶやいた。

祖母も加わって、シャベルを手に、ぼくたちはリンガーを谷間の奥のトウモロコシ畑へ運んだ。リンガーが得意げに見張り役をつとめた畑だ。犬たちも全員あとについてきた。しっぽをうしろ脚の間に巻きこみ、ヒーンヒーンと鼻を鳴らしている。ぼくも犬たちと同じ気持ちだった。

祖父は小さなミズガシの木の根もとに穴を掘った。そこはすてきな場所だった。秋には真っ赤なウルシが囲み、春にはミズキが真っ白な花をまとう。

祖母は穴の底に白い木綿袋を敷き、リンガーをその上にのせる。木綿袋の端を折りかえして、死体を包みこむ。つづいて祖父が大きな板を穴にさし渡した。洗い熊がリンガーを掘り出すのを防ぐためだ。ぼくたちは交互にシャベルで土をかけ、墓をふさいだ。犬たちはまわりを取り巻いて見つめている。墓がリンガーのものであることを知っているのだ。マウドが悲しげに鼻を鳴らす。マウドとリンガーは、トウモロコシ畑の見張り役としていい相棒どうしだった。

祖父は帽子を取った。「さよなら、老いぼれリンガー」

ぼくも祖父にならって、別れを告げた。ミズガシの木の下にリンガーを残し、ぼくたちはその場を立ち去った。

ぼくは気持ちが晴れず、胸の中にぽっかり穴があいたみたいだった。そんなぼくを見て祖父は言った。「おまえの気持ちはわかる。わしもおんなじじゃからな。愛していたものを失ったときは、こんな気持ちになるもんさ。なにも愛さなけりゃ、こんな思いをせずにすむ。じゃがな、それじゃいつもいつも心はからっぽで、よけいつらい気持ちになる。いいか、もしもリンガーがわしらの言うことを聞かんたちの悪い犬じゃったとしよう。そうすりゃあ、わしらはリンガーを自慢できなかったじゃろな。恥ずかしく思ったかもしれん。それはいやな気分さ。リンガーはそうじゃなかった。ところで、おまえは年を取ってからもリンガーを思い出すじゃろう。思い出すことを楽しむようになるじゃろう。不思議なことに、愛したものを年取ってから思い出すときには、いいところばっかり思い出す。悪いところは思い出さねえもんだ。悪いところなんか、どうでもよくなっちまうわけじゃ」

いつまでもリンガーの死を悔んでいるわけにはゆかなかった。商売にもどらなければならない。祖父とぼくは、ある日、商売品（祖父はぼくらのウイスキーを「商売品」と呼んでいた）をかついで、近道を取り、開拓町のジェンキンズさんの店へ向かった。

ぼくはその近道を歩くのが好きだった。谷間の小道をくだり、わだち道に出る手前を左に折れると近道に出る。平地に向かって突き出した大きな指みたいな山々の尾根を伝ってゆく道だった。

いくつもの谷を横ぎってゆくが、どの谷も浅く、ちょっと登ればすぐ次の尾根に出た。道はうねうねと数マイル続く。松の林を抜けるかと思うと、斜面の杉林をくぐり、また、柿の木の目立つあたりやスイカズラの茂みの中をたどってゆくのだった。

秋になり、町へ出かけた帰り道は楽しかった。霜で赤く色づいた柿の実をポケットにいっぱいつめこみ、それからあわてて祖父のあとを追う。春も同じだった。ただし、今度は黒イチゴでポケットを満たすのだった。

あるとき、祖父も立ち止まって、ぼくが黒イチゴを摘むのをながめていた。祖父がなにか突拍子《とっぴょうし》もないことを言って人をまどわすのはこういうときだ。その日、彼はこんなことを言った。「リトル・トリー、黒イチゴは青いときには赤いってことを知っとるか？」

ぼくは面くらった。祖父は笑いだす。「色をもとにして草とか木に名前をつけることがあるじゃろう？　黒イチゴもそうさ。ところで、木の実がまだ熟《う》れてないのをさして青いとも言うじゃろが？　黒イチゴが熟《う》れてないときは、赤い色をしてる。すると、黒イチゴが青いときは赤い、ってことになるわけさ」

「馬鹿げた言葉づかいのせいで、どいつもこいつもこじつけばっかりするようになる。いいか、人の言葉にたぶらかされちゃならんぞ。言葉に意味なんぞあるもんか。それより声の調子に気をつけるんじゃ。そうすりゃ、そいつがうそを言ってるかどうか見抜ける」祖父は言葉がやたらと多いことをつねづね腹立たしく思っていたのだ。ぼくにももっともだと思われた。

道のわきには、ほかにもヒッコリーの実、シイの実、クルミ、栗などがいつもたわわに実って、ぼくを待ち受けている。だから、季節にかかわりなく、開拓町からの帰り道では木の実を採るのにいそがしかった。

商売品を町の店まで運ぶのはかなりの大仕事だった。ウイスキーの壺が三個はいった袋を背負うぼくは、祖父のはるかうしろに取り残されがちだった。しかし、心配する必要のないこともぼくは知っていた。祖父はどこか道の先に腰をおろして待っていてくれる。やっと追いつくと、ぼくも並んですわり、しばらく休むのだった。

そんなふうに、ところどころで休憩を取りながら行くので、それほどきつい行程とは感じなかった。最後の尾根にたどり着くと、祖父とぼくはやぶの中にしゃがむ。そこからは町の辻《つじ》にあるジェンキンズさんの店が見とおせる。ぼくたちは店の前に漬《つ》けものの樽《たる》が出ていないかどうか、目をこらす。樽が出ていなければ、万事ＯＫ。出ていたら、「取り締まり中、危険」の印だから、商売品を運び入れるわけにはいかない。町に商売品を持ちこむ山の人たちは、こうしてみな店の前の漬けもの樽に細心の注意を払うのだった。

ぼく自身は漬けもの樽を見たことは一度もないが、いつも注意はおこたらなかった。ウイスキーの商売には気苦労が多いことを、ぼくはすでに骨身にしみて感じていた。祖父に言わせれば、どんな商売でもなにかしら苦労はついてまわるのだが。

祖父は、歯医者という商売を例にあげて話した。「明けても暮れても他人の汚ねえ口ん中をのぞきこんでなきゃならんなんて、まったく気が狂っちまうよ。それにくらべりゃ、苦労は苦労なりにウイスキーの商売のほうがずーっとましさ」

ぼくは、辻店のジェンキンズさんが好きだった。でっぷりふとった大男で、いつも胸当てズボンをはいていた。白いひげは伸びほうだいで胸当てまで垂れさがっていたが、頭のほうには毛が一本もなく、松の木のこぶみたいにテカテカ光っていた。

店の中にはありとあらゆる品がそろえられていた。大きな棚にはシャツや胸当てズボン、箱の中には靴。樽の中はビスケットがぎっしり。カウンターの上にはごつい車輪みたいなチーズ。カウンターの上にはガラスケースものせられていて、その棚には何種類ものキャンディーが山のように積み上げられている。ぼくの目はいつもそのガラスケースに吸い寄せられた。こんなにいっぱいキャンディーがあるけれど、売れるのかしら？　キャンディーを食べてる人なんか見たこともない。でも、こうして店に置いているからには、やっぱり買ってく人もいるんだろうな。

祖父といっしょに商売品を運びこむと、ジェンキンズさんはいつもぼくに用事を頼んだ。店のストーブ用に、裏のたきぎ置き場から木の切れっぱしを袋に一杯取ってきてくれないか、と言う。ぼくは喜んで引き受けた。最初のとき、ジェンキンズさんはお礼に縞模様《しまもよう》の大きなスティック・キャンディーをくれようとした。だが、受け取るわけにはゆかない。木ぎれを拾うのなんか全然面倒ではなかったからだ。ジェンキンズさんはキャンディーをケースにもどすと、別の、もう古くなって形もくずれ、捨てるしかないようなのを見つけ出した。それならもらってもかまわんだろう、と祖父が横から口を出した。捨ててもだれの得にもならないから、と考えたのだろう。ぼくはそのキャンディーを受け取った。

そののち、毎月店へ顔を出すたびに、ジェンキンズさんは古いキャンディーを見つけて、ぼくにくれた。ガラスケースの古いキャンディーは、こうしてほとんどぼくがかたづけてしまったことになる。ジェンキンズさんは、おかげで助かったよ、と笑った。

ぼくの五十セントをだまし取られたのも、辻店《つじみせ》へ出かけたときのことだった。長い間かかって貯《た》めた五十セントである。

毎月商売品を町に運んでもどると、祖母は売れたお金の中から五セントあるいは十セント硬貨を駄賃《だちん》として壺の中に入れてくれた。それは商売でのぼくの取り分だった。町へ出かけるとき、ぼくは硬貨を全部ポケットにつめこんでいった。実際は一度も使ったことはなく、家へ帰るとまたジャラジャラと壺にもどすのだった。

自分のお金だと思うと気持ちがはずんだ。店の品の中で、ガラスケースにキャンディーといっしょに入れられている赤と緑の色柄の箱が以前からぼくの目にとまっていた。値段はわからなかったが、次のクリスマスに祖母にプレゼントしたいと思った。箱の中にはどんなキャンディーがつまっているのだろう？　クリスマスの日におじいちゃん、おばあちゃんといっしょに食べよう。——だが、その前にぼくの五十セントはまんまとだまし取られてしまったのである。

その日、辻店に商売品を運び終えると、もう昼食どきをまわる頃合いだった。太陽は頭の真上にあった。祖父とぼくは店の外壁にもたれ、日よけテントの下にしゃがんで休んでいた。祖父は、さきほどジェンキンズさんの店で、祖母のために砂糖少々とオレンジを三個買った。オレンジは祖母の好物であり、ぼくの好物でもあった。祖父が三個買ったところを見ると、ぼくも一個もらえるらしい。

ぼくはスティック・キャンディーをかじっていた。店に二人、三人と連れだって客がやって来た。口々に、政治家が演説をしに町へ来る、と話している。それを耳にした祖父が、町にぐずぐずとどまるはずはないとぼくは思った。政治家なんぞくそくらえだったからだ。だが、ぼくたちの休憩時間が終わらないうちに、早くも当の政治家が姿を現わした。でかい車がもうもうたる土ぼこりを巻き上げて近づいてくる。政治家のご到来であることはひと目でわかった。運転手つきの車で、後部座席に政治家とひとりの婦人がすわっていた。車から降り立つと、早速政治家はベラベラしゃべりはじめる。連れの婦人は、長い喫《す》い残しのタバコを窓から投げ捨てた。それを見た祖父は、あのタバコは巻きタバコで、しかも特別注文でつくらせたものだ、と言う。自分の手で巻くのを億劫《おっくう》がる金持ちだけが喫うのだそうだ。

政治家は集まった町の人々に近づき、だれかれとなく握手している。もっとも、祖父とぼくにだけは手をさし出そうとしなかった。「わしら、ひと目でインディアンとわかるからな」と祖父が耳打ちする。「わしら、投票なんぞせんから、握手しても無駄だと奴は考えとるんじゃ」

その男は黒いコートの下に白いシャツを着て、首には黒いリボンを巻きつけていた。ひっきりなしに高笑いし、ひどく上機嫌に見えた。

男は箱の上に登り、演説を始めた。そしてさきほどの上機嫌はどこへやら、たちまちワシントン市の状況について えらい剣幕《けんまく》で怒りだした。ワシントン市は、彼によれば、今や地獄の様相を呈しつつあるという。「われらが首都は、*ソドムとゴモラもかくやと思われる罪業《ざいごう》の巷《ちまた》と化した」とわめきたてる。自分の言葉にますます興奮した彼は、首のリボンを荒々しくむしり取った。

「こんな状況の背後には、どこから見ても、カトリックの影がある。カトリック教徒はあらゆる面で実権を握っており、その上、ローマ法王をホワイトハウスに送りこもうとさえたくらんでいる。カトリック教徒は腐りきった、堕落しきった蛇だ。聖職者と呼ばれていながら、尼《に》僧《そう》と情を通じる者があとを絶たない。その結果生まれた赤ん坊を、彼らはこともあろうに野犬の群れに食い殺させている。いまだかつて見たことも聞いたこともない戦《せん》慄《りつ》すべき事実ではあるまいか?」

ワシントン市がそんなにひどい状態だとしたら、彼がわめきたてるのも無理はないとぼくは思った。男は続ける。「この私をして彼らと闘わしめないかぎり、彼らはますます権力をほしいままにし、おそかれ早かれ、平和なこの地にも必ずや地獄をもたらすだろう。そうなったら最後、カトリック教徒の連中は、若い娘をひとり残らず修道院に閉じこめ、手ごめにしたうえ、生まれた子どもをみな殺しにするにちがいない」

話を聞いているうちに、カトリック教徒を懲《こ》らしめるには、この男をみんなでワシントンへ送り出すしか手はないようにぼくには思えた。男の話はさらに続く。「もしみなさんのお力で議員になれたとしても、闘いはなまやさしいものではない。なぜなら、金のために敵に寝がえるやからがどこにでもいるからだ。この自分は金なんかに動かされる男ではない。金なんかもらっても使い道がない。いや、金なんかないほうがいい。――ときには闘うのをあきらめようと思ったことさえあった。身を退《ひ》いて、みなさんみたいにのんびり暮らそうかと考えたこともあった」

のんきに暮らされては困る、とぼくは思った。

演説を終えると男は箱から降り、また声をたてて笑いながら聴衆のひとりひとりと握手を始めた。ワシントン市の状況を改善する自信に満ちているように見受けられ、ぼくはホッとした。ぜひワシントンにもどって、カトリック教徒やその一味を懲らしめてほしい。

政治家が聴衆の間をまわって握手したり話しかけたりしているとき、ひとりの男が綱につけた茶色い子牛を引いて人ごみの方へ近づいてくるのが見えた。

男は立ち止まって人々のようすをながめていたが、その間に政治家が二度自分の前へまわってくると、二度とも握手した。小さな子牛は頭を垂《た》れ、四肢《しし》を広げて立っている。ぼくは立ち上がってそばへ行った。背なかをなでてみたが、子牛は頭を上げようとはしない。男は大きな帽子のひさしの陰からぼくを見おろした。鋭い目つきだったが、笑うとしわが寄って目が隠れてしまう。男は笑顔を見せると、口を開いた。

「坊や、おれの子牛が気に入ったかい？」

ぼくはうなずいたが、子牛から一歩しりぞいた。子牛にいたずらしていると誤解されたくなかったからだ。

「いいんだ、いいんだ」男は陽気に言った。「こいつにさわっていいいんだよ。坊やは悪さはしっこないもんな」

ぼくはまた子牛に近寄って、頭をなでた。

男は牛の背ごしに噛《か》みタバコのつばを飛ばした。「おれにはわかるよ。こいつは坊やが好きなんだ。今までなついただれよりもな。坊やといっしょに行きたいらしいぜ」ぼくには男の言うとおりかどうか自信がなかったが、子牛の持ち主が言うのだから本当かもしれない。男はぼくの前にまわって膝《ひざ》をついた。「お金持ってるかい、坊や?」

「はい、五十セント持ってます」男は顔をしかめた。ぼくの全財産ではあったが、持ち金が少ないので申し訳ないような気持ちがした。

男はしばらく黙っていたが、笑顔を取りもどすと言った。「いいかい、この子牛はな、あんたの持ってる金の百倍も値打ちがあるんだ」ぼくもそうにちがいないと思った。「はい。でもぼくは買う気なんかありません」男はまた顔をしかめる。「よーし、おれもクリスチャンだ。こいつは心《ハート》の問題でな、損は承知の上さ。こんなになついてんだから、この子牛はあんたのものになるのがいいんだろうぜ」男はちょっと考えこんでいるふうだった。きっと子牛と別れるのがつらいのだろう。

「おじさん、ぼく、そんなつもりないんです」

男は片手を上げてぼくをさえぎる。そしてため息をつくと言った。「子牛は坊やにくれてやろう。五十セントでもいいよ。それがクリスチャンとしてのおれの義務だって気がするのさ。まあ待てよ、ことわっちゃだめだぜ。五十セントよこしな。子牛はあんたのもんだ」

そんなふうに言われると、ぼくにはもうことわることができなかった。ポケットから五セント、十セント硬貨を全部取り出して、男の手に渡す。男は子牛の手綱《たづな》をぼくに握らせると、すばやくそこを立ち去った。どっちへ行ったのかさえわからなかった。

ぼくは子牛を自分のものにすることができて胸がおどった。キリスト教徒だと言っていたあの男の弱みにつけこんだようなうしろめたさもあったけれど。子牛を引っぱってもどり、祖父に見せた。祖父はぼくにくらべて別段うれしそうな顔はしなかった。子牛はぼくのもので祖父のものではないからだ、とぼくは想像した。「だって、おじいちゃんのものだよ」とぼくは言った。「半分はウイスキーの商売でも相棒なんだもの」だが、祖父は口をモグモグさせるだけだった。

集まっていた人たちはしだいに散りはじめた。みんな、その政治家がすぐにもワシントン市に乗りこんで、カトリック教徒と闘うのが一番だと納得した面持《おもも》ちだった。政治家はビラを配った。ぼくにはくれなかったけれど、地面に落ちていたのを拾って見ると、政治家の写真が印刷されている。ワシントン市にはなにひとつ問題はないみたいに、上機嫌で笑っている。写真のほうがずっと若く見えた。

そろそろ帰るとするか、と祖父が言う。ぼくは政治家の写真をポケットにねじこみ、子牛を引いて祖父のあとに従った。道は少しもはかどらなかった。子牛はよろめくばかりで、前へ進むことがほとんどできない。ぼくは綱を引っぱったが、あまり強く引くと子牛が倒れるのではないかと気が気でなかった。

こんな調子で小屋まで連れて帰れるかしら？　それにこいつは病気かもしれない。買い値の百倍の値打ちがあるはずなんだけれど……。ぼくはだんだん心配になってきた。

ようやく最初の尾根を登りきったとき、祖父はもうそこをくだって谷間に向かおうとしていた。このままでは置いてけぼりにされる。ぼくは大声で叫んだ。「おじいちゃーん。ねえ、カトリックの人、だれか知ってる？」

祖父は足を止めた。その間にぼくは一生懸命子牛をせかして、距離を縮めた。ようやく祖父に追いついた。

「一度、ひとりだけ見たことがある」祖父が答えた。ぼくと子牛はゼイゼイ息をついていた。「郡庁のある町でな。その男はとくにいやな奴ってわけじゃなかった。きっとなんかつらい目に会ったんじゃろな……カラーがひん曲がってたが、ぐでんぐでんに酔っぱらってて気づきもしねえ。じゃが、えらく陽気にふるまってたっけ」

祖父はかたわらの石の上に腰をおろした。なにか頭の中に考えが湧《わ》いて、それをしゃべりたいようすだ。しめた、とぼくは思った。子牛は前脚を開き、苦しげにあえいでいる。

「ところでな」案の定《じょう》、祖父は話しはじめる。「さっきの政治家じゃが、もしあいつの腹ん中をナイフで切りきざんだとしても、ケシつぶほども本当のことは見つからんじゃろうよ。ああいう淫売《いんばい》のせがれは、ウイスキー税のこととか、トウモロコシの値段とか、そのたぐいの大事な問題にはいつも知らんぷりじゃ」

ぼくも、あの淫売のせがれは全然そんな話をしなかった、と答えた。

「淫売のせがれ」というのは新しくできた悪口だから、おばあちゃんの前では絶対に使っちゃいかんぞ、と釘《くぎ》をさしたうえで祖父は話を続けた。「坊主と尼《あま》さんが毎晩つるんだって、わしにはちっとも関係のねえことさ。雄鹿と雌鹿がつるむのとおんなじよ。それが奴らの仕事なんじゃ。けどな、赤ん坊を犬に食わせてるとも言ってたろ？　雌鹿が子どもを犬のえさにするなんてことは、まずありっこねえ。尼さんだって、そこまではせんよ。あいつはうそをついてるんじゃ」

ぼくはカトリック教徒にいくぶん同情しはじめた。

「カトリック教徒が権力を握りたいってのはそのとおりさ。けどな、もし豚を一匹飼ってて、そいつを盗まれたくねえんなら、十人でも二十人でも見張りをつけりゃいい。見張りにしたところで、どいつもこいつも腹ん中じゃ豚を盗みたいと思ってる。だから、かえって台所で豚を飼ってるみたいに安心なわけさ。ワシントンの連中はみんな頭がいかれてるよ。しじゅう他人を見張ってなきゃ安心できんのさ。

権力亡者《もうじゃ》だらけじゃから、いつだってごたごたが絶えん。ワシントンの一番困ったところは、ろくでもねえ政治家がいっぱいいるってことなんじゃ。

頭の固いバプティストの教会へ行ってみろよ。コチコチ頭の連中がやっぱり権力を握ってるから。まったく、いやになっちまう。奴らは酒を飲むことに絶対反対なんじゃ。もっともこっそり飲んでる奴もいるらしいがな。酒なしでどうする？　国じゅう干上《ひあ》がっちまうぜ」

カトリック教徒のほかにも危険な敵がいることをぼくはさとった。もしもコチコチ頭のバプティストが権力を握ったら、祖父とぼくはウイスキーの商売からしめ出され、飢え死にするしかないだろう。

ぼくは祖父にたずねた。もしも、樽の匂いを売りものにするウイスキー会社のお偉方が権力を握ったらどうなるのか？　今までもさんざん苦しめておきながら、そのうえぼくらの商売を取り上げてしまうのか？「もちろんさ。奴らは権力が欲しくてうずうずしてるよ。だから毎日ワシントンの政治家に賄賂《わいろ》をつかませてるんじゃ」祖父は答えた。「ひとつ、これだけははっきりしてることがある。インディアンはけっして権力なんぞ欲しがらん」

　祖父がまだ話し終わらない間に、ぼくの子牛は倒れ、そして死んだ。ぼくは手綱を握ったまま、祖父の前に立っていたのだが、祖父が手を上げてうしろを指さすのでふりかえると、子牛はわき腹を上にして地面に横たわっている。「おまえの子牛は死んだよ」祖父は最後まで子牛の半分を自分のものとして認めようとしなかった。

　ぼくは膝をついて子牛の頭を持ち上げ、なんとか立たせようとした。だが子牛はグニャリと力なくくずれるだけだ。祖父は頭を振った。「死んだんじゃよ、リトル・トリー。死んじまったら、もうそんなことしても生きかえりゃせん」ぼくは子牛のそばにしゃがみこんで、見つめていた。こんなにつらい思いをしたことは、めったにない。五十セントも、あの赤と緑の箱も煙のように消え失せた。そして今、買い値の百倍も値打ちがあったはずの子牛も失われてしまった。

　祖父はモカシン・ブーツからナイフを抜き、子牛のからだを切り開いて肝臓を取り出した。「見てごらん、黒いしみがあるじゃろ。こいつは病気だったのさ。食うわけにはいかん」

　ぼくは泣きこそしなかったけれど、すっかり打ちひしがれていた。祖父は子牛の皮をはぎ取った。「こいつをおばあちゃんにあげたら、十セントくれるんじゃねえかな。皮は使えるからな。家へ帰ったら、犬をここへ来させよう。肉を食わせてやれるぞ」死んだ子牛を役だてる方法はそれしかなかった。ぼくは子牛の皮を背に、長い道のりをとぼとぼと祖父のあとに続いた。

　祖母はなにも聞こうとしなかったが、ぼくのほうから打ち明けた。子牛を買うのに使っちゃったから、今日は壺に五十セントをもどせない。五十セントは消えちゃったの、と。すると祖母は、子牛の皮のかわりに十セントくれた。ぼくはそれを壺にしまった。

　夕食はのどを通らなかった。好物の豆と、トウモロコシパンだったが。

食べながら、祖父がぼくを見つめて言った。「なあ、リトル・トリー。おまえの好きなようにやらせてみせる、それしかおまえに教える方法はねえ。もしも子牛を買うのをわしがやめさせてたら、おまえはいつまでもそのことをくやしがったはずじゃ。逆に、買えとすすめてたら、子牛が死んだのをわしのせいにしたじゃろう。おまえは自分でさとっていくしかないんじゃよ」

「はい」とぼくは答えた。

「で、なにをさとったかな?」

「ええっと、あの、クリスチャンとは取り引きしちゃいけないって……」

祖母が噴き出した。おかしいことなんかちっともないのに、とぼくは思った。祖父のほうは、ちょっとあっけにとられていたようだったが、急に大声で笑いだした。トウモロコシパンをのどにつかえさせて、息をつまらせたほどだ。ぼくがさとったことは、なにかよほどおかしなことだったらしい。

祖母が言う。「おまえの言いたいのは、こういうことだろ、リトル・トリー? 今度自分のことをお人善しで正直者だと言う人に会ったら、用心しよう」

「はい、そう思います」

五十セントをなくしてしまった事実以外、なにがどうなったのか、わけがわからなかった。疲れきっていたので、ぼくはテーブルでコックリコックリ居眠りを始めた。皿の中におでこが落ちたので、祖母は豆をふき取ってくれた。

その晩、ぼくは、コチコチ頭のバプティストとカトリック教徒がそろって家へやって来る夢を見た。バプティストはぼくたちの蒸留釜《じょうりゅうがま》をたたきこわし、カトリック教徒はぼくの子牛をまるごと食ってしまった。

大男のクリスチャンがニヤニヤ笑いながら立っている。手に赤と緑に塗られたキャンディーの箱を持ち、これは本当は百倍も値打ちがある品だが、五十セントにまけてやろう、と言う。けれど、ぼくは五十セントなんてもう持っていない。だからそれを買えなかった。

訳注

＊　ともに死海南部にあった古代都市。旧約聖書「創世記」によれば、住民の堕落と罪を怒った神が、天の火と硫黄とをくだして焼き滅ぼしたという。

11　はだしの女の子

祖母は鉛筆と紙を取り出して、ぼくが例のクリスチャンとの取り引きでいくら損をしたか、数字を示して教えてくれた。それで、損をしたのは四十セントだということがわかった。子牛の皮と引きかえに祖母から十セントもらったからだ。その十セントを壺にしまうと、それからはポケットに入れて持ち歩くことはしなかった。壺に入れておいたほうがどれほど安全かしれない。

次にウイスキーをつくったとき、ぼくは十セントかせいだ。祖母がそのうえに五セントおまけをつけてくれたので、ぼくの財産は二十五セントになった。また少しずつ貯金がふえはじめたのだ。

五十セントだまし取られたけれど、商売品をかついで町へ出かけてゆくのはいつも楽しみだった。

ぼくは辞書の中の単語を週に五つずつ覚えていった。祖母が意味を説明してくれたあと、その言葉を使った文章をつくらせる。町への道すがら、ぼくは文章を大きな声で何度もくりかえし唱えた。祖父はぼくがなにを言っているのか気になって、足を止める。ぼくは彼に追いつくことができ、ウイスキーの壺を降ろして休憩を取ることができた。ときに祖父はぼくが覚えようとしている単語をくそみそにやっつけたあげく、そんな言葉はもう使っちゃいかん、と釘《くぎ》を刺す。おかげで辞書の先の方へ進むのがかなりはかどった。

abhor（憎む）という単語と取り組んでいるときもそうだった。祖父は前を歩いていた。ぼくはその言葉を使った文章を練習しているところで、I *abhor* briers, yeller jackets and such.（ぼくは野イバラやスズメ蜂などが大きらいだ）と大声で叫んだ。

祖父の足が止まる。ぼくが追いついて荷物をおろすと、今、なんて言った？　と聞く。

I *abhor* briers, yeller jackets and such. ぼくがくりかえすと、祖父はこわい目をしてにらみつける。ぼくはどぎまぎしてしまった。「なんでまた、あばずれ女（whore）と野イバラやスズメ蜂が関係あるんじゃ？」

「そんなこと、知らないよ。でも、abhor って言葉は、我慢できないくらいきらいって意味なんだ」

「それならどうして can't stand と言わないんじゃ？ ab*whore* じゃと？」

「しょうがないよ、辞書にあるんだもの」

祖父は頭に来たらしい。そんな辞書を発明したおせっかいなくそったれは、とっつかまえて銃殺にすべきだ、といきまく。

「たぶん、そいつがおんなじことを言うのに五つも六つも言葉をでっちあげた張本人に決まっとる。そのせいで言葉の意味があいまいになったんじゃ。政治家の奴らが、人をまんまとだましておきながら、そんなこと言った覚えはないとか、した覚えはないとしらばっくれるわけさ。調べりゃわかるが、そのいまいましい辞書は政治家がつくったか、さもなきゃ陰で糸を引いてるに決まっとる」

祖父は、abhor なんて単語はうっちゃっておけと言うので、ぼくはそうすることにした。

町の辻店《つじみせ》には、冬あるいは小農閑期にはたくさんの人が出入りしていた。「小農閑期」はふつう八月で、農夫たちが四、五回めの畑の除草を終えたあと、作物も順調に育ち、あとは実りの季節を待って収穫するまでの、ひとまず手を抜いてよい時期をさす。

商売品をジェンキンズさんの店に運び、祖父は代金をもらい、ぼくは木ぎれを集めた褒美《ほうび》に古くなったキャンディーをもらう。こうして仕事を全部すませると、二人はいつも店の日よけテントの下にしゃがんで壁に背をもたせかけ、のんびり時を過ごすのだった。

祖父のポケットには十八ドルはいっている。このぶんだと、家へ帰ったら少なくとも十セントはもらえるだろう、とぼくは皮算用する。祖母のために、祖父はきまって砂糖とコーヒーを買うが、商売がうまくいっていれば、小麦粉を少し買うこともある。ウイスキーをつくるのも町へ運ぶのも大変な仕事であるだけに、無事にそれが終わったときの気分はなんとも言えない。ぼくはいつも古くなったキャンディーを食べ終わるまで日よけテントの下にすわっていた。それは最高の時間だった。

店に出入りする人たちが口にするさまざまな話題が耳にはいってくる。ひどい不景気のため、ニューヨークでは窓から飛び降りたり、頭をピストルで撃ったり、自殺者があとを絶たない、というような話が聞こえてきたこともあった。祖父もぼくもけっして人々の話に口をはさむことはなかった。だが、帰り道で祖父はこんなふうに言ったものだ。ニューヨークは住む土地がじゅうぶんにないから、どこにも人がひしめき合っている。そのせいで、人口の半分が気が狂っている。ピストル自殺や飛び降り自殺はそれが原因だ、と。

辻店には、いつもだれかしら散髪客がいた。日よけテントの下にまっすぐな背もたれのいすをすえて、ひとりずつ交替で頭を刈り合うのだった。

バーネット爺《じい》さんと呼ばれている人物がいた。彼は歯を引っこ抜くのが商売で、そのやりかたを称してみんなは「歯を跳ばせる」と表現していた。だれにもできるという芸当ではなかった。歯が悪くなって、抜いてもらう必要があると、人々はバーネット爺さんのところへやって来た。

爺さんの仕事ぶりは見ものだったから、多くの見物人をまわりに集めた。客をいすにすわらせると、爺さんは針金を火にかざして真っ赤に焼く。それから客の口を大きくあけさせ、針金をさし入れて問題の歯の上に当てがう。次に一本の釘を取り出して、その歯を強く向こうへ押し、もう一方の手に持ったかなづちでたたく。そのたたきかたにコツがあるのだろう、みごと歯はピョンと跳ねとんで地面に転がるのである。爺さんはその商売が得意げだった。見物人を手で制してうしろに下がらせ、秘訣を盗まれないよう気をくばってもいた。

あるとき、バーネット爺さんと同じ年かっこうのレットさんという客が歯を抜いてもらいにやって来た。爺さんはレットさんをすわらせると、例によって針金を火で熱した。ところがそのあと、彼が赤くなった針金を口の中へさし入れたとたん、レットさんはそれを舌で巻きこんでしまったのだ。雄牛よりもすごいうなり声を発したかと思うと、レットさんは爺さんの腹を蹴《け》り上げた。爺さんはうしろ向きにズデーンとひっくりかえる。

爺さんは逆上した。立ち上がるや、いすを振り上げてレットさんの頭にガンと一発くらわす。年寄りどうしの取っ組み合いが始まった。上になり下になり、地面を転げまわって、なぐり、引っ掻《か》き合う。野次馬がワッと集まってきた。ようやくだれかが割ってはいって二人を引き離す。

腕を振りまわしながら、まだ二人は大声でののしり合っている。バーネット爺さんの吐《は》く悪態《あくたい》はしっかり聞き取れたが、レットさんのほうはなにを言っているのか、さっぱりわからなかった。

やっと二人が静まると、何人かの男がレットさんを羽がいじめにし、口をこじあけて舌を引っぱり出し、テレピン油をたっぷり塗りこんだ。レットさんはプリプリしながら帰っていった。バーネット爺さんが歯を跳ねとばすのに失敗するのを見たのは、このときが初めてだった。商売の腕を誇っていた爺さんはひどく心外だったらしい。野次馬連中をひとりひとりつかまえて、言い訳を始めた。レットの野郎が悪いんだ。爺さんは言い張った。ぼくもそう思った。

ぼくは歯を悪くしないよう気をつけようと心に誓った。もし悪くなっても、バーネット爺さんには絶対ないしょだ。

小さな女の子と知り合ったのも、辻店でだった。その子は、小農閑期か冬になると父親に連れられてやって来た。父親はまだ若く、ぼろぼろになった胸当てズボンをはき、たいていははだしだった。女の子のほうはどんな寒い日でもきまってはだしだった。

父親は小作農だった。祖父の話によると、小作農は自分の土地を持たないばかりか、ベッドはおろかいす一脚さえ持っていないのがふつうだという。人の土地で働かせてもらい、その働きによって地主が得る収穫の半分、いやたいていは三分の一ばかりを報酬として与えられるのだ。「半々で働く」とか「三分の一で働く」という言葉はそこから来ている。しかし、日々消費した分の食料、地主がたてかえた種と肥料代、ラバの使用料、その他こまごましたものを取り分の中からさっ引かれるので、結局小作農の手もとにはやっと飢えをしのげる程度の糧《かて》しか残らない。

小作農は家族が多いほど雇い主には受けがいいという。大家族の全員が畑で働けば、それだけ仕事がはかどるというわけだ。だから、小作農はやむにやまれず子どもをたくさんつくる。女房たちはよちよち歩きの赤ん坊を木陰に置いて、綿摘みや耕作に汗を流す。

インディアンは小作農になろうとはしない。それより森の中でウサギを追っかけているほうがましだ。いろいろ事情はあるだろうが、いったん小作農になると、もうそこから抜け出すことはできない。

それもこれも政治家のせいだと祖父は言う。「奴らが自分のやるべき仕事をうっちゃって、ああだこうだとご託《たく》ばかり並べてるからさ。地主の中にも、悪いのもいればそうでないのもいる。けどな、収穫が終わって支払いの時期がくると、小作農の連中はたいてい泣きを見る羽目になるんじゃ」

小作農が毎年転々と場所を変えなければならないのはそのためだ。冬になると彼らは新しい雇い主を探し、見つかれば前の掘っ立て小屋を引きはらって次の掘っ立て小屋に引っ越す。そして夜になると、亭主と女房は台所で額を寄せ合い、今年こそこの土地でいいことがありそうだ、と夢を語るのだ。

春から夏の間じゅう、彼らはまだ夢にしがみついている。だが収穫が終わると、期待はまたもや無残に打ちくだかれる。こうしてふたたび彼らはさすらいの旅に出る。無理解な人たちは、彼らを「役たたず」と決めつける。祖父は言う。「この言葉は実際腹の立つ言葉さ。小作人に子どもが多いのを『無責任』と決めつける、それとおんなじじゃ。小作人にしてみれば、ほかにどうしようがある？」

家へ帰る道すがら、祖父とぼくはそんなことを話し合った。祖父は憤慨がおさまらず、道ばたに一時間もすわりこんで話しつづけたものだった。

聞いているうちに、ぼくも興奮してきた。おじいちゃんは、政治家どもの腹の中を完全に見抜いている、と思った。「そんな淫売《いんばい》のせがれはどっかへ行っちまえ」ぼくはいきりたって叫んだ。祖父はちょっと口をつぐんだが、おもむろに、「淫売のせがれ」というのは新しくできた悪口で、かなりきわどいものだから、おばあちゃんの前で口にしたら家から追い出されるぞ、と以前と同じ注意をぼくにうながす。ぼくは気をつけようと思った。実際、その言葉は相当効きめが強そうだった。

さて、ある日のこと、その女の子がやって来て、前に突っ立ったままぼくをじっと見つめた。ぼくは日よけテントの下にしゃがんでキャンディーに取り組んでいるところだった。父親は店の中らしかった。女の子の髪の毛はくしゃくしゃにもつれ、歯は欠けている。バーネット爺さんに見つからなければいいが。彼女の着ているものといえば、頭と腕が通るよう穴をあけた麻袋一枚だ。ぼくから目をそらさず、はだしのかかとで前後に土をトントン蹴りつけている。ひとがキャンディーを食べてるのに、ほこりがたかるじゃないか。それでぼくは女の子に、「ちょっとなめてもいいよ、かじらなければね」と話しかけた。彼女はキャンディーを取り、ペロペロとせわしなくなめはじめた。

「あたし、綿を一日に百ポンドも摘めるのよ」女の子は話しはじめた。「お兄ちゃんが二百ポンド、ママは、気分がよければだけど、三百ポンドはいけるわ。パパはね、夜までかかれば五百ポンドは摘めるの。袋の中に石を入れて重さをごまかす人もいるけど、あたしたち絶対そんなことしない。正直者って言われてるのよ。うちの人はみんな正直だって評判なんだから。あなた、どのくらい摘める？」

ぼくが一度も綿摘みをしたことがないと答えると、「そうだと思ったわ。インディアンって怠け者でちっとも働かないってうわさだもの」と言う。ぼくはキャンディーを取りかえした。だが、そのあと彼女が、「でも働く気がないわけないし、きっとほかのことをしてるんでしょう？」と言ったので、またキャンディーをなめさせてやった。

「うちではね、冬になるとみんなでキジバトの鳴き声が聞こえないか、耳を澄ますの。ねえ、知ってるでしょ？キジバトが呼んでたら、来年はそっちの方へ移ってくのよ。

今年はまだだけど、もう聞こえてもいいころだわ。今の地主さんはすごいうそつきで、パパはけんかしちゃったの。だからよそへ移らなくちゃならない。パパがこのお店に来たのはね、だれか雇ってくれる人を探すためなの。あたしの家族は正直者でごたごたなんか起こさないから、来てほしいって人がいるはずだもの。だれか今までで一番いい人の農場で働けるといいんだけど。パパが言ってたわ、あたしたち、働き者って評判なんだって。いいところが見つかったら、もう動かずにすむのに。

今度の農場で収穫が終わったら、あたし、お人形もらえるの。お店で売ってるお人形だってママが言ってたわ。本もののお髪があって、目をあけたり閉じたりするの。ほかにもきっといっぱい買ってもらえるわ。だってお金持ちになるんだもの」

ぼくは、うちには山の窪地《くぼち》のトウモロコシ畑しか土地がないし、ずっと山で暮らしてきたから平地での畑仕事には向いていないことを話した。そして、十セントの貯金を持っていることも打ち明けた。

女の子は十セントを見たがったが、家の壺にしまってあるからだめだ、とぼくは答えた。「前にクリスチャンに五十セントだまし取られたから、もう持ち歩かないいんだ。これからは絶対にだまされないように気をつけるんだ」

「あら、あたしだってクリスチャンよ。一度野外集会で、あたしに聖霊がついたことがあって、それで救われたのよ。パパとママなんか、集会に行くといつでも聖霊がつくんだって言ってたわ。そうすると、だれも知らない言葉で話しだすんですって。クリスチャンになれば幸せになれるわ。野外集会ではすごく幸せよ。だって聖霊がみんなのまわりに降りてくるんですもの」

たしかに彼女はクリスチャンだった。というのも、おしゃべりしながらぼくのキャンディーをほとんどなめつくしてしまったからである。ぼくはわずかに残ったのをあわてて引ったくった。

家に帰ってその女の子の話をすると、祖母はモカシンを一足つくりはじめた。爪先《つまさき》にはぼくの子牛の皮を毛がついたまま使い、最後にそこに赤いビーズを二個ずつ縫いつけた。すてきなできばえだった。

翌月、辻店へ出かけたとき、ぼくは女の子にモカシンを与えた。彼女は目を輝かせて受け取り、早速はいてみた。「おばあちゃんが君のためにこしらえたんだ。お金なんかいらないよ」とぼく。彼女は足もとを見つめながら、店の前を行ったり来たり走りまわった。とても気に入ったらしく、立ち止まってはかがみこんで、赤いビーズを指先でそっとなでている。「その爪先の毛皮は、ぼくの子牛のものなんだ。おばあちゃんに買い取ってもらったんだよ」ぼくは声をかけた。

まもなく、女の子の父親が店から出てきた。彼女はスキップしながら父親のあとについて帰ってゆく。祖父とぼくは二人の姿を見送っていた。少し先で父親は急に立ち止まり、女の子の足もとに目をやった。父親がなにか言うと、彼女はふりかえってぼくを指さした。

父親は大股で道のわきに行くと、柿の木の細い枝を折り取った。そして女の子の片腕をつかみ、足をむちでたたいた。ビシビシと何度もたたく。足の次は背なかだった。女の子は泣き叫ぶが、打たれるままに逃げようとはしない。とうとうむちはすり切れて用を足さなくなった。店の日よけテントの下にいた人たちはみんなその光景を見ていた。だれも黙ったままだった。

父親は女の子を道のまんなかにすわらせ、モカシンをもぎ取ると、それを手にこちらへもどってくる。祖父とぼくは立ち上がった。父親は祖父の方には一瞥《いちべつ》もくれず、まっすぐぼくを見ながら近づき、前に立った。顔はこわばり、目はギラギラ光っている。モカシンをぼくに向かって突き出す。ぼくは受け取った。「おれたちはほどこしなんか受けねえ……だれからもな……異教徒の野蛮人からなんて、とんでもねえや!」

ぼくはふるえあがった。父親はくるっと向きを変えると、破れた胸当てズボンのすそをひらひらさせながら足早に歩み去り、女の子のわきを通り過ぎてゆく。女の子は泣きやんでいた。誇らしげに頭をまっすぐ立て、しっかりした足どりで、すぐに父親のあとを追う。ぼくらの方をふり向こうともしなかった。ふくらはぎには赤い筋がいくつもついていた。

帰り道で祖父は話しはじめた。「わしはあの小作人を憎んじゃおらんよ。あんなやりかたはどうかと思うがな。誇りがあいつのすべてなんじゃ。あいつは、あの女の子にしろ、ほかの子どもにしろ、なにかすてきなものを欲しがらせちゃいかんと考えてるのさ。買ってはやれんからな。そんなきざしが見えたら、すぐにむちでたたく。骨身にこたえてわかるようにな。そのうち子どもらは、ないものねだりをしちゃいかんてことを覚えるんじゃ」

彼らにだって希望がないわけではない。聖霊が幸福をもたらしてくれるかもしれない。それに誇りがある。来年こそはという夢だってある。

「おまえにはまだわからんじゃろが、無理もない。わしには奴らの胸ん中をのぞきこむチャンスがあったんじゃ。何年も前になるが、ある小作人の掘っ立て小屋のそばを通ったときのことさ。裏のあき地に二人のちっちゃな女の子がおった。木陰でシアーズ・ローバック（シカゴを本拠とする通信販売会社）のカタログなんか見ておったよ。そこへ、小屋から男が出てきた。男は小枝を手にしてな、そいつでもって、女の子の足を血が出るまで引っぱたいた。わしはやぶの陰から一部始終見てた。父親はカタログを取りあげると納屋のうしろへ行って、ビリビリに破ってから燃しちゃったよ。カタログを目の敵《かたき》にしてるみたいじゃった。それから納屋の壁に向かって腰をおろし、泣きはじめたんじゃ。だれかがのぞいてるなんて思いもよらなかったんじゃろな。それを見て、わしにもわかったのさ。

いいか、おまえはものごとをきちんと理解しなきゃいかん。たいていの人は面倒だから理解しようとせん。それで自分の怠け根性を隠そうと、やたら言葉を吐き散らすんじゃ。おまけに他人のことを『役たたず』と決めつける」

家へ帰ると、ぼくはモカシンを胸当てズボンやシャツをしまう麻袋の下に押しこんだ。二度と見たくなかった。見ればあの小さな女の子のことを思い出すから。

その後、女の子も父親も辻店に姿を現わすことはなかった。どこかへ移っていったらしい。遠くで呼ぶキジバトの声を聞いたのだろうとぼくは思った。

12　ガラガラ蛇

春、山で真っ先に花を咲かせるのはインディアン・スミレだ。それは、まだ遠いと思っていた春がついそこまで来ていることを教えてくれる。三月の風のような、氷のような青い花が地面に張りついている。とても小さいので、近づいてよく見ないと気がつかない。ぼくは祖母を手伝って、山の中腹でこのスミレを摘んだ。冷たい風に指はたちまちかじかんでしまう。祖母はその花を煎《せん》じてトニック・ティーをつくった。ぼくはスミレを摘むのがとても早いと祖母はほめてくれた。

山道をずっと登ってゆくと、氷がまだ残っていてモカシンの底でバリバリ音をたててくだける。ぼくたちは針葉樹の葉も摘んだ。それをしばらく熱湯にひたしてから飲むと、果物より香りが高く、気分がすっきりする。ミズバショウの根や種もまたお茶に適している。

いったんコツを覚えると、ぼくはドングリ拾いの名人になった。初めは、ひとつぶ拾うごとに祖母の袋に入れに行っていたのだが、手にいっぱいになってからのほうがいいと教えられたのだ。ぼくはチビで、そのぶん地面に近くてよく見えるから、すぐに祖母よりたくさん拾えるようになった。

ドングリを臼《うす》で挽《ひ》くと、黄金色の荒挽き粉になる。祖母はそれにヒッコリーの実やクルミの粉を混ぜてフリッターをつくった。これはちょっと類のない味がした。

ときに祖母は台所でへまをしでかす。「あらまあ、ドングリの粉の中に砂糖をこぼしちゃったわ、リトル・トリー！」とすっとんきょうな声をあげる。ぼくはなにも言わなかったけれど、そういうときにはフリッターがたくさんできるので、ひとつおまけにもらえた。祖父とぼくはドングリのフリッターに目がなかった。

インディアン・スミレが咲き終わり、三月も末になると、ぼくたちは木の実を採りによく山へはいった。そんなとき、冷たい意地悪な風がほんの一瞬ふっと変化し、羽のようにやわらかく顔をなでることがある。春の幕が上がろうとしている大地の匂いが混ざっている。風には大地の匂いが混ざっているのが感じられる。翌日、あるいは翌々日、試しに窓から顔を出してみるといい。頬《ほお》にそっと触れる風の気配をふたたび感じることだろう。今度はもっと風はゆるやかでやさしく、大地の匂いはもっと濃くなっている。

山の高みではしだいに氷が融けて地面をふくらませ、細い水の流れをいく筋もつくって小川へと注ぎこむ。

谷間の下の方では真っ黄色のタンポポがいっせいに頭をもたげて咲く。ぼくたちはタンポポを摘んでサラダにして食べた。ヤナギランや山ゴボウ、イラクサなどと混ぜるととてもおいしかった。イラクサといえば、サラダにはもってこいだが、小さな小さな棘《とげ》が生《は》えている。祖父もぼくもうっかり見落として刺されることがよくあったが、祖母はすぐに気がついた。そうすると、ぼくたちは今度はイラクサ採りに熱中するのだった。祖父は、すてきなものはすべて棘を含んでいる、と言った。

ヤナギランは頭に大きな赤紫色の花をつける。長い茎の皮をむいて、そのまま食べる。煮るのもよく、アスパラガスに似た味がする。

カラシナは群生し、花の時季には山腹一面に黄色い毛布を広げたみたいだ。茎のてっぺんに小さな明るいカナリア色の花の塊《かたまり》をつけ、葉を噛《か》むとピリッと辛い。祖母はそれをほかの青草と混ぜてサラダにしたり、種を挽きつぶしてペースト状にし、テーブル・マスタードをつくることもあった。

野生の植物は栽培ものにくらべて百倍も強い。片手一杯の野生のタマネギは一ブッシェルの栽培タマネギよりも強い香りを放つ。

大気が暖まってくると、しばしば雨が降るようになる。濡れた花々は山全体にペンキをぶちまけたようにあざやかだ。ファイアー・クラッカーは首の長い円形の赤い花をつけるが、ひどく派手なため絵具を塗った紙きれのように見える。イトシャジンは岩の間から細いつる状の茎を伸ばし、小さな青い吊《つ》り鐘をいくつもぶらさげる。スベリヒユは中央が黄色の大きなラベンダー・ピンクの花を咲かせ、地面にしがみつくようにして這《は》う。谷間のずっと奥では、ヨルガオが長い茎の上にピンクの縁どりのある白い花をひっそりと揺らす。

　母なる大地《モ・ノ・ラー》の子宮の温度差に応じて、さまざまな種が生み出される。暖かくなりはじめたばかりのころには、一番小さな花たちだけが咲く。だが、気温が上がるにつれて、もっと大きな花たちの出番となる。樹液が幹から枝へ駆けのぼると、木々は臨月を迎えた妊婦のように内側からふくらみ、ついにいっせいに芽を吹き出す。

　空気が重く、息苦しくなってきたら、なにがやって来ようとしているか察しがつく。小鳥たちは尾根から降りて谷間や松林に隠れる。黒い雲が山の上にのしかかってくると、人々は小屋に駆けこむ。

　ベランダで寄り添うようにしてぼくたちはながめていた。突如、目もくらむ光の棒が山の頂きに突き刺さる。それは細い光の触手を四方にひらめかせて空を掻《か》き、一瞬ののちに消えてしまう。バリバリという音が追いかける。なにかがまっぷたつに引き裂かれた音だ。つづいて峰々の上を雷鳴が走り、谷間の底までとどろきわたる。ぼくはてっきり山がくずれ落ちたかと思った。

　また稲妻が光った。青光りのする火球が尾根の岩を直撃し、青い火花を空に散らせる。突風にあおられて木々はむちのようにしなる。低い雲から大粒の雨が斜めにたたきつけるように落ちてくる。カエルでさえ息がつけず、おぼれ死ぬ勢いの降りかただ。

　自然に魂なんか宿っていない、人間は自然を全部掌《しょう》握《あく》していると鼻で笑う人たちは、山の春の嵐のただなかに身を置いたことのない人たちだ。

　母なる自然が春を生み落とすとき、彼女は必死だ。妊婦が掛けぶとんに爪を立てるのと同じように、彼女も山々を掻きむしる。

　冬の冷たい風にどうにか持ちこたえた木であっても、それを間引く必要ありと母なる自然が考えたなら、彼女は風のむちをくらわせて根こそぎ引き抜き、谷底へ放り捨ててしまう。彼女は灌木《かんぼく》であろうが大きな木であろうが、枝の上をくまなく這い、風の指で触れまわって、少しでもひ弱な部分を見つけると、容赦なく吹き飛ばす。

　もしも始末しなければならない木を風では倒せないとわかると、彼女は閃光《せんこう》一発、雷をぶちつける。と、もはやそこに残るのは焔《ほのお》を上げて燃える一本のたいまつだ。

母なる自然は生きている。苦しんでさえいるのだ。目をこらし、耳を澄ます人にはそれがわかるだろう。

祖父は言う。春先、母なる自然は昨年のお産以来大地に残されたままの胞衣《えな》を片づけることにかかりきりになる。それは、新しいお産が清潔で力にみなぎったものでなければならないからだ。

嵐がおさまると、新しい生命の芽ぶきがそこここに見られるようになる。小さく明るい緑がおずおずと頭をのぞかせ、やぶや木々の枝を縁どりはじめる。そのころ四月の雨がやって来る。やさしくものさびしい雨は、谷の窪地《くぼち》を煙らせ、木の下道をたどる人の頭上にしとどに露をしたたらせる。

四月の雨は心地よく、気持ちを昂《たか》ぶらせるが、同時に悲しみを誘いもする。祖父はいつもこの時季、綯《な》い交《ま》ぜの感情を味わうという。なにか新しいものが生まれつつあるから気持ちが昂ぶる。だが、そこにとどまっていることはできない。すべては束の間に移ろいゆく。だから悲しいのだ。

四月の風は、ベビーベッドにくるまっているみたいに、やわらかくやさしい。そっと暖かい息を吹きかけられて、山リンゴはピンクの斑点《はんてん》のある白い花を開き、スイカズラよりも甘い香りで蜜蜂《みつばち》を誘惑する。淡いピンクの花弁に紫色の芯《しん》を持つシャクナゲは谷間から山頂まで、いたるところに見られた。犬歯《けんし》スミレ（カタクリ）は、細長くとがった黄色い花弁のつけねに白い歯のような斑紋をのぞかせ（それらはぼくにはいつも舌のように見えた）、シャクナゲの根もとに群がって咲いた。

四月の暖かさが頂点に達したかと思うと、出しぬけに寒気が襲い、四、五日間いすわりつづける。黒イチゴの開花をうながす寒さなので、「黒イチゴの冬」と呼ばれる。これがないため、ときに黒イチゴが実らない年もある。その寒さが去ると、山の斜面をおおいつくして雪のように白いハナミズキが咲く。こんなところにと思うような場所、例えば松林やカシの木立ちの暗がりの中にまで突然純白の花の塊が出現し、わたしたちの目を驚かせる。

白人の農夫は畑づくり専門だから、収穫の時期といえば夏の終わりからである。ところが、インディアンは畑だけに頼らないので、春の早い時期から収穫を始める。野に青草が生えはじめる早春から夏にかけて、さらにドングリやクルミなどの実る秋までずーっと収穫を続ける。「森を切りきざんだりせずに、いっしょに生きること。そうすりゃ、森はわしらにいつだって食べものを与えてくれる」と祖父はよく話していた。

だが、なにもせずに食べものを得ることはできない。やるべき仕事はたくさんある。ぼくはひそかに、ベリー摘みにかけてはだれにもひけを取らないと考えていた。というのも、からだが小さいのが幸いして、ベリーの茂みの中にもぐりこむことができたし、背をかがめて摘む必要がなかったからだ。おかげで、ほかの人たちのように疲れることはなかった。

黄イチゴに黒イチゴ、最高のワインができるというニワトコの実、コケモモ、さらに祖母が料理に使うクマコケモモなど、山にはふんだんにベリーが実っていた。ぼくは中でもクマコケモモを多く家に持ち帰った。これは、そのまま食べても少しもおいしくないからだった。ベリーを摘みながら、ぼくは口の中へもせっせと放りこんだ。祖父も同じだったが、その言い訳がふるっていた。無駄食いしてるわけじゃない、いずれは腹の中におさまるんだからおんなじさ。もちろんぼくは大賛成だった。山ゴボウの実は毒があるので気をつけなければならない。もし口に入れようものなら、刈り残した昨年のトウモロコシの茎よりもヨレヨレにされて、命を落としかねない。鳥が敬遠するベリーは食べないほうがりこうだ。

ベリー摘みの季節の間、ぼくの歯も舌も口のまわりも、いつも真っ青に染まっていた。そのせいで、祖父とぼくが商売品を町の辻店へ運んでいったところ、平地の人間である町の人たちの中には、てっきりぼくを病人と思いこみ、ひどく騒ぎたてる者もいた。祖父はぼくに耳打ちした。「奴らはなにもわかっちゃおらん。ベリーが好きなら、口のまわりが青くなることぐらい我慢しなきゃな。奴らのことなんか気にするな」ぼくは彼らを無視することにした。

小鳥たちは、サクランボが実るとそのまわりでふざけまわった。六月ごろになると、太陽の光をたっぷり吸ってサクランボは甘みを増してくる。

昼ごはんをすませ、祖母が昼寝を始めると、祖父とぼくはけだるい夏の日ざしを浴びて裏口の階段に腰をおろす。そんなとき、「どれ、ちょいとようすを見にいくか」と言いだすのはいつも祖父のほうだ。ぼくたちは山道をしばらく登り、一本の桜の木の陰にすわりこむ。太い幹にもたれて小鳥たちを観察するのだ。

あるとき、一羽のツグミが太い枝の上でトンボがえりをやらかしたあと、目をまわしたのか、枝の先の方へ綱渡りでもするみたいによろけてゆき、そのまま足を踏みはずして落ちたのを見たことがある。またあるときは、一羽のコマツグミがひどく上機嫌に浮かれて、ぼくたちの頭の上にひょこひょこやって来たかと思うと、次の瞬間祖父の膝の上へ飛び降りてきた。祖父に顔を向けてピーチクピーチクしゃべりたて、自分の考えていることを洗いざらい話して聞かせるのだ。しまいには歌を披露《ひろう》する気になったらしい。だが、気の毒なことに、キーキー引きつったような声しか出てこない。コマツグミはあきらめて、こそこそとやぶの中へ逃げこんでいった。祖父とぼくは転げまわって笑った。あんまり笑ったので腹が痛くなったと祖父は言ったが、ぼくとて同じだった。

紅冠鳥がサクランボを食べすぎて、地面に仰向《あおむ》けに引っくりかえり、気を失っているのを見たこともある。ぼくたちは彼を木の股の洞《ほら》にそっと移してやった。夜の間にけものに殺される恐れがあったからだ。

翌朝早く桜の木にもどってみると、例の紅冠鳥はまだそこに眠っていた。祖父が棒の先でこづくと、不機嫌そうに起き上がり、いきなり祖父の頭めがけて二度、三度飛びかかってきた。祖父は帽子を振りまわして追いはらった。紅冠鳥は小川の方へ飛んでゆき、水の中に頭を突っこんだ。しばらくして頭を上げると、大きく息を吐《は》く。そして、最初に目にはいった動くものに憂《う》さ晴らしの一撃をくらわしてやろうと、あたりをねめまわした。

「あいつは、自分の調子の悪いのをおまえとわしのせいにしとるらしいな。恩知らずな奴じゃ」と祖父が言った。「あいつを以前見たことがある。サクランボを食いにくる常連のひとりさ」

山の小屋のまわりに集まってくる鳥たちはみな、なにかしら信号を伝えてくれる。山の人たちはそう信じている。もちろん、ぼくも祖父も信じていた。

祖父は鳥たちがもたらす信号を全部読み取ることができた。ミソサザイが小屋に住みついたら、それは幸運が訪れるしるしだ。祖母は、台所のドアの上のすみを四角くくり抜いた。わが家に住みついたミソサザイはその穴から自由に出入りし、料理用ストーブの上の丸太の梁《はり》の上に巣をつくった。彼女がそこで卵を生み、巣ごもりを始めると、雄鳥が通ってきて食べものを口移しに与えるようになった。

ミソサザイは、自分に好意を持っている人間のそばにいるのが好きだ。巣の中でふっくらふくれてくつろぎ、台所にいるぼくたちをじっと見おろしている。小さな黒いビーズのような目にランプの光が映っている。ぼくはそばで見たくなって、いすを引き寄せ、その上に立ち上がる。ミソサザイは騒がしく抗議の声をあげるが、巣から離れようとはしない。

祖父に言わせると、ミソサザイはぼくに難癖《なんくせ》をつけたいのだ。彼女にしてみれば、ぼくよりも自分のほうが家族の重要な一員だと信じているかららしい。

あたりが薄暗くなると、夜鷹《ヨタカ》が鳴きはじめる。夜鷹がホイップ・プア・ウィルと呼ばれるのは、その鳴き声のせいだ。彼らは、くりかえしくりかえし、「かわいそうなウィルをむちで打て」と叫びつづける。ランプをともすと、小屋のすぐそばまでやって来て、ぼくらが寝つくまで鳴きやまない。彼らは平和な夜と安らかな夢を与えてくれる。

夜、あたりはばからぬ大声を発するのはコノハズクだ。不平ばかりをくどくどとがなりたてる。コノハズクを追っぱらう方法はひとつしかない。台所のドアを開けて、箒《ほうき》を斜めに立てかけておく。祖母もこの手を使ったが、効果てきめんだった。耳ざわりなぐちがピタッとやむのである。

シギは昼間だけ信号を運んでくる。彼がジョー・リーと呼ばれるのも、やはりその鳴き声のせいだ。彼が小屋のそばへやって来たら、夏じゅうぼくらは病気にかからずにすむというしるしなのだ。

青カケスが小屋のまわりで遊んでいたら、それはぼくたちがすてきな時間と楽しみをたっぷり持てる前兆だった。青カケスはひょうきん者で、枝先でピョンピョン跳びはねたり、でんぐりがえしをやったり、ほかの小鳥をからかったりする。

紅冠鳥は、近いうちにお金がはいるという吉兆を告げる鳥である。キジバトは、雇われ小作人たちが信じているのとは別の信号を山の人たちに伝える。つまり、キジバトの声が聞こえてきたら、だれかがあなたを愛しており、それを伝える使者として彼をよこしたのだ。

ナゲキバトは夜もふけてから鳴きはじめる。小屋の近くへはけっしてやって来ない。ずっと向こうの山から悲しげな鳴き声が長く尾を引いて聞こえてくる。名前のとおり、嘆き悲しんでいるような声だ。祖父が話してくれたところでは、ナゲキバトは実際嘆き悲しんでいるのだ。もしある人が死んだとして、この世に思い出してくれる者も泣いてくれる者もいないとき、ナゲキバトだけはその人をしのんで悲しんでくれるのだという。もしどこか遠い場所、例えば海をへだてた土地でひとり死ぬとしても、山の人ならばナゲキバトが自分を思い出してくれることを知っている。それは大きな慰めを与えてくれる。ぼくは、いつかナゲキバトのおかげで慰められたことがあったのを覚えている。

もしあなた自身が、死んでしまった愛する人を思い出しているなら、ナゲキバトの声が聞こえても、彼はもうあなたの死者を嘆いているわけではない。彼はほかの死者を思い出して嘆いているのだ。そうと知れば、彼の鳴き声も今までほどさびしさを誘うことはないだろう。ベッドの中でナゲキバトの声が耳にはいってくると、ぼくは死んだ母を胸の中によみがえらすようにした。すると、あまりさびしさを感じずにすむようになった。

ほかのすべての生きものも同じだが、鳥たちは自分を愛してくれる人を見分ける。あなたが彼らを好きになると、彼らはあなたのまわりにやって来る。ぼくたちの山も谷間も鳥でいっぱいだった。マネシツグミ、ハシボソキツツキ、赤羽ムクドリモドキ、キジ、マキバドリ、チップ・ウィル、コマツグミ、ルリコマドリ、ハチドリ、イワツバメ――あまりにもたくさんなので、とても話しきれるものではない。

春と夏の間は、ぼくたちはわなをしかけるのをやめた。祖父が言うには、人間は結婚と闘いを二つ同時にできるものではないが、動物だって同じだ。動物がせっかく相手を見つけてつがいになったとしても、人間が狩りを続けていたら、彼らは闘うか逃げまわるかしなくてはならず、子どもを生むことも育てることもできない。となれば、結局われわれ人間も飢え死にする羽目になる。そこで、祖父とぼくは、けものたちの繁殖期にあたる春と夏の間は、もっぱら魚を捕ることにした。

インディアンは、けっして遊びで魚を釣ったりけものを狩ったりはしない。食べる目的だけに限っている。遊びのために殺生《せっしょう》するほど愚かなことはない、と祖父は憤慨する。祖父の説によれば、それも政治家が考え出したことなのだ。つまり、戦争が終わってしまうと人を殺すわけにはゆかなくなるが、その間も人殺しの腕がにぶらないよう、動物相手に日ごろから鍛えておこうというわけだ。馬鹿者どもはなんの考えもなしに殺生を趣味のスポーツとして始める。だが、ちょっと調べればわかることだが、それはもともと政治家がやり始めたものだ。

ぼくは祖父の言うとおりにちがいないと思った。

ぼくたちは、柳のしなやかな枝を編んで、筌《うけ》をつくった。およそ三フィートの細長い筒形のかごで、口のところで枝の端を内側に折りかえし、先を削ってとがらせる。こうすると、魚はかごの中へはいってゆけるが、出てゆこうとすると、小さな魚ならともかく、大きな魚は槍《やり》の列にさえぎられる。かごの奥には祖母がつくった肉だんごを放りこむ。魚をおびき寄せる餌《えさ》である。

バイオリン・ミミズを餌に使うこともあった。この虫をつかまえる方法はこうだ。棒杭《ぼうぐい》を地面に打ちこみ、その杭の頭を板きれでキーキーこする。バイオリンを弾《ひ》く要領だ。すると、バイオリン・ミミズが土の中から這い出してくる。

用意が整うと、かごを「廊下」の上の谷川まで運び上げる。ひもでかごをしばり、その一方の端を岸辺の木にくくりつける。こうしておいてから、かごを水の中へ沈める。

翌日もどってきてかごを引き上げると、中には、大きなナマズやバス、ときには黒マスがはいっている。ぼく専用のかごに、マスがはいっていたこともあった。亀が獲《と》れることもある。これはカラシナといっしょに煮て食べるととてもおいしい。かごを引き上げるときはいつもわくわくした。

祖父は、魚を手づかみにするやりかたを教えてくれた。だが、それがもとで、五歳まで生きてくるうちの二度めの体験として、ぼくはあやうく死にかけたのである。一度めというのは、ウイスキーの密造取締官に捕まりそうになった例の事件だ。町へ引っぱってゆかれて吊るし首にされるところだった。祖父は彼らがそこまでやるなんて聞いたことがないと言うのだが。それはともかく、祖父はあのときぼくみたいに彼らと出くわしたわけではないし、命からがら逃げまわったわけでもなかった。ところが二度めの事件では、ぼくだけでなく、祖父までもがもう少しで命を落とすところだった。

ある日の昼下がり、手づかみ漁には一番いい時刻だった。太陽が川のまんなかにギラギラと照りつけるので、魚たちは涼しい土手の下にもどって昼寝を始めた。

土手に腹ばいになり、手を静かに水にさし入れて、魚の穴を指でさぐる。さぐり当てたら、そのまま両手をそろそろともぐりこませてゆく。魚のからだに触れる。だが、あわてたりしないで魚のわき腹をそっとなでてみる。魚はなでられるままにじっとしている。一方の手で頭のうしろを、もう一方の手でしっぽをつかんで、水から引き上げる。コツを覚えるには時間が必要だ。

その日、祖父はナマズを一匹手づかみにしたあと、土手の上に寝ころんで休んでいた。ぼくのほうは魚の穴が見つからず、少し下手の方へ場所を移した。そこで腹ばいになり、今度こそはと期待しながら水の中へ手を突っこんだ。その瞬間、すぐわきでなにか音が聞こえた。初めは乾いた衣《きぬ》ずれのような音だったが、たちまち耳ざわりなせわしない響きに変わった。

ぼくは音のする方をふり向いた。ガラガラ蛇だった。とぐろを巻き、鎌首をもたげて身がまえ、こちらを見おろしている。ぼくの顔から六インチと離れていなかった。からだが凍《こお》りついて動くことができない。彼の胴はぼくの足よりも太く、乾いた皮膚の下の筋肉がさざ波立っているのが見える。彼はいらだっていた。ぼくと蛇はじっとにらみ合う。舌先がチロチロとひらめくたび、ぼくの顔に触れそうだった。細く裂けたその目は、赤くいやらしかった。

しっぽを振る動きが速くなり、ガラガラという音が高まってきた。V字型の大きな鎌首が前後に少しずつ揺れはじめる。ぼくの顔のどの部分に狙《ねら》いを定めるか、距離を測っているのだ。すぐにも襲いかかってくることはわかっていたが、ぼくはすくんだまま動くことができない。

突然、ぼくと蛇の上に黒い影が落ちた。足音は少しも聞こえなかったが、祖父が来てくれたのだとわかった。低いおだやかな声で、まるで天気の話でもする口調で祖父は言った。「頭を動かすんじゃねえ。じっとしてろよ、リトル・トリー。目《ま》ばたきするなよ」ぼくは言われたとおりに耐えた。蛇は攻撃の姿勢を取りながら、ぐいぐいと頭を持ち上げてゆく。

祖父の大きな手が、ぼくの顔と蛇の頭の間にさっと割りこみ、その位置にぴたっと止まった。蛇はのけぞるように頭をもたげ、シューシューと威嚇《いかく》の息を吐き、しっぽを急激に振ってガラガラと硬い音を響かせる。もしここで祖父がおじけづいて手をどけたら、蛇はぼくの顔をまともに攻撃するだろう。

だが、祖父はびくともしなかった。その手は岩のように静止し、わずかなりともふるえてはいなかった。手の甲の太い静脈と赤銅《しゃくどう》色の皮膚に光る汗の粒が見えた。

蛇の一撃は目にもとまらぬ速さで、しかも強烈だった。祖父の手を弾丸のように襲ったのである。それでも祖父は手を引っこめなかった。大きく裂けた口が祖父の手をなかほどまでくわえ、鋭い牙《きば》が肉にめりこんだ。間髪《かんぱつ》入れず、祖父はもう一方の手で蛇の頭のうしろをつかみ、力いっぱいしめつけた。蛇はからだをくねらせて地面を離れ、祖父の腕にいくえにも巻きついた。ガラガラ鳴る硬いしっぽの先で頭や顔をはげしくたたく。祖父は力をゆるめない。どのくらいそうしていたろうか、祖父はついに片手で蛇をしめ殺してしまった。背骨のくだける音が聞こえた。祖父は蛇をドサッと投げ捨てた。

地面に腰をおろすと、祖父は長いナイフを手早く抜いた。咬《か》み傷に刃先を当てがい、スッと一文字に切り裂く。血が噴き出し、手から肘《ひじ》を伝わって流れ落ちる。ぼくは祖父のところへ這い寄った。動転し、腰が抜けてしまっていたのだろう。祖父の肩につかまってどうにか立ち上がった。祖父はナイフの傷口に口を当て、血を吸い出しては吐き出している。ぼくはどうすればいいのかわからず、ただ「ありがとう、おじいちゃん」とだけ言った。ぼくを見上げて、祖父はニヤッと笑った。口もとから顔じゅう、血がべっとりついている。

「くそっ！」祖父は言った。「でも、二人であん畜生を痛い目に会わせてやったぞ」

「はい」ぼくは少しホッとして答えた。「二人で痛い目に会わせてやった」ぼくが蛇をやっつけるのに役だったかどうかはあやしかったが。

祖父の手は見る間にどんどんふくれあがり、色も青黒く変わってきた。鹿皮のシャツの袖《そで》をナイフで切り裂く。その腕はもう一方の腕の倍ぐらいにふくらんでいた。ぼくはこわくなった。

祖父は帽子を取り、顔をあおいだ。「やけに暑いな、この時季にしちゃ」祖父の顔はどこか変だった。二の腕までも青く変色してきた。

「おばあちゃんを呼んでくる」ぼくは駆けだした。ふり向くと、祖父はぼくを見てはいるのだが、どこか遠い目つきだった。

「ちょいと休んだら、まっすぐ帰るからな」けだるい静かな口調で祖父は言った。

ぼくは「廊下」を走りくだった。足が地面に着いていない感じだった。次から次へと湧《わ》いてくる涙に目がよく見えない。だが、泣き声はあげなかった。谷間の道に出たとき、息が切れ、胸の中は火が燃えるように熱かった。それでも走りつづけたが、何度か足がもつれて倒れた。小川に転げ落ちたが、すぐに這い上がってまた走る。近道をするため、イバラや灌木の茂みを突っきって走る。おじいちゃんが死んじゃう！　切畑へ駆けこんだとき、小屋は奇妙に傾《かし》いで見えた。大声で祖母を呼ぼうとしたが、声が出ない。台所のドアから転げこみ、祖母の腕の中に飛びこんだ。祖母はぼくのからだをささえ、顔に冷たい水をかけてから、目をすえてたずねる。「なにがあったの？　どこで？」ぼくはもつれる舌で言った。「おじいちゃんが死んじゃう……ガラガラ蛇に……谷川の土手で……」祖母が手を放したので、ぼくは床に倒れた。一瞬息の根が止まった気がした。

祖母は麻袋を引っつかむなり、小屋の外へ飛び出してゆく。ぼくはうしろ姿を目で追った。だぶだぶのロングスカートをひるがえし、縄編《なわあ》みにした髪をうしろになびかせ、モカシンをはいた小さな足を宙におどらせて駆けてゆく。おばあちゃんが走れるなんて！　たった今ぼくの話を聞いたとき、祖母はひとことも発しなかった。「ああ神様！」とさえ叫ばなかった。一瞬のためらいも顔に表わさず、目は恐ろしいほどすわっていた。台所のドアの床に這いつくばったまま、ぼくは声をふりしぼって叫んだ。「おじいちゃんを死なせないで！」祖母はふり向きもせず、切畑から上に通ずる道を駆け登ってゆく。ぼくは叫びつづけた。谷間にこだまが響きわたる。「おじいちゃんを死なせないで、おばあちゃん！」おばあちゃんが行けば、おじいちゃんは絶対助かる、ぼくはそう信じた。

ぼくは犬たちを放した。彼らはいっせいにほえたてながら一団になって祖母のあとを追いはじめる。ぼくもそのあとから必死になって駆け登った。

土手にもどると、祖父はぐったりと横たわっていた。祖母が頭をささえて高くしている。犬たちはクンクン鳴きながらそのまわりをまわる。祖父の目は閉じられ、咬まれたほうの腕は今やどす黒く変色している。

祖母は祖父の手に新しいナイフ傷を開き、口をつけて血を吸い出しては地面に吐く。ぼくがよろよろ立ち上がると、祖母はカバの木を指さして言いつけた。「あの皮をはいどいで、リトル・トリー」

祖父のナイフを引っつかむと、ぼくは急いで木の皮をはぎ取った。祖母は火をおこす。カバの皮は薄っぺらで、紙のようにすぐ火がつく。あき鑵《かん》に川から水を汲《く》んで火にかけ、草の根や種を入れ、さらに小屋から持ってきた袋の中から乾燥した葉を何枚か加えた。ぼくにはそれらの植物がなにかさっぱりわからなかったけれど、袋の葉だけはキキョウの一種のロベリアだった。これを服《の》めば呼吸が楽になる、と祖母が説明してくれたのである。

祖父の胸はゆっくり上下に動いていたが、ひどく苦しそうに見えた。火の上の鑵が沸《わ》きはじめた。祖母は立ち上がって、あたりを見まわす。ぼくはそれまで気づかなかったが、五十ヤードほど離れたところに、山の斜面を背にして、ウズラの巣穴があった。なにを思ったか、祖母はだぶだぶのスカートを脱ぎ捨てた。スカートははらりと地面に落ちる。彼女は下になにも着けていなかった。あらわになった脚は少女のように細く、赤銅色の皮膚の下に引きしまった筋肉が走っている。

　祖母はスカートの上の端をゆわえ、下の端には石ころを数個結びつけた。こうしておいて、ウズラの巣の真上を風のようにしのび足で動きまわった。なにごとかとウズラが巣から這い出してくる。すかさず祖母はスカートを投網《とあみ》のように投げかけた。

　火のそばへもどると、祖母はウズラを生きたままナイフで胸からしっぽまでいっきに切り裂いた。二つに開いてそれを祖父の手の咬み傷の上に当て、足の裏でペタペタくりかえし踏みつける。しばらくして引きはがすと、ウズラは肉や内臓の内側まですっかり緑色に染まっていた。蛇の毒だ。

　もう日は暮れていた。祖母は祖父にかかりきりだった。犬たちはまわりにすわりこんでじっと見まもっている。あたりは夜の闇に包まれはじめた。祖母が火をもっと大きくするよう言いつけた。祖父のからだを暖めなくてはならない。それに、今動かすわけにはゆかないのだ。祖母はスカートを祖父の上に広げた。ぼくもすぐに鹿皮のシャツを脱いでかけてあげた。ズボンも脱ごうとすると、「おまえのズボンはちっちゃいから、おじいちゃんの片足さえおおえないよ」と止められた。

　ぼくは火の当番だった。祖母の指示で、祖父の頭のそばにも火をたいた。たきぎを取ってきたり、二つの火の勢いが少しでも弱くならないよう気をくばる。祖母は祖父にぴったりからだをくっつけて横になった。体温で暖めようというのである。ぼくも反対側から祖父に身を寄せた。ぼくのからだは小さいので、あまり体温を分けてあげられないだろうと思ったが、祖母はとても役にたつと言ってくれた。「おじいちゃんが死んじゃうなんて、そんなこと絶対ないよね」ぼくは祖母に話しかけた。

一部始終を祖母に話して聞かせ、ぼくの不注意のせいだと言うと、祖母はこう答えた。「いいや、だれのせいでもないんだよ。ガラガラ蛇のせいでもない。起こっちまったことはだれのせいにしても始まらないんだよ、リトル・トリー」ぼくはいくらか気持ちが軽くなったが、まだ胸の奥では自分の不注意をくやむ気持ちがわだかまっていた。

祖父が小さな声でポツリポツリと話しはじめた。ぼくは緊張して耳を澄ます。それは山の中を駆けまわって遊んだ子どものころの話だった。祖母がぼくにささやいた。「おじいちゃんは、眠りながら昔を思い出してるんだよ」祖父はとぎれとぎれにひと晩じゅう話しつづけた。夜明け近くになって、祖父は話しやみ、安らかな規則正しい寝息をたてはじめた。祖母に「もう、おじいちゃん大丈夫だよね、死にっこないよね」と言うと、祖母は「そうとも、死にっこないさ、リトル・トリー」と答えた。ぼくは祖父の腕の中で眠りに落ちていった。

太陽の新しい光が山頂にとどくころ、ぼくはハッとして目が覚めた。祖父がむっくりからだを起こす。ぼくと祖母をかわるがわる見おろしていたが、やがて陽気に叫んだ。「こいつあどうも、きれいな蜂《ボニー・ビー》！　スッポンポンのおまえさんにぴったり貼《は》りつかれてたんじゃ、おちおち寝ておれんわ」

祖母は祖父の顔をピシャピシャたたいて笑った。起き上がってスカートをはく。ぼくにも祖父がすっかりよくなったのがわかった。彼がガラガラ蛇の皮をはぎ取るのを待って、ぼくらは家路についた。「この皮でおまえのベルトをつくってもらうといい」と祖父が言う。のちに祖母はそうしてくれた。

ぼくたちは「廊下」をくだり、小屋へ向かう。犬たちが先頭にたった。祖父は膝《ひざ》に力がはいらないので、祖母の肩につかまって歩いた。ぼくは二人のあとをピョンピョン跳ねながらついていった。この山へ来て以来、こんなに気持ちがはずんだのは初めてだった。

祖父は、自分の手をぼくと蛇の間にさし入れたことなどいっさい口にはしなかった。だが祖父は、祖母とならんで世界じゅうのだれよりも、ブルー・ボーイよりも、このぼくを愛してくれているのだ、とぼくはしみじみ感じたのだった。

13　夢と土くれ

谷川の土手で祖父にからだをくっつけて寝たあの夜、ぼくは、祖父にも少年時代があったのだということにびっくりしてしまった。夜の間ずっと、祖父の心は遠い昔に引きもどされ、少年に帰っていたのだ。

一八六七年という年、祖父は九歳だった。山は幼い彼にとって唯一絶対の自由な天地だった。母親は赤い翼《レッド・ウィング》、純粋なチェロキーの娘だった。祖父はほかの多くのチェロキーの子どもたちと同じように育てられた。だから、好きなときに好きなように山の中を歩きまわることができた。

父祖伝来の土地は連邦政府の軍隊に占領され、政治家どもの思いのままにされていた。祖父の父は敗軍に加わった兵士だったが、いまだに敵の目が光っているため、山からけっして降りようとはしなかった。用があるときは、祖父が開拓村まで使い走りの役を受け持った。インディアンの子どもになんか、だれも目もくれなかったから、安全だったのである。

あちらの山からこちらの山へと歩きまわっていたあるとき、祖父は小さな谷間のあき地を見つけた。両側に高い山がそびえるそのあき地には、草や灌木《かんぼく》が生《お》いしげり、ツタが網の目のように這《は》いまわっていた。長い間人の手がはいった形跡がなかったが、大きな木が一本もないところから、昔は畑であったことは確かだった。

谷間のどんづまりに、山にへばりつくようなかっこうで、朽ちかけた小屋が立っているのが見えた。正面入口の屋根はたわみ、煙突の煉瓦《れんが》はくずれかかっている。祖父はその小屋に特別興味を引かれなかった。だが思いがけずそこに動くものの気配を感じ、だれかが住んでいることがわかった。彼は山の斜面を滑り降りてすぐそばまで近づき、やぶに身をひそめた。小屋のまわりに人がいた。人数は多くない。

白人の家ならたいてい飼っているニワトリの姿が見え

ないし、乳牛も耕作用のラバもいないようだ。古い納屋の壁に、こわれた農具がいくつか立てかけてあるだけ。そこにいる人たちの姿は、その荒れほうだいの土地に似つかわしかった。

やせて、疲れきったようすの女がいた。彼女の二人の子どもはもっとみじめだった。小さな女の子たちだが、やせこけて年寄りじみた顔をしている。あかまみれで、髪はひもをより合わせたよう。そして足はサトウキビみたいに細い。

納屋には、年寄りの黒人がひとり住んでいた。頭のへりには髪の毛が白く残っているが、あとははげている。足を引きずり、地面に頭を突っこみそうなほど腰を曲げてヨチヨチ歩くのを見て、祖父はその男は死にかかっているのではないかとさえ思った。

祖父が引きかえそうとしたとき、もうひとりの男が目にはいった。ボロボロに破れた汚い灰色の軍服（南北戦争時の南軍の制服）を着ており、背が高く、片足だ。切断されて残ったほうの足にヒッコリーの棒をくくりつけている。それをトコトコ突きながら家から出てきた。その男と女房らしいやせた女が納屋に向かって歩いてゆくのを祖父は見まもった。二人はラバにつける引き具の革ひもをからだに巻きつけはじめた。いったいなにをしようとしているのだろう？　やがて彼らは納屋から古い犂《すき》を引っぱり出して家の前の窪地《くぼち》にやって来た。

年寄りの黒人もそのあとについてきた。伸び上がって、前の二人が引きずる犂の横木につかまろうとよろめいている。家の正面に来ると、男と女はからだを前に倒し、体重をかけて引き具を引きはじめた。黒人の老人は犂の向きを正しくしようと懸命に手を貸す。ラバじゃあるまいし、犂を引くなんて！　祖父には彼らの頭は狂っているとしか思えなかった。彼らが一度に進む距離はほんの二、三歩だった。それでも彼らは引いた。立ち止まっては、また引いた。

仕事はいっこうにはかどらなかった。黒人の年寄りが犂の角度を傾けすぎると、刃先が土にくいこみすぎて、もう引くことができない。そうすると、うしろに引きもどしてやりなおさなければならない。黒人が精いっぱい引っぱる。転んでは起き上がり、起き上がってはまた転ぶ。そうやって彼らがどんなにがんばっても、掘り起こす土はたかが知れている。あまりにも浅すぎるのだ。祖父には、彼らがその土地を耕やすことなど、とうていできそうもないと思えた。

日が暮れてきたので、祖父はそこから立ち去った。三人はまだ犂との格闘を続けていた。

翌日、祖父はようすをうかがいにもどった。前日と同じやぶ陰に身をひそめる。三人はもう畑に出ていた。しげった草に邪魔されてよくは見えなかったが、仕事ははかどっていなかった。祖父が見まもっていると、犂の刃先が木の根に引っかかり、年寄りの黒人がつんのめって倒れた。そのまま老人は四つんばいになって、しばらく起き上がれない。

と、そのとき、向こうの木の間隠れに近寄る連邦政府軍の兵隊の姿が目にはいった。

祖父はそろそろとあとずさりして、今度は深いシダの茂みにもぐりこみ、兵士たちの方に目をこらす。恐怖心はなかった。まだ九歳ながら、祖父はインディアンの賢さを身につけていて、パトロール中の兵士たちの間をさとられずにすり抜けることさえ、たやすいことだったからだ。

兵士たちは総勢十二人、全員馬に乗っている。紺《こん》の軍服の腕に黄色い条《すじ》のはいった大男がリーダー格で、部下たちを停止させ、松の木の陰から畑で犂を引く三人を観察しはじめた。だが、しばらくすると、全員がそのまま馬を引きかえして立ち去っていった。

それを見とどけたあと、祖父は谷川へ降りてゆき、手づかみで獲《と》った魚をさげて夕方おそくまたもどってきた。三人はまだ畑にいたが、仕事は進まず、疲れきって、ただ地面をモゾモゾ這っているだけだ。祖父の鷹《タカ》のような目は、向こうの木立ちの中に黄色いものがチラッと動くのを見のがさなかった。さっきのパトロール隊の隊長が、松林に引きかえしてきていたのである。今度は部下たちの姿はなく、ひとりでじっと畑の方を見つめている。祖父は抜き足さし足その場を離れ、家へ帰った。

その夜、祖父は考えた。軍服の腕に黄色い条がはいったあの連邦政府軍の男は、なにか悪いことをたくらんでいるにちがいない。ぼろ家の人たちに、見張られていることを警告してやろう。祖父はそう心に決めた。

翌朝いつもの隠れ場まで来てみたものの、いざとなると祖父は人に会うのが億劫《おっくう》で、しばらくためらってい た。例の三人は畑で古ぼけた犂に取っ組んでいる。よーし、畑に飛び出していって、伝えたいことを叫ぼう。祖父はようやく意を決してやぶ陰から走り出ようとした。だが、おそすぎた。またあの黄色い条の軍人の姿が目にはいったのだ。

兵士はまだ向こうの松林の奥にいた。馬にまたがり、別に一頭引き連れているが、それにはだれも乗っていない。近づいてくるにつれて、彼が引いているのは馬ではなく、ラバだとわかった。見たこともないようなぶかっこうなラバだ。腰骨も肋《あばら》もゴツゴツとび出している。両耳は骨ばった顔の上にだらりと垂《た》れている。だがラバはラバだ。兵士は老いぼれラバを自分の前に引き出し、松林のはずれまで来ると、ひとむちくれた。ラバはヨタヨタと草地の中へ走りこんでゆく。兵士は馬にまたがったまま松林の中にとどまった。

ラバを最初に見つけたのは女だった。犂の引き具を手から落とし、畑を横ぎるラバに目を奪われている。やがて女は叫び声をあげた。「ああ、全能の神様！　ラバだわ、神様がラバを与えてくださったのよ！」女はあとを追いはじめる。やぶをものともせず突っきってゆく。黒人の年寄りもそのあとに続いた。走っては転び、起き上がってはまた追いかける。

ラバは祖父が隠れている場所めがけてまっすぐ走ってくる。目の前まで近づいてきたとき、祖父はいきなり跳び上がって腕を振りまわした。ラバは向きを変えて森の方へ駆けてゆく。森の中では兵士が馬をまわして待ち伏せ、ラバを畑に追いかえした。女も黒人の年寄りもラバにばかり気を取られていたので、祖父にも兵士にもまるで気づかなかった。

片足の男もヒッコリーの義足で走ろうとしているが、数歩土を蹴《け》ったかと思うと、バタッと倒れる。二人の女の子もどこかから飛び出してきた。甲高い声でわめきながらイバラの茂みを掻《か》き分けてラバを追う。

老いぼれのラバはすっかり面くらって、みんなのまっただなかに駆けこんできた。すかさず女がしっぽをつかまえる。引きずられて足が宙に浮いたが、女は金輪際《こんりんざい》しっぽから手を放さない。そのままラバはやぶに突っこんだので、女の着ているものはズタズタになった。黒人の年寄りが跳び上がってラバの首に抱きついた。縫《ぬ》いぐるみ人形みたいにブンブン振りまわされながらも、老人は手を放したら最後と必死でしがみついている。さすがのラバも、ついにあきらめておとなしくなった。片足の男と二人の女の子が息を切らして駆けつける。男はラバの首に革ひもを巻きつけた。

世界一すてきなラバに見えるのだろう、みんなはラバのまわりをまわって、なでたりペタペタたたいたりしている。ラバのほうも気分が落ち着いてきたようだった。

それから彼らは、神様からの贈りものを中心に円形になって畑にひざまずき、地面に向かって深々と頭を下げた。ずいぶん長い時間彼らはそうやっていた。

ラバは犂につながれた。最初にだれかがラバに引かせてひとうね土を起こしてゆくと、待ちかねたように次の人が、という具合に彼らは交代し合って働きはじめた。二人の女の子までが加わった。そのようすを祖父はやぶ陰からのぞいていたが、森の中でじっと彼らを見つめている兵士の方にもときどき目をやった。

その後も祖父は毎日欠かさずようすを見にかよった。谷間の土地は、畑としてどうやらさまになりはじめてきた。三日後には、彼らは畑の四分の一を犂《す》き終えていた。

四日めの朝、祖父は例の兵士が畑の端に白い袋を置くのを見た。片足の男も兵士に気がついた。男は事情がよく飲みこめないようすで、片手を半分ほど上げて振った。兵士も手を振り、馬にまたがって森の中へ消えていった。袋のなかみは、トウモロコシの種だった。

翌朝行ってみると、連邦政府軍の兵士は馬から降りて、小屋の前で片足の男や黒人の年寄りとなにやら話している。祖父は彼らの声が聞き取れるところまでそっと近づいた。

しばらくすると、兵士は老いぼれラバに犂を引かせはじめた。引き具の革ひもの端を結び合わせて自分の首にかけるのを見て、祖父には兵士がこの仕事をよくわきまえていることがわかった。彼はしょっちゅうラバを止め、身をかがめて犂き起こしたばかりの土を手に取り、匂いを嗅《か》ぐ。ときにはそれをなめてみる。そして土くれを握りつぶして下に捨てると、また耕やしはじめるのだった。

その後わかったことだが、彼は軍曹《ぐんそう》で、イリノイ州の百姓《ひゃくしょう》の出であった。彼はいつも、兵営からの外出を許される日没時にならないと谷間へやって来ることができない。だが、ほとんど毎日のように足を運んでは、せっせと畑を耕やす。

ある日の夕方、彼はやせっぽちの兵士をひとり連れてやって来た。軍隊に入隊するには若すぎるように見える男だ。それからというもの、やせっぽちは軍曹といっしょに毎日来るようになった。あるとき彼が小さな苗木の束を持ちこんできた。リンゴの木だった。

若い兵士は一時間もかかって畑のすみに苗木を一本植え、水をやった。まわりの土を掌でたたき固め、余分な枝を切り落とし、支柱を組み、それから二、三歩下がって、まるで初めて見るリンゴの木とでもいうように、しげしげとながめた。

小さな二人の女の子が彼を手伝うようになった。ひと月後には、畑のまわりをぐるっとリンゴの若木が取り巻いた。若い兵士はニューヨーク出身で、リンゴ栽培をやっていた男であることを祖父は知った。彼のリンゴの木が新芽を吹くころ、ほかの人たちは谷間の畑いっぱいにトウモロコシを植え終えていた。

祖父は、暗くなるのを待ってぼろ家の玄関先にしのび寄り、谷川で手づかみにしたナマズを数匹置いてゆくのだった。次の夕方行ってみると、彼らは庭の木の下のテーブルを囲んでナマズ料理を食べている。ときどき、食事の手を休めて軍曹と女が立ち上がり、山に向かって手を振る。祖父においでおいでをしているのだ。みんな、インディアンが魚をとどけてくれることを知っていた。だが、祖父が一度も姿を見せないので、彼らは山に向かって手を振るしかなかった。インディアンならぬ彼らは、木立ちの陰にまぎれた人影を見分けることなどできない。祖父は手招きされても出てゆくことはなかったが、そのかわりに魚をもっとたくさんとどけた。そのうち祖父は魚を庭のそばの木の枝に引っかけるようになった。これ以上近づいたら見つかってしまうと思ったからである。

祖父が魚をとどけたのは、彼らがインディアンでなく、山の暮らしに無知なため、畑から収穫を得る前にみんな飢え死にしかねないと考えたからだった。それに、祖父は連邦政府軍の軍曹にも若い兵士にも負けたくないと張り合う気持ちもあった。もっとも畑仕事にまで首を突っこむ気はなかった。

やせっぽちの兵士と二人の女の子は、毎日暗くなるころ、井戸から水を汲《く》み上げた。パシャパシャ水が跳ねるバケツを何度も運び、リンゴの木一本一本に水をやった。その間、軍曹のほうは鍬《くわ》で畑の雑草を搔《か》き取ったり、トウモロコシの間引きをしている。犂で耕やす作業でもそうだったが、軍曹は除草の仕事を異常な熱心さで続けた。トウモロコシはすくすく育ち、濃い緑色の葉をつけている。豊作まちがいなしだ。リンゴの木も緑色の若々しい枝を広げている。

夏を迎え、日が伸びて暗くなる時刻がおそくなってきた。軍曹も若い兵士も、兵営にもどるまで、たっぷり二時間か三時間は畑で働くことができた。

あたりがひんやりとした薄闇に包まれ、夜鷹《ヨタカ》が鳴きはじめると、彼らはみんな前庭に立って畑を見まわすのだった。軍曹はパイプをくゆらせる。二人の小さな女の子は、やせっぽちの兵士にぴったりからだを押しつける。リンゴの木のまわりの土を指先で引っ搔くため、彼の両手にはいつも泥が固くこびりついていた。彼にしてみれば、鍬でリンゴの根もとを引っ搔くなんてとんでもないことだったのだ。

軍曹はパイプを手に持つとこう言う。「こいつぁ、いい土地だぜ」目を細めてもう一度ゆっくり畑をながめまわす。

「そうとも」片足の男があいづちを打つ。「こいつあ、まったくいい土地だよ」

「こんな出来のいいトウモロコシ見たことねえぞ」と言うのは黒人の年寄りだ。祖父は、すぐそばに身をひそめて、彼らの会話を盗み聞いている。彼らは毎晩前庭に並んで畑をながめ、同じ言葉を口にするのだった。その畑にはなにか否応なく目を引きつける自然の神秘が宿っているとでもいったようすだった。やせっぽちの兵士はいつもこう言った。「まあ一年待ってくださいよ、リンゴの花が咲くから。みんな、あんなの絶対見たことないですよ」すると小さな女の子たちはくすぐったそうな笑い声をたてる。そのしぐさは彼女たちをいっそう幼く見せた。

軍曹は手にしたパイプでさし示しながら言う。「来年はあそこのやぶを切り開いて、向こうの山の方まで畑にしたいもんだ。三エーカーか四エーカーのトウモロコシ畑がつくれるぜ」

祖父には、その小さな谷間にそれ以上手を加える余地はないと思えた。彼らはやれるだけのことはやってしまったのだ。もうじゅうぶんではないか。祖父は彼らのしていることにようやく興味を失いかけた。だが、折も折、そこへ土地取締官がやって来たのである。

ある日の午後おそく、まだ日の高いうちに、十人を越す取締官が馬で乗りこんできた。奇妙な制服を着て、銃を手にしている。彼らは、増税のための新しい法案を議会で通過させた政治家たちの忠実な手先だった。

家の前庭まで馬を乗りつけると、彼らは棒杭《ぼうぐい》を打ちこみ、その先端に赤い旗をくくりつけた。赤い旗がなにを意味するか、祖父は知っていた。開拓村などで見かけたことがあった。政治家がだれかの土地に目をつけ、それを自分のものにしたいとき、彼らは所有者がとても払えないような重税を課す。赤い旗の掲げられた土地、それはまもなく政治家に巻きあげられる運命にあった。

取締官の姿を見て、片足の男、その女房、黒人の年寄り、それに小さな女の子たちまでが鍬を手にしたまま急いで畑からもどり、前庭にひとかたまりに集まった。片足の男が鍬を放り捨て、家の中へはいるのが見えた。すぐにびっこを引きながら出てきたが、手には旧式のマスケット銃を握っている。彼は銃口を取締官に向けた。

そのとき、軍曹が駆けつけてきた。やせっぽちの兵士はいっしょではなかった。軍曹は馬から飛び降りると、取締官と片足の男の間へ割ってはいろうとする。そこへいきなりひとりが発砲した。軍曹がのけぞる。驚きと苦痛に表情はゆがんだ。帽子が吹っ飛び、バッタリと倒れた。

片足の男がマスケット銃をぶっぱなした。相手のひとりが倒れる。残りの男たちもいっせいに銃の引き金を引いた。片足の男はたちまち蜂の巣になり、玄関の踏み段から転がり落ちた。女房と小さな娘たちが金切り声をあげて駆け寄り、男をささえ起こそうとする。だが、祖父には彼がもう死んでいるのがわかった。男の首はグニャグニャだった。

黒人の年寄りが鍬を振り上げて、取締官に向かっていった。二、三発銃声が響き、老人は鍬の柄の上にくずおれた。まもなく取締官たちは馬にまたがると去っていった。

祖父は急いでその場を離れ、家へもどった。あの連中はだれかに目撃されなかったかどうか、あたりをシラミつぶしに調べるはずだからだ。祖父は父親に一部始終を話した。事件が公けになり、世間で問題化することを望んだ。だが、ことはそのようには運ばなかった。

開拓村へ出かけた折、祖父は事件の真相がどのようにすりかえられていったかを知った。政治家連中はこう言った。あれは一種の暴動だったらしい。社会を不安におとしいれる暴動は断固取り締まらねばならず、そのためには自分が議員として再選されねばならない。そして戦闘にそなえてもっと金が必要だ。――このように人々を言いくるめたのである。まんまとその手に乗せられて興奮した人たちは、政治家連中に声援を送る始末だった。

ある金持ちが谷間の土地を手に入れた。事件後、残された女房と二人の小さな娘がどうなったか、祖父は知らない。金持ちは小作人を雇った。地質と気象の条件が不じゅうぶんなため、その谷間では売りものになるような大きなリンゴを大量に生産することはできない。リンゴの木は一本残らず掘り起こされてしまった。

ニューヨーク出身のひとりの兵士が脱走したといううわさが流れた。暴動がこわくて逃げ出した臆病者と人々はあざ笑い、ののしった。

軍曹の遺体は木の箱におさめられて、イリノイ州へ送り返された。遺体を整え、着がえさせようとした人たちは、彼の片方の手がしっかり握られているのに気がついた。なにかよほど大切な品物を握っているにちがいない。人々はやっきになってそのこぶしをほどこうとした。ついには道具を使って、やっとこじあけることができた。開いた掌《てのひら》から黒い土がポロポロとこぼれ落ちた。

14　山頂の一夜

　祖父もぼくも、自分たちはインディアンだと考えていた。のちにいろいろな人から、そんな考えはナイーブすぎると言われた。そうかもしれない。だがぼくは祖父が言葉についてつねづね話すことを思い出し、もし「ナイーブ」だというのならいっこうにかまわないし、むしろそれはいいことだと思った。ナイーブさはいつもおまえをやっかいな目に会わせるだろう、と祖父は言った。実際そのとおりになった。例えばあるとき大都会の二人づれがぼくらの山にやって来たときがそうだった。

　祖父にはスコットランド人の血が半分混じっていたが、自分をインディアンだと思っていた。そういう例はほかにも見られる。あの偉大な赤鷲《レッド・イーグル》もビル・ウェザーフォードも、マックギルヴェリーもマッキントッシュもそうだった。自然とのかかわりにおいて、彼らはまさにインディアンのやりかたで自らを捧げた。自然を征服したり利用したりしようとはせず、それと共に生きようとしたのだ。彼らは自らをインディアンであると考えることを愛し、事実インディアンとして生きた。自分を白人と見なすことをよしとしなかった。

　祖父がこんな話をしてくれた。インディアンがなにか売りたいものを持って白人のところへやって来るとする。インディアンは黙ってその品を白人の足もとに置く。白人が欲しがらないのを見て取ると、インディアンは品を取り上げて無言のまま立ち去る。白人たちはわけがわからないままに、それをさして「インディアンの贈りもの」と呼ぶ。贈りものをくれたかと思うとすぐ取りかえすという意味だ。だがそれはちがう。もし、インディアンが贈りものをしたければ、形式ばったことなんかしない。その品を相手の目のつくところに置いて黙って立ち去るだけだ。

　インディアンは「平和」の合図として掌《てのひら》を相手に向けて上げる。武器を持っていないしるしだ。祖父の目にはこのしぐさはまことに理にかなっているのだが、白人たちには奇妙に映るらしい。白人たちは同じことを握手によって表現する。祖父の見かたはちょっと極端かもしれないが、握手というのは、友だちと称する相手がもし袖《そで》の中にナイフを隠していた場合、それを振り落とすためのしぐさだ。さもないと安心できないというわけだ。祖父は握手を好まなかった。いったん友だちを名のった相手の袖からなにかをふるい落とすようなまねはしたくなかった。人の言葉が信じられないから、こんなあいさつが生まれた、と祖父は考えていた。ぼくはそのとおりだと思った。

インディアンを見かけると、白人はHow ハーウ！ と言って笑う。インディアンのあいさつをまねているつもりなのだ。だが、祖父によれば、この言葉はもともとインディアンのものではない。インディアンの間にはいってきたのは、二百年ほど前からだという。インディアンと出会った白人はいつもこうたずねる。*How* are you feeling？（調子はどうだい？）とか、*How* are your people？（みんな元気かい？）とか、*How* are you getting along？（どうしてる？）、あるいは、*How* is the game where you come from？（あんたのとこでは獲物はどうだい？）といった具合だ。インディアンは、白人が好きな話題はHowというものだと信じた。それで白人に会ったとき、きちんと礼儀を尽くすにはHowと言えばいいと考えたわけである。ところが、にぶい白人たちの言いぐさときたらこうだ。「あのインディアンの奴、なににつけてHowと聞いてんだ？」祖父は、そのことを笑いものにする連中は、礼儀正しく、思いやり深くふるまおうとするインディアンを笑いものにしているのだ、と言う。

あるとき、祖父とぼくが商売品をかついで辻店《つじみせ》へ出かけたところ、主人のジェンキンズさんが、都会者の二人づれがやって来たと言う。チャタヌーガから大きな黒塗りの車で乗りつけてきたらしい。ジェンキンズさんは、その二人が祖父に会いたがっているとも言った。

祖父は大きな帽子の陰からジェンキンズさんの目をのぞきこんだ。「徴税官《ちょうぜいかん》かな？」「いいや、役人じゃない。ウイスキーの商売をやってるそうだ。あんたがいいウイスキーをつくると聞いて、でかい蒸留釜《じょうりゅうがま》を提供したいってのさ。奴《やっこ》さんたちに協力すりゃ、あんたは大金持ちになれるって寸法だ」

祖父はなにも言わず、祖母のためにコーヒーと砂糖を買った。ぼくはいつものように木くずを拾い集めて、ご褒美《ほうび》にジェンキンズさんから古くなったキャンディーをもらった。ジェンキンズさんは、祖父がどう答えるか早く聞きたくてそわそわしている。だが彼は祖父をよく知っているので、自分からは聞けない。

「奴さんたち、そろそろここへもどってくるころだが」とジェンキンズさん。

祖父はチーズを少し買った。ぼくはチーズが好きだからうれしかった。

店を出ると、ぼくたちはぐずぐずせずにまっすぐ山へ向かった。祖父の足はいつもより速い。ぼくはあとから走りどおしに走った。ベリーを摘む暇もキャンディーをしゃぶっている余裕もなかった。

小屋に帰り着くと、祖父は祖母に都会から来た男たちのことを話した。そしてぼくにこう言いつけた。「いいか、おまえは家にいろ、リトル・トリー。わしは蒸留釜にもっと木の枝をかぶせに行ってくる。奴らが来たら知らせてくれ」祖父は谷間の道を登っていった。

ぼくは表のベランダに腰をおろし、見張ることにした。祖父の姿が木立ちの間に消えたと思ったら、それとおぼしき二人づれが登って来るのが見えた。祖母とぼくはドッグ・トロットの端に立ち、彼らが丸木橋を渡るのを見ていた。

二人づれは、政治家にくらべても見劣りしない高級な服を着ている。ふとった男はラベンダー色のスーツに白いネクタイ、やせたほうは白いスーツに光沢のある黒シャツという姿だった。ともに細いワラで編んだ都会風の帽子をかぶっている。

彼らはまっすぐベランダの前まで来たが、踏み段に足をかけようとはしない。ふとった男は汗びっしょりだった。祖母に気がつくと男は声をかけた。「ご主人に会いたいんだが」彼はからだの具合が悪いのではないかとぼくは思った。息がひどく乱れていたし、両目ともだぶついた脂肪に埋もれて、細い裂けめみたいだった。

祖母は黙っている。ぼくも黙っていた。でぶ男はやせっぽちの相棒をふり向いて言う。「このインディアンの婆《ばあ》さん、英語がわからんらしいぜ、スリック*」

スリックと呼ばれたちょびひげの男は、うしろが気になるらしく、首をまわしてふりかえってばかりいたが、妙に甲高い声でこう言った。「インディアンの婆さんなんぞくそくらえだ。おれはどうもここが気に入らん。なあチャンク、ちょっと山ん中へはいりすぎたんじゃないか？　早いとこ出ていこうぜ」

「そうはいくか」チャンクさんは帽子をうしろにずらした。額の上には髪の毛が一本もない。彼はいすにすわっているぼくに向きなおった。「子どものほうは混血らしい。英語がわかるかもしれんぜ。ねえ坊や、英語しゃべれるかい？」

「そのつもりです」ぼくは答えた。

「おい、聞いたか？　つもりです、だと」彼らはくすぐったそうに顔を見合わせ、それからゲラゲラ笑いだした。その間に祖母は奥に引っこんで、待機させていたブルー・ボーイを放った。ブルー・ボーイは谷の道を一目散に駆け登ってゆく。

「パパはどこだい、坊や？」チャンクさんが聞く。

「パパのことは覚えてません。ここにはおじいちゃん、おばあちゃんと住んでるんです」

「じゃあ、おじいちゃんはどこだ？」

ぼくはうしろの山道を指さした。

チャンクさんはポケットをさぐり、一ドル銀貨を取り出すと、ぼくの鼻先に突きつけた。「おじいちゃんのところへ案内してくれたら、これをあげるよ、坊や」

彼の指にはでかい指輪がたくさんはまっていた。金持ちの証拠だから、本当に一ドルくれるかもしれない。恐る恐る手を伸ばして銀貨を取ると、ぼくはポケットにおさめた。ぼくは算数が得意だった。この一ドルをおじいちゃんと分け合っても、あのクリスチャンにだまし取られた五十セントをそっくり取りもどせる、ととっさのうちに計算したのだ。

ぼくは浮かれ気分で二人づれの先に立った。だが、歩きはじめてから考えた。蒸留釜のある場所へ案内するわけにはゆかない。そこでぼくは高い山へ通じる別の道へ彼らを誘導した。

山道を登りながら、ぼくは少しやましい気がしてきた。かといって、これからどうしようというはっきりした考えが浮かんでくるわけでもない。チャンクさんとスリックさんのほうは上機嫌だった。彼らは上着を脱ぎ、ぼくに少しおくれてついてくる。二人ともベルトにピストルをさげていた。スリックさんが声をかけてくる。

「パパのことを覚えてないって、坊や?」ぼくは立ち止まり、全然思い出せないと答えた。「じゃあ、私生児ってことか、ええ、坊や?」そうかもしれません、とぼくは答えた。けれども実はまだ辞書のBの項目まで勉強が進んでいなかったので、「私生児《バスタード》」という言葉の意味を知らなかった。彼らはまたゲラゲラ笑い、笑いすぎて咳《せき》こんだ。ぼくもなんだか愉快になって笑った。二人とも陽気な人たちのように思えた。

チャンクさんが言う。「くそっ、このあたりはけものだらけだぞ」ぼくは、山にはけものがいっぱいいる、山猫、野豚、それに一度熊を見たこともある、と言った。

スリックさんが、いつ熊と出会ったかと聞く。実際に出くわしたわけでなく、熊の残した爪跡を見たのだとぼくは答え、一本のポプラの木を指さした。「ほら、そこの木に爪の跡があるよ」チャンクさんは蛇に襲われでもしたみたいに、わきへ跳びのいた。その拍子にスリックさんにぶつかり、スリックさんは尻《しり》もちをついた。怒ったのはスリックさんだ。「なにするんだ、チャンク! もうちょっとで転げ落ちるところだったぞ! 一歩まちがってたら谷底行きだった」スリックさんは足もとを指さしてわめいた。それから二人並んで首を伸ばし、道ばたからこわごわのぞきこんでいる。はるか下の方に糸のように細い川の流れが見えた。「やれやれ。ここはどのくらいの高さなんだ? くそ、落ちたら首の骨が折れるぜ」

さらに登ってゆくと、二人はしだいにひどく咳こみはじめた。足どりものろくなって、ぼくからますますおくれる。ようすを見にぼくは道を引きかえした。彼らは白カシの木の下で大の字に伸びていた。木の根かたには毒ヅタが這《は》いまわっている。二人はそのまんなかに寝そべっていた。

毒ヅタは、見た目にはきれいな緑の葉をしげらせている。だが、その上に寝ころがるのはやめたほうが賢明だ。全身にミミズばれができ、何か月もヒリヒリ痛む。ぼくは彼らになにも言わないことにした。毒ヅタのどまんなかにいるのだから、今さら注意したところで手おくれだ。それに、これ以上気分をそこなわせたくはなかった。

スリックさんが頭を持ち上げる。「なあ、私生児のチビさんよ、あとどのくらい歩くんだ?」チャンクさんのほうは頭も上げず、目をつぶって毒ヅタの上で息を整えている。「もうすぐです」ぼくは答えた。

ぼくはさっきからずっと考えていた。おばあちゃんは、おじいちゃんにぼくたちのあとを追わせるだろう。だから山の頂上に着いたら、この二人に、おじいちゃんがすぐ来るからすわって待とうと言おう。おじいちゃんはきっと来る。そうすればなにもかもうまくゆく。お礼に一ドルもらったってちっとも悪くない。約束どおり二人をおじいちゃんに会わせたことにちがいはないのだから。

ぼくは二人に声をかけて、また登りはじめた。スリックさんがチャンクさんを助け起こす。二人はよろけながらついてきた。上着は毒ヅタの上に脱ぎ捨てたままだ。帰り道で拾えばいいから、とチャンクさんは言った。

ぼくは二人よりずっと先に頂上に着いた。今来た道は、山の稜線《りょうせん》を縫《ぬ》うようにしてチェロキーがつけた古い道のひとつだが、反対側へ降りてゆくとまもなく分岐し、さらにくだってゆく途中で何度も分岐をくりかえす。祖父に聞いた話では、山奥まで網の目のように張りめぐらされた道は、合わせれば百マイルにも達するということだ。

道が枝分かれするあたりの灌木《かんぼく》の茂みの下に腰をおろした。一本の道は尾根づたいに伸び、もう一本は山の反対側へとくだってゆく。ぼくは、チャンクさんとスリックさんが追いついたら、三人でここにすわっておじいちゃんが来るまで待とうと決めた。

しばらくしてやっと二人の姿が見えた。でぶのチャンクさんはスリックさんの肩に腕をまわし、びっこの片足でエッチラオッチラ跳ねながらやって来る。どうやら足を痛めたらしい。

チャンクさんは、スリックさんのことを私生児と呼びつけている。さっき自分も私生児だなんてスリックさんはひとことも言わなかったのに、とぼくはびっくりした。チャンクさんが言う。「山猿みたいな連中に仕事を手伝わせようなんて！　そいつを最初に考えついたのはあんただぜ」スリックさんも負けてはいない。「いまいましいインディアンの爺《じじ》いに目をつけたのはあんたじゃないか。ええ、この淫売《いんばい》のせがれめ！」

二人は声高に言い争いながら、ぼくの前を通り越してゆく。ぼくは彼らに声をかけそびれてしまった。というのも、人が話し合っているところへ口をはさんではいけない、と祖父に教えられていたからだ。二人はそのまま山の反対側へくだる道を降りはじめる。ぼくは彼らのうしろ姿が木の間に消えるのを見送った。彼らの向かってゆく先は、両側に山がせまり、谷底のように狭くけわしい道になる。ぼくはここに残って祖父を待ったほうがいいと判断した。

あまり長く待つ必要はなかった。まずブルー・ボーイの声が耳に飛びこんできた。ぼくの足跡を嗅《か》ぎ、しっぽを振りながらこっちに向かってくる。ふいに夜鷹《ヨタカ》の鳴き声が聞こえた。夜鷹にちがいないと思えたが、それにしてはまだあたりが暗くなっていない。そうか、あれはおじいちゃんだ。ぼくも夜鷹の鳴き声で答えた。かなりうまくまねできたと思う。

夕日が斜めにさしこむ林を抜けて、黒い人影が滑るように近づいてくる。祖父は道を通って来たのではなかった。しかもカサとも足音をたてない。すぐに彼はぼくの前に現われた。ぼくはひさしぶりに顔を合わせたみたいに、とてもうれしかった。

スリックさんとチャンクさんは向こう側へくだっていったことを話した。またここまで登ってくる間に、彼らがしゃべったことを思い出せるかぎり全部話した。祖父は口の中でつぶやくだけで、なにも言わなかったが、けわしい目つきに変わった。

祖母が袋に食べものを入れて祖父に持たせてくれたので、杉の木の下にすわって食べた。トウモロコシパンと、トウモロコシの荒挽《び》き粉にまぶして揚げたナマズは、高い山の上の空気の中ではいっそうおいしく、ぼくたちはきれいにたいらげてしまった。

ポケットから一ドル銀貨を取り出して祖父に見せた。もしチャンクさんがぼくはちゃんと仕事をしたと考えたなら、ぼくのものになるはずのあの一ドルだ。「小銭にくずしたら、二人で半分ずつ分け合おうよ」

「おまえはちゃんと仕事をやったさ。わしは奴らにこうやって会いに来たんじゃからな。一ドルまるまるおまえのもんさ」

ジェンキンズさんの店で見つけた緑と赤の模様のはいった例の箱のことも祖父に打ち明けた。一ドルちょっとぐらいの値段じゃないかと言うと、祖父も同じ意見だった。

遠くから叫び声が聞こえてきた。山あいのけわしいくだり道の方角からだ。ぼくたちはチャンクさんとスリックさんのことをすっかり忘れていたのだ。

山はしだいに夕闇に包まれてゆく。夜鷹やチップウィルが鳴きはじめた。祖父は立ち上がって、両手を口に当ててかまえる。「ホォーッ」下の方に向かってしぼり出すような長い叫び声をあげた。それは向こうの山にぶつかり、まるで祖父がそっちにいるみたいに、はっきりした声のままはじき返される。そして、こだまはこだまを誘いながら山あいを通り、谷を抜けてしだいに遠くへ消えてゆく。最初の声がどこから来たか言い当てることなど、だれにもできはしない。くだり道の方から三発つづけて銃声が聞こえてきた。そのため、祖父の叫び声の余韻はかき消されてしまう。銃声はあちこちにぶつかり、反響し、やがて静寂に吸いこまれていった。

「ピストルだな」祖父が言う。「奴ら、ピストルで答えてるんだ」

もう一度祖父は叫んだ。「ホォーッ」ぼくもあとに続いた。

二人の叫び声は、こだまとなってからみ合い、山にぶつかっては跳ね、おどった。またピストルの音が三発聞こえた。

祖父とぼくは叫びつづけた。こだまを聴いているのは本当に楽しい。ぼくたちが叫ぶたびにピストルの音が答えた。だが、とうとうそれもピタッとやんでしまった。

「奴ら、弾丸《たま》が切れたな」もうすっかり暗くなっていた。祖父は伸びをし、ついでにあくびをした。「あんなとこまで助けに降りてくこたあねえや。今晩ひと晩ぐらい、だいじょうぶさ。あしたになったら助けにいってやろう」ぼくにとってもそのほうがよかった。

祖父とぼくは杉の木の下に緑の濃い若枝を積み重ねて寝床をつくった。春あるいは夏の間、山で野宿するなら、針葉樹の若枝の上に寝るのがいい。さもないと、赤ダニに食われる。赤ダニはとても小さいから、肉眼では見えない。木の葉、あるいは灌木の茂み全体に何百万とたかっている。人に取りついて皮膚の下にもぐりこむので、全身にブツブツができる。赤ダニの発生量は年によってちがうが、その年はいつもより多かった。山中にはほかにも木ダニというのがいて、これも始末が悪い。

祖父とぼくとブルー・ボーイは若枝のベッドに這い上がった。ブルー・ボーイはぼくにからだをくっつけてまるくなった。夜気が肌を刺すので、ブルー・ボーイの体温は心地よい。寝床はやわらかく、弾力がある。ねむけが襲い、たてつづけにあくびが出た。

祖父もぼくも仰向《あおむ》けになって頭の下に手を組み、月の出をながめた。まんまるな黄色い月が遠くの山の上にゆっくりとのぼってくる。今夜は百マイル先まで見えそうだな、と祖父が言うので、ぼくはからだを起こした。皓々《こうこう》たる月明かりのスプレーを浴びて山並は盛り上がりなだれ落ち、深い影を刻《きざ》んで谷ごとに濃い紫色をにじみ出させている。いく条《すじ》もの靄《もや》がゆっくりと谷底を這い、山すそに蛇のようにからみつく。かと思うと、銀色の靄の小舟が二つ出会ってひとつに溶け、にわかに勢いを増して谷の上空へ立ちのぼってくる。祖父が、靄は生きものみたいだとつぶやく。

近くのニレの梢《こずえ》でマネシツグミが歌いだした。遠くで交尾を始めた山猫の声も聞こえてくる。それはものすごい悲鳴に聞こえたが、山猫にしてみれば交尾がとても気持ちいいので、ついあんな声が出てしまうのだと祖父が説明してくれた。

毎晩山の頂上で眠れるといいのに、と思った。ぼくがそう言うと、祖父も同意した。すぐ下の方でコノハズクがけたたましく鳴きはじめる。つづいてわめき声が聞こえてきた。「あれはチャンクとスリックじゃ。奴らがおとなしくしねえと、山じゅうの鳥やけものが迷惑する」

ぼくは月を仰ぎ見ながら眠りに落ちていった。

夜明けどきに目が覚めた。高い山の上で迎える暁《あかつき》は、なにものともくらべようがない。祖父とぼく、それにブルー・ボーイはじっと目をこらす。空は明るい灰色。木立ちでは新しい一日を起きだした小鳥たちがチ、チ、チと鳴き声をたてる。

はるかかなたまで雲海が広がり、ところどころ頭をのぞかせた山が黒い島影のようだ。祖父が東の方角を指さした。「ごらん」

一番遠い尾根の向こうから、スーッと絵の具をひとはけ刷《は》いたように、ピンク色の帯が空を横ぎっている。風が立ち、頬《ほお》を打つ。朝が誕生しつつあった。ひとはけのピンクの帯は、赤、黄、青の縞《しま》に変わってゆく。遠い尾根の一点が火がついたみたいに輝やき、見る見るその火は大きくなってゆく。山の背の木々のシルエットの上にゆらゆらと太陽がのぼる。雲海がピンクに染まって眼下にうねっている。

朝日は祖父とぼくの顔をまぶしく照らした。「世界はまたすっかり生きかえったな」そう言いながら祖父は帽子を取った。ぼくたちは長い時間、立ちつくしていた。そのとき、祖父とぼくは同じひとつの思いを分け合っていた。またいつか二人で山の頂上に来て、朝が生まれるのを見よう。それは言葉にしない約束だった。

太陽は山を乗り越え、今や大空に解き放たれた。祖父はひとつ大きくため息をつき、両腕を上げて伸びをした。「さてと、わしらには仕事があったっけ。どうじゃろな……」思案げに頭を掻《か》くと、もう一度「どうじゃろな……」とくりかえした。「おまえは小屋へもどって、おばあちゃんに、わしらはもう少し山の上にいるって伝えるんじゃ。おまえとわし用の弁当を紙袋に、それからあいつら二人分の食いものを麻袋に入れてもらってくれ。わかったな？　紙袋と麻袋じゃぞ」ぼくはうなずいて駆けだす。

祖父が呼び止めた。「それとな、リトル・トリー」ニヤッと笑う。「おばあちゃんがあの二人の食いものを用意してる間に、奴らがおまえにしゃべったことを洗いざらい話して聞かせてやれ」ぼくはまた駆けだした。ブルー・ボーイがついてきた。祖父が二人に向かって叫びはじめる声がうしろに聞こえた。「ホォーイ」ぼくも祖父といっしょに叫びたかった。けれども、山道を駆け降りてゆくのは少しもいやではなかった。とりわけこんなすてきな朝早い時刻には。

あらゆる生きものたちが一日の活動を開始する時間だった。クルミの木の高いところに二匹の洗い熊がいた。下を走り抜けるぼくを首を伸ばしてうかがい、なにかささやき合っている。リスが短い叫び声をあげて道を跳び越える。ぼくがスピードを落としてそばを通り過ぎるとき、リスは前足をそろえて立ち上がり、キーキー鳴きたてる。小鳥たちは梢から低い枝に舞い降りて羽をバタバタさせる。一羽のマネシツグミがずっとぼくとブルー・ボーイのあとをついてきた。頭すれすれに飛んでふざける。マネシツグミは自分を好いてくれる人に対して、よくこれをやる。ぼくはマネシツグミがとても好きだったのだ。

切畑まで来ると、小屋の裏口に祖母の姿が見えた。きっと小鳥たちのようすから、ぼくが降りてくることを察したのだろう。でも、いつもぼくは思ったものだが、突然人が現われても祖母がまったく動じないのは、近づいてくる人の匂いを遠くから嗅《か》ぎ取る力があったからではないだろうか。

紙袋に祖父とぼくの、麻袋にチャンクさんとスリックさんの食べものを入れてくれるよう祖母にたのんだ。祖母はすぐに台所に立った。

まず祖父とぼくの弁当を用意すると、祖母はチャンクさんとスリックさん用に魚を揚げはじめた。祖父の言いつけを思い出して、彼らがぼくに話したことをしゃべっていると、突然祖母はフライパンを火からはずし、かわりになべをかけて水を注ぐ。それから魚を放りこんだ。気が変わって、煮魚にすることにしたらしい。それにしても、彼女がなべに木の根っこの粉を入れて料理するなんて、今までに見たことがない。魚はまもなく煮えてきた。

「チャンクさんとスリックさんは気のいい人たちみたいだよ。最初、ぼくが私生児だから二人で笑ったんだと思ったの。でも、チャンクさんがあとで言ったけど、スリックさんも私生児なんだって。それで笑ったんだね」

祖母はまたひとつかみ根っこの粉をなべに加えた。

ぼくは例の一ドル銀貨を祖母に見せた。「おじいちゃんは、ぼくがちゃんと仕事をしたんだから、もらってもかまわないって言ったんだ」

「ああ、それはおまえのものさ」祖母は一ドル銀貨を取り上げるとぼくの壺にしまってくれた。

ぼくは赤と緑の模様入りの箱についてはないしょにしておいた。まわりにクリスチャンがいるはずはないけれど、用心するに越したことはなかった。

祖母は湯気がもうもうと立つまで魚を煮た。目からしずくが流れ落ち、しきりに鼻をかんでいる。「湯気のせいだよ」と祖母は言い、ようやく煮終わった魚を麻袋に入れる。

ぼくはまた山道を駆け登っていった。祖母が犬をみんな放した。彼らはぼくの前になり後になりついてくる。

山の頂上に着くと、祖父の姿が見えない。口笛を吹くと、反対側へややくだったあたりから返事がかえってきた。ぼくはそちらをめざして降りていった。狭い道で、両側から木がおおいかぶさっている。祖父はすぐに見つかった。もっと下にいる二人に呼びかけたところ、そのつど答えが返ってきたから、もう姿を見せるはずだ、と言う。

祖父はぼくの手から煮魚のはいった袋を取ると、木の枝につるした。道の真上だから、彼らはかならず気がつくはずだ。それからぼくたちは少し引きかえし、小さな柿の木の茂みの下に腰をおろして弁当を開いた。太陽はもう天頂近くにのぼっている。

犬たちをそばにしゃがませ、トウモロコシパンと魚を食べた。あの二人に、祖父がどの方角から呼んでいるかわからせるのにだいぶ手間どったらしい。彼らはどうにかわかったようで、こっちの方へ向かっているという。そのとおり、まもなくチャンクさんとスリックさんが姿を現わした。

もしよく見知っていなかったなら、それが彼らであるとはとても信じられなかったにちがいない。それくらい二人のようすは変わりはてていた。シャツはビリビリに破れ、腕といわず顔といわず、切り傷、引っ掻き傷だらけ。まるで野イバラの茂みを走り抜けたみたいだ。顔じゅうボコボコ赤くはれあがっているのを見て、あれはなにをやらかしたものやら、と祖父はささやく。ぼくは黙っていた。ぼくのせいじゃない。だって二人が勝手に毒ヅタの中に寝ころがったのだから。チャンクさんの片方の足には靴がなかった。二人はうなだれ、ふらつきながら登ってくる。

頭の上にぶらさがっている麻袋に気がつくと、彼らは木の枝からそれをはずして、道にすわりこんだ。祖母が煮た魚にむしゃぶりつく。ガツガツ食べながら、どっちが多く取ったかでしきりに言い争っている。ぼくたちのいるところへ、彼らの声は手に取るように聞こえてきた。

食べ終わると、二人は日陰を選んで道の上に大の字になった。彼らを起こしに降りてゆくものとばかり思っていたが、なぜか祖父はそうしなかった。ぼくたちは腰をおろしたまま、ようすを見まもる。少し休ませたほうがよさそうだ、と祖父が言った。しかし、彼らに休んでいる暇はなかった。

チャンクさんが跳ね起きた。からだを二つに折り曲げて、両手でおなかを押さえている。それから道のわきの草むらに駆けこむなり、ズボンを引きおろした。しゃがみこんでうめき声をあげる。「ああ、畜生！ 腹ん中が引っくりかえったみたいだ！」スリックさんも同じだった。すぐに彼も草の中にうずくまってうめきはじめる。

そうやって二人はしばらくの間うなり、叫び、転げまわった。やがて這い出してくると、また道の上に仰向けになる。けれども、またすぐ跳ね起きて、茂みへ飛びこむ。彼らの大騒ぎに興奮しはじめた犬たちを、ぼくらはなだめなければならなかった。

「あの人たち、毒ヅタの中にしゃがんでるんじゃない？」

「かもしれんな」

「毒ヅタの葉っぱでお尻《しり》を拭いてるみたい」

「どうやらそのようじゃ」

ふたたびスリックさんが草むらに駆けこむ。だが、ズボンを引きおろすのが間に合わなかった。とても面倒なことになったらしい。たちまちハエがブンブンたかりはじめたのだ。

こんなようすが一時間は続いたろうか、彼らは道の上にぐったり伸びて動かなくなった。

「どうも食ったもんが、からだに合わなかったと見えるな」と祖父。

祖父は道にもどって口笛を吹いた。二人は四つんばいにからだを起こし、こちらに目を向ける。しかし、ぼくたちが見えているとは思えなかった。はれあがった瞼《まぶた》のせいで、目をあけていられないようだからだ。

「ちょっと待ってくれ」チャンクさんがわめく。スリックさんは金切り声で叫ぶ。「た、たのむ、行かないでくれ」二人はどうにかこうにか立ち上がり、もつれる足で登りはじめる。祖父とぼくは頂上へ引きかえした。ふりかえると、彼らはびっこを引き引きついてくる。

「さてと、わしらは小屋へもどるとするか。奴さんたち、道もわかったろうから、まっすぐ降りてくるじゃろ」

小屋に着いたときには、日は傾きかけていた。ぼくたち三人は裏口のベランダにすわって、チャンクさんとスリックさんが降りてくるのを待った。それから二時間もたって、あたりが薄暗くなるころ、ようやく二人が姿を現わした。チャンクさんはもう一方の靴もなくしたらしく、爪先《つまさき》でつんのめるようにして歩いている。

彼らは大まわりして小屋に近づくのを避けた。おじいちゃんに会いたがっていたくせに、どうしてだろう、とぼくはいぶかった。気が変わったのかしら？　一ドルもらってもいいのかしら？　祖父にたずねると、自分の役めをちゃんとはたしたのだから、かまわない。奴らの気が変わったとしても、おまえのせいじゃない、という答えだった。理にかなった考えだとぼくは思った。

ぼくは小屋をまわりこんでゆく彼らのあとを追った。丸木橋を渡る二人に向かって叫び、手を振った。「さようならチャンクさん、さようならスリックさん。一ドルありがとう、チャンクさん」

チャンクさんは向きなおって、げんこつを振りまわした。そのとたん、丸木橋から足を踏みはずし、小川に転げ落ちた。スリックさんの足につかまってよじのぼろうとするが、相手まで引きずり落としかねない。スリックさんはかろうじてバランスを保って足を引き、あわてて丸木橋の向こうに渡った。そしてチャンクさんに向かって「この淫売のせがれが!」とののしる。小川から這い上がったチャンクさんは、「チャタヌーガへもどったら、おまえを殺してやる!」とやりかえす。ぼくには、二人がどうしてけんかばかりするのかわからなかった。

谷間の夕闇にまぎれて彼らの姿はまもなく見えなくなった。祖母が犬たちにあとをつけさせたほうがいいのではないかと言う。だが祖父は止めた。「奴さんたち、へとへとになってる。もう放っといてやろうや」

「あんな羽目になったのは、二人の見当はずれがもとなんじゃ。わしがあいつらのウイスキー商売に手を貸すと思うなんてどうかしとるよ」ぼくも同じ意見だった。

彼らのおかげで、祖父もぼくも二日間にわたって大切な時間を奪われてしまった。けれども、ぼくの手には一ドル残った。パートナーなのだから、山分けしたいとぼくはまた提案したが、祖父は首を横に振った。そんなわけでぼくは、ウイスキー商売とは無関係に一ドルかせいだことになる。仕事のわりにはいいかせぎだ、と祖父は笑った。そのとおりだった。

訳注

＊「スリック」には、前出赤狐スリックの場合と同様「ずる賢い」の意があり、「チャンク」には「ずんぐりした人」の意がある。

15　ウィロー・ジョーン

種まきが始まると急にいそがしくなる。その時期を決めるのは祖父だった。土の中へ指を突っこんで温度を調べる。祖父が頭を振ったら、まだ時期が来ていないのだ。

種まきには早く、ウイスキーづくりの週にもあたっていないときは、ぼくたちは魚を捕ったり、ベリーを摘んだり、あるいはいつものことながら森の中をぶらついたりして過ごした。

種まきを始めるときには注意が必要だ。植えていい時間とよくない時間があるからだ。土の下で育つ野菜、例えばカブとかジャガイモは、闇夜に植えるということを忘れてはならない。さもないと、カブもジャガイモも鉛筆以上には大きくならない。

土の上に実をつける野菜、例えばトウモロコシ、豆、エンドウのたぐいは、逆に月夜に植えなければならない。それをまちがえると、収穫はあまり期待できない。

これらの注意を守るだけではまだ不じゅうぶんだ。たいていの人は、さらに暦に記された星座を頼りにしている。例えば、這《は》い豆を植えるなら、暦のうえで双子座にあたるときに植えるとよい。さもないと、花はいっぱいつけるのに実がならないで終わってしまう。

このように、作物に応じて、それぞれ植えるに適した時期を示す暦の印があるが、祖父には暦は必要なかった。じかに星を見て判断したからだ。

春の夜、祖父はベランダにすわって、じっと星を観察する。山の尾根にかかる星座の形と位置を読み取り、「星の具合じゃ這い豆がいいな。あした、東風が吹かなきゃ、少し植えてみるか」と言う。たとえ星がいいとしても、東風が吹くときには種まきはしない。豆ができないというのだ。

もちろん、種まきするには湿気が多すぎるという日もあるし、乾燥しすぎている日もある。もし鳥が鳴かないなら、やはりやめたほうがいい。種まきは、いささかうんざりするくらいさまざまな条件に左右される。

朝起きると、前夜の星の教えに従ってすぐに種まきにかかる。けれども風とか鳥とか湿気などがおもわしくないときは、ぼくたちはかわりに魚を捕りにいった。

種まきにいいかどうかのしるしを判断するにあたっては、祖父が魚を捕りにゆきたいかどうかという気分に左右されるにちがいない、と祖母は疑っていた。それに対して祖父の言い分はこうだ。女には複雑なことは理解できない。女は、なにもかも単純に簡単に考える。だが世の中、そうすっきりとことは運ばない。すると女はそれが我慢ならない。単純にしか考えられないくせに、疑り深く生まれついているからだ。まだ生まれて間もない女の赤ん坊が、おしゃぶりを疑わしそうに見ているのを見たことがある、とも祖父は言った。

その日が適してさえいれば、ぼくたちはおもにトウモロコシを植えた。主食であり、ラバのサム爺《じい》さんの餌《えさ》であり、ウイスキーをつくって現金収入を得るもとにもなる一番大事な作物だった。

サムに犂《すき》を引かせて、祖父はうねを切ってゆく。ぼくはうね切りはまだ無理で、犂の向きをなおすのを手伝った。うねに種をまき、土をかぶせる仕事は、祖母とぼくがやった。傾斜の急な畑では、祖母がチェロキーの種まき用の棒を使ってトウモロコシを植えた。これは、ただ棒を土に突き刺し、その穴に種をまくだけのことだ。

ほかにもいろいろなものを植えた。豆、オクラ、ジャガイモ、カブ、エンドウなどだ。エンドウは森に近い畑のへりに沿ってぐるりと植えた。秋になると、エンドウを好物とする鹿が、山を越えて二十マイルも先からやって来る。のろまなのを一頭つかまえて冬用の肉にした。

祖父とぼくは、あまり日の当たらない畑のすみを選んでスイカをたくさん植えた。祖母はスイカ畑にしては大きすぎると言ったが、食べきれないぶんは町へ持っていって売ればいい金になる、と祖父は考えた。

ところが、スイカが熟《う》れはじめるころになって、その市場価格が暴落したことをぼくたちは知った。もし売れたとしても、一番大きなのが五セントにしかならない。売れること自体望み薄だった。

祖父とぼくは、ある夜、台所で対策を相談した。祖父の話では、ウイスキーなら、一ガロン（約三・八リットル）の重さは八ないし九ポンド（四〜四・五キロ）で、売れば二ドルになる。一個十二ポンド（約六キロ）もあるスイカをかついでいって、わずか五セントというのでは話にならない。ウイスキーの商売がやってゆけなくなったのなら別だが、そんなことはたぶんないだろう。そこでぼくは、みんな食べちゃうよりしょうがないんじゃない、と意見を言った。

スイカはほかの作物にくらべて、熟れるのによほど時間がかかる。豆が、オクラが、エンドウがつぎつぎと実ってゆくのに、スイカだけは畑にいすわって、青いままゆっくりゆっくり熟してゆく。ぼくはしょっちゅう熟れ具合を調べて歩いた。もうまちがいなく熟れたはずだと思っても、たいていは裏切られる。熟れたスイカを見つけ出すのは、種を植えるときと同じくらいやっかいだ。

夕食のテーブルに着くと、ぼくは祖父にしばしば言ったものだった。「一個熟れたのが見つかったよ」毎朝、毎夕、おまけに近くを通りかかったなら食事に帰るべき時間であっても、ぼくはスイカを調べていたのだ。ぼくの話を聞くと、翌朝畑に登って祖父はそのスイカを調べる。いつもいつも、まだだった。ある晩、やはり夕食のテーブルでぼくは言った。「今度こそまちがいないよ。熟れたのが見つかったんだ」祖父はいつものように答えた。「よし、あしたの朝調べてみような」

ぼくは早起きして祖父を待った。日の出前に畑に着いた。ぼくは昨晩話したスイカを指さして祖父に教える。濃い緑色のでかい奴だ。二人でそばにしゃがみこむ。前の日の夕方、ぼくはじっくり調べておいたのだが、祖父といっしょにもう一度確かめてみた。「うーん、こいつはいいかもしれんな。ちょいとたたいて調べてみるか」と祖父。

たたいて調べるというのは、こういうことだ。スイカを指先でたたいてみて、*think* という音がしたら、まだまだ熟れていない。*thank* という音なら、熟れつつあるがまだちょっと早い。*thunk* という音がしたら、今度こそだいじょうぶ、食べごろだ。つまり、二対一の割合でしかいい結果は得られない。このあたり、祖父に言わせると、世の中のあらゆることに通じる真理だそうだ。

祖父は問題のスイカをたたいてみた。かなり強くたたく。祖父はなにも言わない。ぼくは顔を寄せて彼の表情をうかがった。頭を横に振らないのはいいしるしだ。すっかり熟れているというわけではないらしいが、あきらめるのも早いということだ。もう一度祖父はスイカをたたく。

「ぼくには *thunk* と聞こえるけど」

祖父は爪先からかかとに体重をもどし、あらためてそのスイカをながめまわす。ぼくもまねをした。

すでに朝日がのぼっていた。蝶が一匹ヒラヒラ飛んできて、スイカの上にとまった。羽を広げたり閉じたりしている。「これはいいしるしじゃないの?」ぼくは、蝶のとまったスイカは熟れているという話を聞いたことがあるような気がした。「そんな話は知らんが、ありうることかもしれんな」と祖父は答えた。

「こいつはどうもすれすれのところじゃな」つまり、*thank* と *thunk* の中間の音がするというわけだ。ぼくにもそう聞こえたが、どちらかというと *thunk* のほうに近いと感じられた。祖父が、別の方法で調べてみようと言い、どこからか箒《ほうき》をつくるのに使うスゲのワラを一本見つけてきた。

それをスイカ（日本のスイカと異なり、細長い形をしている）の上に十字に交差するように置く。ワラがじっとそのままなら、まだ熟れていない。ワラがスイカの長軸の方へ回転したら、熟れている。祖父はこの方法をやってみた。ワラはしばらくじっとしていたが、やがて少しまわり、止まった。ぼくたちはすわりこんで目をこらした。ワラはそれ以上は動こうとしない。「きっとワラが長すぎるんだよ。熟れてても、ワラが長いと動きにくいんだ」ぼくが言うと、祖父はワラを取って折り、短くした。もう一度やってみた。今度は、もっとずっとまわり、長軸方向に近づいた。

祖父はあきらめたが、ぼくはあきらめずワラに目を近づける。「ちょっとずつだけど、たしかにまわっていってるよ」「そりゃそうさ、おまえの息がかかってるんじゃからな」それでも祖父は考えを変えて、こんな提案をした。「お日様が頭の上に来るまで、このスイカは放っとこう。昼めしのころまで待つんじゃ。そうしたら取ってもいいぞ」

ぼくは太陽の動きが気になった。ところが、太陽は上にのぼらずに横這いし、朝を長びかせてやろうと決めたみたいに山の上にいすわってしまった。「お日様はな、ときどきそんな動きかたをするもんじゃ。とくに、畑仕事がすんだら、川でからだを洗ってさっぱりしたいと楽しみにしているときなんかにな」と祖父は言う。「わしらが仕事に精出して、お日様ののろさなんか全然気にしてないところを見せりゃいいんじゃ。そうしたらお日様も怠けるのをあきらめて、自分の仕事を続けるさ」

ぼくたちはせっせとオクラを摘みはじめた。オクラは成長が早いので、しょっちゅう摘んでやる必要がある。摘めば摘むほど、実をたくさんつける。

オクラの列に沿って移動しながら、ぼくは茎の下の方の実を余さず摘み取っていった。祖父はぼくのあとから、もっぱら上の方の実を摘んでゆく。「茎を引き降ろしたり、かがんだりせずにオクラを摘むやりかたを考え出したのはわしらだけじゃろな」

ぼくたちは午前中いっぱいオクラ摘みに精を出した。ある列の端まで摘んでいったら、そこに祖母がニコニコ笑って立っていた。「お昼ごはんの時間よ」祖父とぼくはあのスイカめざして突進した。ぼくのほうが先に着いたので、それをツルからもぎ取るのもぼくの役めだった。だが、ぼくにはとても持ち上げられないため、祖父が小川まで運んだ。転がして水に落とす役はぼくにやらせてくれた。ドボン、水しぶきが上がる。スイカは重いので、冷たい流れの底に沈んでいった。

スイカを引き上げたのは、午後もだいぶおそくなってからだった。祖父が土手に腹ばいになり、両手を深く水にさし入れて持ち上げた。水のしたたるのをお腹《なか》の上にかかえ、大きなニレの木の陰に運んでゆく。祖母とぼくはすぐあとをついていった。ぼくたちはスイカを中心にすわり、濃い緑の皮の上の冷たい水玉を見つめた。なにやら儀式めいていた。

おもむろに長いナイフを取り出すと、祖父は胸の前にかまえた。祖母の顔に目をやり、それからぼくの方を見る。ぼくはきっと目をまんまるにし、ポカンと口をあけていたにちがいない。祖父が笑い声をあげた。ナイフを入れると、刃の先に向かって厚い皮にピッとひびが走る。よく熟れている証拠だ。二つに割れたスイカは赤い果肉を見せ、たちまちその表面に果汁が玉の露となって噴き出る。

　祖父は何枚か薄切りにして分けた。ぼくの口から果汁がこぼれ、シャツを濡らすのを見て、祖父も祖母も笑った。ぼくが生まれて初めて食べたスイカだった。

　夏はゆっくりと過ぎてゆく。夏はぼくの季節だ。生まれたのが夏だったからだ。チェロキーの言いならわしでは、生まれた季節がその人の季節なのである。そういうわけで、ぼくの誕生日は一日だけで終わらず、夏いっぱい続いた。

　やはりチェロキーのならわしとして、誕生日が属する季節には、自分が生まれた場所、お父さんのやった仕事、お母さんの愛情などについて昔話を聞かせてもらえる。

　祖母によれば、ぼくは一億人にひとりという幸運の星のもとに生まれたことになる。ぼくは自然から、母なる大地《モ・ノ・ラー》から生を享《う》けた。だからこそ、ぼくがこの山に来た最初の夜に祖母が歌ってくれたように、まわりには兄弟姉妹《きょうだい》がいっぱいいるのだ。

　木々や小鳥や谷川、それに雨や風から惜しみない愛を注がれる人なんて、めったにいない、と祖母は言った。

「ほかの子どもたちだったら、親きょうだいが死んだらさびしくてたまらないだろうけど、おまえは生きてるかぎり、いつでも家族のふところへ帰ってくることができるんだ。さびしい思いなんかしないですむのさ」

　夏の日が暮れるころ、ぼくたちは裏手のベランダにすわって時を過ごした。祖母が静かに話しつづけている間に、宵闇《よいやみ》がゆっくりと谷間にしのび寄ってくる。ときどき祖母はふっと口をつぐみ、しばらく黙っている。それから両手で顔をなでると、またしばらく話しつづけるのだった。

　ぼくは祖母の話を聞いて、自分の境遇を誇らしく思った。「ぼく、すごくうれしいよ」そしてすぐにつけ加えた。「もう谷間の暗いとこだってちっともこわくないや」

祖父が口をはさんだ。「おまえは生まれつき、わしよりもずーっとすぐれたものを持っとるよ。うらやましいくらいさ。わしなんぞ、いつか暗がりをこわがるようになるんじゃねえかって、しょっちゅう疑ってる始末さ。これからはな、暗がりではおまえだけが頼りじゃ。おまえに引っぱってってもらわにゃな」ぼくは答えた。「うん、まかしといてよ、おじいちゃん」

ぼくは六歳になった。祖母に、時は過ぎてゆくという思いを深くさせたのは、ぼくの誕生日だったかもしれない。彼女はほとんど毎晩ランプに灯を入れ、本を読んだ。ぼくには辞書の勉強をさせた。Bの項目に進んでいたが、ページの一枚が破れてなくなっているのがわかった。そのページにはたいして大事な言葉はない、と祖母は言った。

そのあと、開拓町へ出かけたときに、祖父は辞書を買ってくれた。七十五セントもした。彼はいささかもためらわずにお金を払った。「ずっとこんな辞書が欲しかったのさ」と言う。祖父は字を読めないから、なにかほかの用途に使うのだろうとぼくは想像した。けれどもその後、祖父が辞書に手を触れるのを一度も見たことがなかった。

パイン・ビリーがまた顔を見せた。スイカが熟れはじめてから、前よりも足しげくやって来るようになったのだ。彼はスイカに目がなかった。赤鷲《レッド・イーグル》印嗅ぎタバコ会社の懸賞金や、大都会から来た犯罪者の逮捕《たいほ》に協力した報奨《ほうしよう》金で浮かれているようすは見えなかった。その件についてひとこともしゃべらないので、ぼくたちも聞かなかった。

パイン・ビリーが言うには、世界は終わりに近づいている。あらゆる兆候がそれをさし示していると言うのだ。戦争が起こるといううわさが流れている。飢饉《ききん》はすでに始まっている。銀行はたいてい閉鎖され、閉鎖にまでいたっていないところでも、しょっちゅう強盗に襲われる始末だ。お金がもう全然手もとにまわってこなくなった。大都会では発作的に窓から飛び降りる人があとを絶たない。遠いオクラホマでは暴風が吹き荒れて畑の土を吹き飛ばしている。

暴風の話はぼくたちも知っていた。祖母がネーションと呼んでいた。インディアンの手から奪われ、州がつくられるまでは、まさにそこはインディアンの諸部族の国《ネーション》であったから（ぼくたちはオクラホマをいつもネーションと呼んでいただ）の親戚に手紙を送ったら、暴風のことを書いた返事がもどってきたのだ。白人たちが犂を入れるべきでない緑野を掘り起こしてしまい、そこへ暴風が襲って土をごっそり吹きさらってしまったことが書かれていた。

パイン・ビリーは、世界の終わりがまぢかなので、「救済」を求める決心をした、と打ち明けた。聖書では「汝、姦淫《かんいん》するなかれ」と言っているのに、彼には女遊びの癖があって、いつも救済を得る妨げになっていた。遊び相手の女たちはダンスのときに引っかけたらしい。「女たちがおれを放っとかねえんだ。おれが悪いんじゃねえよ」とパイン・ビリーは言う。救済を得ようと思って、野外集会などへも行ってみた。けれども、そこも女だらけで、色目を使って近づいてくる。

最近、ひとりの老人牧師と知り合った。牧師は年をとっているので、セックスとは縁がなさそうだし、野外集会を開いて説教しているくらいだから、姦淫に対してひどく手きびしい。その老人牧師なら、当座は女遊びの癖から脱け出させてくれそうな気がする。当座はうまくゆくだろうと感じることこそ、救済を得るきっかけを与えてくれるのだ。世界が終わりに近づいているのだから、もう一度野外集会に顔を出して、年寄りの牧師さんから救済をいただくつもりだ、とパイン・ビリーは言った。

原始バプティスト教徒は、一度救済を得たら永久に救済されつづけると信じている。逆もどりして、ちょっとばかり姦淫を犯したところで、依然として救済されつづけるから、思いわずらう必要はない。そんなわけで、パイン・ビリーは、原始バプティスト教が自分の宗教として性《しょう》に合っていると考えていた。ぼくにももっともなことと思われた。

その夏の夜、パイン・ビリーはよくバイオリンを弾《ひ》いて聞かせてくれた。世界が終末に近づきつつあるのだから当然だろうが、彼が奏《かな》でるのはどれも悲しい曲だった。

その調べを聞いていると、これが最後の夏になるかもしれないという気がしてきた。さらには、夏はもう過ぎ去ってしまった、なんとか取りもどせないものか、とあせる気持ちが湧《わ》いてくる。かと思うと、夏が永遠に続くように思えたりもする。心が乱れるから、バイオリンなんか弾いてほしくないと思うと、今度はやめないでほしいと思ったりする。バイオリンの音色はいつになくさびしかった。

毎日曜ぼくたちは教会へ行った。祖父とぼくがいつも商売品をかついで通る同じ道をくだってゆく。教会は辻店の一マイル先にある。

長い道のりなので、夜明けとともに家を出なければならなかった。祖父は黒い背広に、祖母が粉袋を漂白して仕立てたシャツを着る。ぼくもそれと同じシャツを着て、洗いたての胸当てズボンをはいた。二人ともシャツの一番上のボタンまできちんととめた。こうすると教会へ行くのにふさわしい服装になる。

祖父は獣脂を塗って光らせた黒靴をはく。歩くとき、その靴はギシッギシッと重い音をたてた。モカシンをはき慣れている祖父には歩きにくいのではないかと思うのだが、なにも言わず靴音をきしませて歩を運んでゆく。

祖母とぼくはモカシンをはいていったので問題なかった。祖母の身なりはとてもすてきだったから、ぼくはいつも誇らしく思った。オレンジ、金、青、赤の模様入りの、くるぶしまでとどく長いドレスが、ほっそりしたからだをふわっと包み、まるでキノコを見るようだ。山道をくだってゆく姿は春の花が漂っているみたいだった。

そのドレスが見たいばかりに、あるいは週一度の外出を喜ぶ祖母の顔が見たいばかりに、祖父は教会へ出かける気になるのではないかとぼくは想像した。慣れない靴をきちんとはいていったものの、祖父は教会へ行くことは好きでなかった。

牧師とか教会執事といった連中は、宗教をやたら窮屈なものにしている、と祖父は言う。彼らは、だれが地獄行きでだれがそうでないかの決定まで勝手にやってしまう。だから、うかつな人は牧師や教会執事を崇拝しかねない。自分はそんなことまっぴらだ。だが、祖父は表だって不平を言ったことはなく、教会へはかよいつづけた。

　教会までの道のりは楽しかった。ずっしり重い商売品を背負わずにすんだし、近道を歩いていると、やがて前方に朝日がのぼる。日の光は眼下の谷間にさしこんで露をきらめかせ、行く手の道には木洩《こも》れ日が鹿《か》の子模様を振りまく。

　教会は、道路から引っこんだ広い森のその一角にあった。小さくてペンキも塗ってなかったが、きれいな建物だった。前庭にはいると、早速祖母は顔見知りの女たちと立ち話を始める。だが、祖父とぼくはまっすぐウィローー・ジョーンのところへ行った。

　彼はいつも人の群れからも教会の建物からも離れて、木立ちの中に立っている。祖父よりも年上だが、同じくらいのっぽだ。純粋なチェロキー・インディアンで、編んだ白髪が肩から胸に垂《た》れている。ひらべったいつばの帽子を目深《まぶか》にかぶっているが、それは彼の個人的な秘密を隠すためのように思われた。彼の目を見たなら、だれもが納得いったことだろう。

　真っ黒な目はぽっかりとあいた傷口を思わせた。怒りにくすぶる傷口というのではなく、命を失ったうつろな、むきだしの傷口だった。目そのものがかすんでいるのか、それともぼくたちを素通りして遠くのおぼろなものを見つめているのか、区別がつかない。後年、アパッチの男がぼくに一枚の老人の写真を見せてくれたことがあった。ゴヤスレイ*、すなわちジェロニモの写真だった。ジェロニモはウィロー・ジョーンと同じ目をしていた。

　ウィロー・ジョーンはもう八十歳を越えていた。祖父の話では、ずっと昔、ウィロー・ジョーンははるか西方のネーションへ出かけていった。徒歩で山をいくつも越え、自動車にも汽車にも乗らずに。三年後にもどってきたが、向こうでのことをなにひとつ話そうとしない。ただ、「ネーションなんてなかった」と言っただけだった。

　教会へ行くたびに、ぼくたちのほうから彼に近づいていった。木立ちの中で、祖父とウィロー・ジョーンはたがいに相手のからだに腕をまわし、長い間抱き合う。大きな帽子をかぶった背の高い二人の老人は、その間ひとこともしゃべらない。おくれて祖母がやって来ると、ウィロー・ジョーンは背をかがめて抱擁する。二人はやはり長い間黙ったまま抱き合っていた。

ウィロー・ジョーンは教会のずっと先の山深くに住んでいた。教会はぼくたちの家とウィロー・ジョーンの家とのほぼ中間に位置していたわけである。したがって、ぼくたちはこの場所で会うしかなかった。

ぼくはウィロー・ジョーンに、やがてチェロキーの人たちがもっともっとふえてくるだろう、と話した。そのとおりになるかどうかは、いずれ子どもの代になったらわかることかもしれない。ぼくはチェロキーとしておとなになるし、おばあちゃんが言うには根っからの山の人間で、森の木々たちと同じ気持ちを持っているのだ、とも言った。ウィロー・ジョーンはぼくの肩に手を置いた。穴のような目の奥にチラチラと光がともった。ウィロー・ジョーンがあんな目をしたのは何年ぶりかのことだ、とあとで祖母が言った。

ほかの人たちがみんな教会の中へはいるのを待って、ぼくらもはいっていった。いつもきまってすわるのは最後列の席だ。通路側から、一番奥にウィロー・ジョーン、次に祖母、ぼく、祖父という順にすわった。礼拝の間も祖母はウィロー・ジョーンの手を握り、祖父はベンチの背ごしに腕を伸ばし祖母の肩に手を置く。ぼくは祖母のあいているほうの手を握り、もう一方の手を祖父の膝《ひざ》の上に置いた。こうすればのけ者にされたと感じないですむ。ただ、この姿勢だと深く腰かけなければならないので、足はベンチのへりから前へまっすぐ突き出したかっこうになり、ずっとしびれっぱなしだった。

あるとき腰をおろそうとして、ベンチに長いナイフが置いてあるのに気がついた。祖父のナイフと同じくらい長く、ふさ飾りのついた鹿皮のさやにおさまっている。ウィロー・ジョーンがおまえにくれたんだよ、と祖母は言った。それは、インディアンが人に贈りものをするやりかただった。インディアンは、さりげなく、そして理由づけなどしないでプレゼントするのだ。相手の目につく場所にプレゼントを置くと、黙って立ち去る。もらうほうは、もし自分がふさわしくないと思えば受け取らない。自分にその資格があると思ってプレゼントを受け取ったのであれば、贈った人にあらたまって礼を言ったり、他人に吹聴《ふいちょう》するのは馬鹿げている。

ぼくはウィロー・ジョーンに、五セント白銅貨一枚とウシガエル一匹をプレゼントすることにした。その日曜日、ウィロー・ジョーンはコートを木の枝にかけて、ぼくたちを待っていた。ぼくはカエルと白銅貨をそっとそのコートのポケットに押しこんだ。ウシガエルはぼくが小川でつかまえ、虫を食べさせて、びっくりするほど大きく育てたものだった。

ウィロー・ジョーンはコートをはおって教会にはいった。礼拝が始まり、牧師が出席者全員に頭を下げるよう命じた。静まりかえった会堂内に、人々の呼吸の音だけがかすかに聞こえる。牧師が重々しく口を開く。「主よ……」すると低い大きな声が答えた。「ラルルルルラップ！」

ウシガエルだ！ それと知らないみんなは跳び上がり、ひとりの男など顔色を変えて外へ飛び出してゆく。ある男が叫んだ。「おお、全能の神よ！」ある女は金切り声をあげた。「神をたたえよ！」

ウィロー・ジョーンも一瞬跳び上がったが、すぐに手をポケットに突っこみ、声の正体をさぐった。それがなにか、わかったらしい。けれども、彼はウシガエルを引っぱり出しはしなかった。ぼくに向けたウィロー・ジョーンの目にきらめきがもどった。それから、彼がほほえんだのだ！ 微笑はしだいに顔じゅうに広がり、ついに彼は声をたてて笑いだした！ 腹の底に響くような低く太い声だった。みんないっせいに彼の方をふりかえった。ウィロー・ジョーンは人目をはばからず笑いつづける。ことのなりゆきに一瞬おびえたけれど、すぐにぼくも笑いだした。ウィロー・ジョーンの目に涙が盛り上がり、大つぶのしずくがしわだらけの頬《ほお》をこぼれ落ちた。ウィロー・ジョーンが泣いていた！

会堂の中は水を打ったように静まりかえった。牧師もポカンと口をあけ、目をまるくして突っ立っている。ウィロー・ジョーンは、ほかの人たちの存在などまったく忘れていた。声をたてず、胸を波打たせ、肩をふるわせて、彼は長い間泣いた。人々は目のやり場に困ってそっぽを向いた。だが、ウィロー・ジョーンと祖父と祖母は、頭をまっすぐ前に向けていた。

ようやく牧師は気を取りなおして、なんとか説教を再開した。カエルについてはひとことも触れず、じっとウィロー・ジョーンに目を向けてお説教を試みた。だが、ウィロー・ジョーンはこれっぽっちも関心を示さず、牧師などそこにいないかのように正面を見つめている。説教は、神の家を讃美するところにさしかかっていた。ウィロー・ジョーンは頭を下げて祈ることもせず、帽子を取ろうとさえしなかった。

この一件について祖父はまったく触れようとしなかった。だからそののち、ぼくは何年も何年も考えた。あれはウィロー・ジョーンにとって、胸にたまっているものを期せずして吐《は》き出すことのできた唯一の方法だったのではなかろうか？　家族はみんなちりぢりに追われて行方が知れず、ふるさとの山野はかわりにやって来た牧師やら礼拝に集まってくる連中に奪い取られてしまった。ウィロー・ジョーンにはもう戦う力はなかった。だからせめて説教の間、帽子を取ることをこばんだのだろう。

牧師が「主よ……」と言いかけ、カエルが太い声で「ラルルルラップ！」と答えたとき、カエルはウィロー・ジョーンにかわってなにかを答えていたのだ。だから、彼は泣いた。泣くことによって心に降り積もった悲しみがわずかなりともやわらいだ。それ以後、ウィロー・ジョーンの目にはいつもきらめきが宿り、ぼくを見るときには小さな黒い光を放っていた。

あのときは悪いことをしたと悔んだけれど、のちには、ウィロー・ジョーンにカエルをあげてよかったとぼくは思いなおした。

教会での礼拝が終わると、ぼくたちは開拓地に接する森の中でお弁当を開いた。ウィロー・ジョーンはいつもなにかしら獲物を袋に入れて持ってきた。あるときは鹿肉、またあるときは魚だった。祖母はトウモロコシパンと野菜のおかずを用意してきた。ぼくたちは大きなニレの木陰にすわり、食べながらいろいろな話を交わした。

ウィロー・ジョーンは、鹿が山の高い方へ移動しはじめた、という話をする。祖父は魚籠《びく》がこれこれしかじかのわけでへこんでしまった、というようなことをしゃべる。祖母は祖母で、繕《つくろ》いものがあったら持っていらっしゃいよ、などと言う。

太陽が傾き、あたりに薄靄《うすもや》がかかりはじめるころ、ようやくぼくたちは腰を上げるのだった。祖父と祖母はかわるがわるウィロー・ジョーンを抱擁する。ウィロー・ジョーンは遠慮がちにぼくの肩に触れた。

こうして別れのあいさつを交わすと、ぼくたちは開拓地を突っきって、家への近道へ向かう。ぼくは、ときどきウィロー・ジョーンの方をふりかえった。彼はけっしてふり向かない。両腕をからだのわきにつけてまっすぐ伸ばし、ゆっくりと大またで、どこか奇妙な歩きかただ。道のわきには目もくれず、場違いなところにまぎれこんだみたいに、白人文明社会のへりを歩み去ってゆく。やがて彼の姿は木立ちの中、道なき道に消えてしまう。するとぼくはあわてて祖父と祖母のあとを追うのだった。日曜の夕方、暗くなりはじめた山道をたどるとき、さびしさが水のように胸を満たした。ぼくたちはただ黙々と足を運んだ。

訳注

＊ アパッチ族の指導者。合衆国のインディアン征圧に対して組織的な抵抗を試みた最後の戦士。ゴヤスレイ（あくびをする男）と呼ばれた彼が終生戦いに明け暮れるようになったのは、白人（メキシコ人）に母親と妻子を殺され、その復讐のためであったとも言われる。一八二九〜一九〇九年。

もうすこしいっしょに歩いてくれないだろうか、
ウィロー・ジョーン？
遠くまでとは望まない。
一年あるいは二年、あなたのたそがれのひとときを。
ぼくらは言葉交わさず
過ぎ去った苦しみの年月を語り合うこともないだろう。
ときにちょっと笑うことはあるかもしれない
涙がどこから来るのかを知り
失ったものをともに見つけるかもしれない。

もうすこしいっしょに腰をおろしてくれないだろうか、ウィロー・ジョーン？
長い時間とは言わない。
あなたの地上での時間からすれば一瞬かもしれない時間を。
ふと視線をまじえるだけで
ぼくらはわかるだろう
たがいの胸の内を感じ取るだろう。
さよならのあいさつを交わすときも
かけがえのない相手と分かち合う理解と愛に
心は安らかに満たされているだろう。

しばし別離の時を延《の》ばしてくれないだろうか、
ウィロー・ジョーン？
ぼくのために。
ひとときでも長くこの岸にとどまってほしい。
そうすれば
別れの時をともに心静かに迎えられるだろう。
のちのちあなたを思い出すたびに
ぼくのせっかちな涙はなだめられ
胸に刻《きざ》まれた悲しみもやわらげられるだろう。

16　教会の人々

祖父がこんな話をした。牧師連中は思い上がっている。天国の門の把《と》っ手は自分が握っており、自分が「よし」と言わないかぎり、だれもその中へはいることはできないとうぬぼれているのだ。神さえもその決定には口出しできないと牧師連中は考えているらしい。

牧師も働くべきだ。働いて、一ドルかせぐのがどれだけ大変か知るべきだ、と祖父は言う。そうすれば牧師だって、すぐに財布が底を突いてしまうような無駄づかいはしなくなるだろう。かならずしもウイスキー商売でなくてもいいが、まじめに汗水垂《た》らして働いていれば、牧師だってお金の苦労から抜け出せるだろう。そのとおりだとぼくは思った。

人々があちこちに散らばって住んでいるため、地域にひとつの教会というのではとても間に合わない。それと関連してやっかいな問題が生じてくる。宗派の種類が多すぎるのだ。人々はそれぞれ異なる教理を信じており、意見のくいちがいがさまざまな争いのもとになった。

非妥協《ひだきょう》的バプティスト教徒の一派は、起こりつつあることは起こるべくして起こるのだから、人間に打つ手はないと信じている。かと思うと、そういう考えに猛反対するスコットランド長老派教会の人たちがいる。どっちの教団も、自分たちの見解の正しさは聖書によって証明されていると主張する。だから、聖書になにが語られているかなまじ興味を持っていると、両方の言い分を聞いているうちにわけがわからなくなってしまう。

原始バプティスト教徒は、牧師への「愛の献金」の重要性を説く。一方同じバプティストを名のっても、非妥協的な一派は牧師に献金することに否定的だ。祖父はこの点では非妥協派の肩を持った。

バプティスト教徒は、当然のことながら洗礼に対する信仰を持っている。川の水に全身をひたす儀式だが、これをやらないかぎり救われないと彼らは主張する。メソジスト教徒はそれを非難し、頭のてっぺんに水をふりかけるのが目的にかなったやりかただと言う。両派の人たちが教会の庭で言い争いを始めると、どちらも聖書を取り出して自分の言い分の正当性を証明しようとして譲らない。

聖書では、洗礼について二とおりのやりかたが語られているのかもしれない。だが、どちらか一方のやりかたについて語るところでは、もうひとつのやりかたは避けねばならず、さもないと地獄へ落ちると警告している。あるいは、人々が聖書を自分の都合のいいように解釈してそう言っているだけかもしれないが。

クリスチャン・サイエンスの一派に属するある男が言うには、牧師を「○○師」と呼んだら、ただちに地獄行きだそうである。「ミスター○○」「ブラザー○○」ならかまわないらしい。彼は聖書を開いて、自分の主張を裏づけるページを示した。ところが、別の人たちは同じく聖書の中に、牧師を「○○師」と呼ぶべきであり、さもないと地獄に落ちるという正反対の説を裏づける証拠を探し出すのだった。

クリスチャン・サイエンスの男は多勢《たぜい》に無勢《ぶぜい》でこっぴどくやっつけられたが、それでもへこたれなかった。それからというもの、彼は毎日曜日の朝、わざわざ牧師のところへ行って「ミスター○○」と呼ぶようになった。男と牧師の間に険悪な空気が生じた。とうとう二人は教会の庭で殴り合い寸前にまでいたり、みんなに引き分けられるというひと幕もあった。

ぼくは宗教上の「水」とはいっさい関わりを持つまいと心に決めた。また、牧師をどのような呼びかたでも呼ぶまいと決めた。それがきっと一番安全にちがいない。聖書の教えではどうなっているのかなどといちいち気にしていたら、足をすくわれてあっけなく地獄送りになってしまう。

ぼくの考えを話すと、祖父はこう答えた。「そんなくだらんことで言い争ってる馬鹿どもとおんなじに神様も了見《りょうけん》が狭いなら、天国だって住む値打ちはなさそうだ」ぼくはそのとおりだと思った。

監督教会派に属する一家族もあった。金持ちで、教会へ車で乗りつけてくる。教会の庭に駐《と》まっている車といえば、それ一台きりだった。亭主はでぶで、毎日曜ごとにちがうスーツを着てきた。奥さんは大きな帽子をかぶり、やはりでぶだった。小さなひとり娘はきまって白いドレスに小さな帽子をかぶっていたが、いつもいつも顔を上に向けてなにかを見ている。なにを見ているものやら、ぼくには見当もつかなかった。彼ら一家は、毎度募金皿に一ドルを置いた。牧師は彼らを庭に出迎え、車のドアまであけてやる。その一家はいつも最前列の席にすわった。

牧師が説教を始める。やがて説教壇《だん》から身を乗り出し、最前列に向かってこうたずねる。「ええ、そうじゃありませんか、ジョンソンさん?」するとジョンソンさんは頭をカクッと動かす。それは、牧師の言うとおりだ、と認めたしるしなのだ。この場面になるといつも、出席者全員が首を伸ばして、ジョンソンさんの頭を注視する。そして頭がカクッと動くのを見ると、納得がいったように全員がまた満足げにすわりなおす。

監督教会派の連中はやたらと物知りで、洗礼の水がどうのこうのといった問題で頭を悩ますような無駄はしない、と祖父は言った。彼らは自分たちの行き先は天国だと信じており、口が堅く、外部の者をなかまに誘い入れたりはしない。

牧師はやせこけた男で、いつ見ても同じ黒いスーツを着ていた。四方八方におっ立った髪の毛。神経質そうな顔。実際、ひどく気の小さい男だった。彼は教会の庭に集まっている人たちに愛想よくふるまった。それでもぼくは一度も自分からそばへ寄っていったことはなかった。ひとたび説教壇に上がり人々を支配下に置くと、彼はとたんに偉そうな態度に変わる。祖父によれば、説教中に飛びかかってくるような無頼者はいないとわかっているから、牧師はあんなふうに横柄《おうへい》になるのだそうだ。

牧師自身は洗礼の水について一度も触れたことがなかった。ぼくはがっかりした。というのも、水を使わないでやる方法はないのか、興味をそそられていたからだ。

牧師は*1パリサイ派をむちゃくちゃになじった。話がパリサイ派におよぶや、たちまち興奮して説教壇から飛び降り、通路をこっちに向かって突進してくる。息を切らし、怒りにからだをふるわせている。

あるとき、パリサイ派を口汚くなじりながら牧師は通路に飛び降りた。大声を張りあげるかと思うと、はげしく息を吸いこむものだから、のどがガラガラと奇妙な音をたてた。彼は最後列まで駆けてきて、祖父とぼくを指さすと言った。「彼らがなにをたくらんでいたか……」まるで祖父とぼくがパリサイ派と関係があって、それを責められているみたいだった。祖父はベンチにすわりなおし、牧師をにらみつけた。ウィロー・ジョーンもけわしい顔を牧師に向ける。祖母はウィロー・ジョーンの腕を握った。牧師は向きを変えて、ほかの人を指さした。

「パリサイ派の連中なんぞわしは知らん。そいつらがなにをしたかも知らんのに、淫売《いんばい》のせがれから責められるいわれはねえ。これからは、あいつはほかの人を指さしたほうがいい」と祖父は憤慨した。実際、それからは牧師はほかの人を指さすようになった。祖父ににらみつけられて恐れをなしたのだろう。ウィロー・ジョーンはウイロー・ジョーンで、あの牧師は頭がおかしい、目を離すわけにはいかない、と言った。ウィロー・ジョーンはいつも長いナイフを持ち歩いていた。

牧師はまたペリシテ人[*2]を毛嫌いしており、彼らの行状《ぎょうじょう》をいちいちほじくりかえしては非難した。ペリシテ人はパリサイ派の連中と同じくらい卑劣だと言う。ジョンソンさんは、わが意を得たりというように頭をカクッと動かした。

祖父は、牧師がのべつ人のあら探しをやるのにはうんざりだ、とぼやいた。パリサイ派にせよペリシテ人にせよ、今さら引っ掻きまわされる理由なんかまったくない。それでなくともいざこざの種は山ほどあると言うのだ。

教会へ行くたび、祖父は募金皿になにがしかのお金を置いた。牧師に献金する気にはなれないが、ベンチの席料だと思えばいい、と言う。ときにはぼくに五セント渡して、募金皿に置かせた。祖母は一度も応じなかった。ウィロー・ジョーンは皿がまわってきてもチラとも見ようとしない。

祖父は冗談めかして言った。「あんなふうに鼻先に募金皿を突きつけられたら、ウィロー・ジョーンは自分にくれるかと勘違いして金を失敬するかもしれんぞ」

月に一度、告白の日というのがあった。順にひとりひとり立ち上がり、神をどれほど愛しているか語り、つづいて自分の悪行を打ち明けるのである。祖父は断固告白をこばんだ。「そんなことをすれば新しい面倒の種をつくるだけじゃ。自分のやったことを白状したばかりに、撃ち殺された奴がいる。殺した男は、教会で聞くまで、そいつのやったことなんか全然知りもしなかった。なんで無関係な他人に自分の行ないを打ち明ける必要がある？　自分だけがきっちり責任を負えばそれでいい」

祖母もウィロー・ジョーンも、順番が来ても無視した。ぼくも、祖父と同じ考えだったので立ち上がる気はなかった。

ある男が、自分は今や救われた、と話しはじめた。長年大酒をくらってきたが、禁酒することにした、というのだ。それを聞いて、みんなもホッとした。男が立ちなおる意志を示したことにいたく感動させられ、みんなは口々に叫んだ。「神をたたえよ！」「アーメン！」

だれかが自分の罪深い行ないを告白しはじめると、会堂のすみにすわっている男がいつも叫んだ。「全部話しちまえ！　全部話しちまえ！」男は告白者が話を打ち切りそうになると、また同じことを叫ぶ。すると告白者は頭をひねって、ほかの悪行を思い出そうとつとめるのだった。ときにはかなりあくどい行ないを白状する者もいたが、例の男にあおられて、話をでっちあげたのではないかと思われた。ところで、当の本人はけっして立ち上がろうとしなかった。

あるとき、ひとりの婦人が立ち上がった。神は自分を邪《よこしま》な道から救い出してくれた、と話しはじめる。すみっこに陣取った男が叫ぶ。「全部話しちまえ！」

婦人は顔を真っ赤にして、長く姦淫《かんいん》の罪を犯してきたけれど、過《あやま》ちに気がついたので、きっぱりやめようと思う、と打ち明けた。「全部話しちまえ！」また声が飛ぶ。婦人は、スミスさんと何度かベッドを共にしました、と言った。スミスさんがあわてて席を立ち、通路を小走りに出口のドアへ向かう。ひとしきりざわめきが起こった。つづいて、うしろの方の席にすわっていた二人の男がそっと立ち上がり、抜き足差し足ドアの外へ逃げ出した。婦人は寝たことのある男二人の名前を追加した。みんなは、彼女が正直に告白したことは正しい行ないだ、と口々にほめそやした。

礼拝が終わって教会の外へ出ると、男たちはその婦人を遠巻きにして、話しかけようとしなかった。あの女と口をきいているのを見られたら、どんなうわさをたてられるかわからない。みんなそれを恐れているのだ、と祖父が言った。ところが、女たちのほうは彼女のまわりに群がり、背なかをたたいたりなでたりしながら、あなたはさっきとてもりっぱな行ないをしたわ、などと言っている。

「あの女どもは、自分の亭主のしっぽをつかみたいだけさ」と祖父が言う。「告白すれば気持ちは楽になる、人からはほめられる。そうと知ったら、ほかにも男遊びを告白する女が現われるかもしれん。そこが狙《ねら》いで、女どもはあのご婦人をおだててるんじゃ。もしも告白する女がいっぱい出てきたら、収拾のつかんことになるぞ。……あのご婦人、また男遊びにもどろうなんて気を起こさなきゃいいが。その気になっても、がっかりするだけさ。もう酔っぱらいか頭のおかしい奴くらいしか相手になってくれんぞ」

毎日曜、お説教が始まる前に特別な時間が設けられていた。だれでもいいから立ち上がって、援助を必要とする人たちのことを議題として全員にはかるのだ。援助を必要とする人とは、ときには餓死《がし》寸前の小作人一家であり、またあるときは火事で家を焼け出された人のことであった。

次の日曜日、みんなはなにかしら品物を持ち寄る。ぼくたちは、夏の間は野菜を、冬には肉を持っていった。いすを一脚持っていったこともある。ヒッコリー材の骨組みで、すわるところに鹿皮のひもを張ったいすだった。火事で家具を失った家族のために祖父がつくったのである。祖父はその家族の主《あるじ》を庭のすみへ引っぱってゆき、いすをプレゼントすると、つくりかたまでくわしく教えた。

祖父が言うには、人にただなにかを与えるよりも、そのつくりかたを教えてあげられたらなおいい。そうすれば、相手は自分の力でうまくやってゆくだろう。与えるばかりで教えなければ、一生与えつづけることになりかねない。それでは親切のつもりがあだになる。相手はすっかり依存心を起こし、結局自分自身を失ってしまう。

ある人たちはずっと与えつづけることを好む。なぜなら、そうすることによって自分の見栄《みえ》と優越感を満たすことができるからだ。本当は相手の自立を助けるようなことを教えてあげるべきなのに。

ところが、そこが人間の妙なところで、一方では、見栄っぱりで偉ぶりたがっている人を嗅《か》ぎつけて、自分からすり寄ってゆくやからもいる。他人の犬になりさがってしまう情けない連中がこの世にはいるのだ。ひとりの人間であるよりも、見栄っぱりに仕《つか》える一匹の犬であるほうがいいというわけだ。欲しいものがあればキャンキャン鳴きたてる。本当は彼らに必要なのは、ブーツでお尻《しり》を思いっきり蹴《け》とばされること、それによって目を開かされることなのだ。

祖父はまたこんなことを言った。国の中にも同じように見栄っぱりで偉ぶりたがるのがある。大盤ぶるまいをして、それが大国のしるしだとうぬぼれている。まっとうな考えかたからすれば、与えるかわりに、相手の国の人々が自力で道を切りひらく意志を持つよう助けるべきであるのに。ところが彼らはけっしてそうはしない。というのも、中には彼らに逆らって独立心を起こす連中が現われるからだ。国家の権力者たちが最初からもくろんでいるのは、相手国の民衆に彼らへの依存心を植えつけて骨抜きにすることなのだ。

祖父がこんな話を始めたのは、ぼくと谷川でからだを洗っているときだった。祖父がすっかり興奮し、われを忘れているようすだったので、ぼくは土手にもどろうとうながした。さもないと祖父は足を滑らせておぼれてしまいそうに思えたのだ。

あるとき、モーゼとはだれなのか祖父にたずねたことがあった。

祖父の答えは、いつになくあいまいだった。モーゼという人物のイメージがいまひとつはっきりつかめない。牧師があんなふうに息をつまらせたり、のどをガラガラ鳴らせたり、わめきたてたりするから、話がよく聞き取れないせいだ。ともかく、牧師の話からすると、モーゼは十二使徒のひとりらしい、と祖父は言った。

自分の言うことを頭から信じこまれては困る、と祖父はことわった。モーゼについては、人から聞いたことしか知らないから、と言うのだ。

モーゼは、川岸のアシの茂みの中でひとりの少女と結ばれた。そのこと自体は自然ななりゆきだったが、問題は少女が、金持ちでろくでなしのファラオ（古代エジプトの王）の愛人だったことだ。ファラオは殺人鬼だった。そいつは少女の件でモーゼに深い怨《うら》みをいだいた。それがもとでいまだにやっかいな問題が尾を引いている。

モーゼは身を隠し、同じようにファラオに命をねらわれていた人たちを味方に引き入れた。その人たちを引き連れて、水もない不毛の土地へと向かったが、彼がつえで岩をたたくと、そこから水が流れ出した。どうやったのか見当もつかないが、ともかくそういう話だ。

どこへ行くというあてもないままに、モーゼは何年も何年もさまよい、旅の途中で死んでしまった。彼自身はどこへ行き着くこともできなかったが、残った人たちは、そのうちどこかの土地にたどり着いたらしい。

いつのころか、サムソンという男が現われ、面倒ばかり引き起こすペリシテ人を大勢殺した。どういう原因で争ったのか、ペリシテ人というのがファラオの家来だったのかどうかは知らない。

ある裏切り女がサムソンをぐでんぐでんに酔っぱらわせて、彼の頭を丸坊主[*3]にした。女はサムソンのかたきが彼をやっつけられるようたくらんだのだ。女の名前を思い出せないが、この話は聖書が与えてくれるよい教訓のひとつだ、と祖父は言った。やたら酒をすすめて酔っぱらわせようとする女は、胸にいちもつ持っているから用心しなければいけない。ぼくは用心するつもりだと答えた。

祖父は、聖書の教訓をぼくに示したことで満足していた。彼が人に教訓じみたことを言ったのは、このとき一度だけだったかもしれない。

今ふりかえってみれば、祖父もぼくも聖書についてずいぶん無知だったと思う。天国へのぼるためのあれこれしちめんどうくさい手続きに、頭がこんぐらがってしまったのかもしれない。ぼくたちはそんな手数のかかることは縁遠い気がしていた。というのも、そういうことが意味を持っているとはとうてい納得できなかったからだ。

　ひとたびさじを投げてしまうと、人は一種の傍観者にならざるをえない。祖父もぼくも、こむずかしい教義についてはは傍観者でとおした。そしてそのことをいささかも不安に感じたりはしなかった。なにしろ、さっぱりあきらめてしまったのだから。

「洗礼の水のことなんか忘れちまったほうがいい。わしなんぞ、とおの昔にそんなもの放り出しちまったし、それ以来さばさばして気分がいい」と祖父は言った。水と天国とどんな関係があるのか、さっぱり見当もつかない、というのが祖父の意見だった。ぼくも同じように感じていたので、水の問題はそれきりうっちゃることにした。

訳注

＊1　ユダヤ教の一派で、伝統的な律法を重んじる。イエス・キリストは、彼らの偏狭さを非難してうらまれ、ローマ官憲に売られてはりつけにされた。
＊2　前一二世紀ごろからカナン（現在のパレスチナ）に住んだ民族。神との約束の地としてここに定住を始めたイスラエル人と対立。両者の抗争のようすは、旧約聖書の「サムエル記」にくわしい。
＊3　サムソンはイスラエルの勇士で、頭髪に怪力を宿していたが、愛人デリラの裏切りにより髪を切られ、ペリシテ人の捕虜となる。

17　黄色いコート

彼はおもに冬と春の間、月に一度規則的にやって来て、ぼくたちの家に泊まった。ときには二晩泊まることもあった。ワインさんは行商人だった。

ワインさんは開拓町に住んでいたが、リュックサックを背負って山の中を商売にまわっていた。彼が来る日はいつもわかっていたので、犬たちがほえはじめると、祖父とぼくは谷間の道まで出迎えに行き、彼の荷物を小屋へ運ぶのを手伝った。

リュックサックを運ぶのは祖父の役で、ぼくはワインさんがいつも持ち歩いている時計を運ばせてもらった。彼は時計を修理する仕事も引き受けていた。ぼくたちの家に時計は一台もなかったけれど、台所のテーブルを提供して、修理する場所をつくってあげた。

祖母がランプに灯《ひ》をともすと、ワインさんは時計を取り出してテーブルに置き、ねじをはずして中をあける。チビのぼくはすわっていては見えないので、すぐ横のいすの上に立ち、彼が時計を分解して小さなぜんまいやら金色のねじなどを取りはずすのに目をこらした。仕事の手は休めずに、ワインさんは祖父といろいろな話を交わした。

ワインさんは百歳ぐらいのおじいさんに見えた。白いひげを胸まで垂《た》らし、いつも黒いコートを着ている。後頭部には小さなまるい黒い帽子がちょこんとのっかっている。ワインというのは本名ではなかった。ワインなにがしと続くのだが、やたらと長々しく複雑で、ぼくたちには覚えきれない。だから、ただワインさんと呼んでいた。ご当人もそれで結構と言っていた。名前なんて重要じゃない、呼んで通じさえすりゃいい、というのだ。さらにワインさんはこう言った。インディアンの名前の中にも、舌を嚙《か》みそうなやっかいなのがある。だからこっちで勝手にあだ名をつけて呼んでやるのだ。

ワインさんは上着のポケットにいつもなにかしらしの

ばせていた。たいていはリンゴ一個だが、オレンジだったこともある。ところがご当人はすっかりそれを忘れてしまっている。

空にまだわずかに明るさが残っているころ、ぼくたちは夕食を食べた。食べ終わって祖母がテーブルの上をかたづけはじめると、ワインさんと祖父は揺りいすにくつろいで世間話を始める。ぼくは二人の間にいすを割りこませる。ワインさんは話の途中でふと口をつぐみ、それから首をかしげてこう言う。「どうもなにか忘れてる気がするんじゃが……なんじゃったかな？」ぼくにはわかっているが、すぐには言わない。彼は頭をボリボリ掻《か》き、指でひげをしごく。祖父もなにも言わない。やがてワインさんはぼくの方に顔を向ける。「わしが忘れてるのはなんじゃろうかの、リトル・トリー？」

ぼくは内心待ちかまえていた。「はい、たぶんポケットにはいってるものを忘れてるんです」

あわてていすから立ち上がると、ワインさんは上着のポケットをたたく。「やれやれ！　思い出したよ。おまえさんのおかげじゃ、リトル・トリー。わしもうろくしたもんじゃな」たしかに彼はもの忘れがひどかった。

ワインさんはポケットから真っ赤なリンゴを一個取り出す。それはこのあたりの山でできるどんな種類のリンゴよりも大きかった。行商の途中たまたま見つけて取ったけれど、リンゴは好きじゃないので、捨ててしまうつもりだったと言う。ぼくはすかさず、もらっていいかとたずね、彼の手からリンゴを奪った。ぼくはそれを祖父と祖母と分け合う気持ちがあったけれど、二人ともリンゴは好きでないと言う。ぼくときたらリンゴに目がなかった。ひとりでたいらげたリンゴの種は取っておいて、小川の土手沿いにまいた。あんな大きなリンゴを実らせる木をたくさん育てたいと思った。

ワインさんは眼鏡の置き場所を忘れることもしょっちゅうだった。時計の修理をするとき、彼は鼻先に小さな眼鏡をかけた。二つのレンズは針金でつながれ、耳のうしろにかかるつるには布ひもが巻きつけてあった。

祖父に話しかけるとき、ワインさんは仕事の手を止め、眼鏡を頭の上に引き上げる。さて仕事にもどろうとすると、眼鏡がない。ぼくはもちろんどこにあるかわかっていた。ワインさんはテーブルの上を手さぐりし、それから祖父と祖母に向かってこぼす。「まいったな、眼鏡をどこへやっちゃったかな?」三人は顔を見合わせ、困ったもんだというように苦笑している。ぼくが指でさして教えると、ワインさんは頭を、ピシャッとたたく。われながらあきれたといった表情だ。「おまえさんがそばにいて眼鏡を見つけてくれなんだら、仕事にならんよ」実際そのとおりだった。

ワインさんは、時刻の言いかたを教えてくれた。時計の長針と短針をぐるっとまわし、何時をさしているか答えさせる。まちがえると、声をたてて笑った。ぼくはすぐに時計を正しく読み取れるようになった。

ワインさんは、ぼくがとてもいい教育を受けていると言った。ぼくの年ごろでミスター・マクベスやミスター・ナポレオンについて知っている者なんていないし、辞書を勉強している者もいない、というのだ。彼は算数も教えてくれた。

ぼくはウイスキー商売のおかげで、そのころまでにお金の計算ならどうにかできた。しかし、ワインさんは紙とちびた鉛筆を取り出して、数字を書き並べた。数字の書きかたから、たし算、引き算、それにかけ算のやりかたを見せてくれる。ぼくが練習問題をやっているのを見て、祖父はわきから、おまえはだれよりも計算がうまい、とつくづく感心した口調でつぶやいた。

ワインさんが鉛筆をくれた。長くて黄色い鉛筆だった。その削《けず》りかたにはコツがあり、芯《しん》の先を細くしすぎるとすぐ折れて、また削らなければならない。それではいたずらに短くなってゆくばかりだ。

ワインさんがぼくにやって見せた鉛筆の削りかたは、「倹約法」というやりかただった。ケチと倹約とはちがうと彼は言った。お金を後生《ごしょう》大事にして、使うべきところにも使わないお偉方がいる。それがケチだ。そんなふうになったら、お金こそがその人の神様だ。結果はろくなことにならない。倹約というのはそうではない。使うべきところにはお金を惜しまないが、けっして無駄には使わない。

ひとつの習慣は、もうひとつの習慣につながってゆく。そうやって次々と身についた習慣が悪い習慣だと、人の性格をゆがめる。お金にルーズだと、時間にルーズになり、考えかたからなにからすべてがルーズになってしまう。人々がみんなルーズになると、政治家は権力を握るチャンスだと見て取る。政治家はルーズな人々の上に君臨し、たちまち独裁者に変わってゆく。みんなが倹約をきちんとわきまえていれば、独裁者をのさばらせるようなことは起こらない。ぼくは、ワインさんの言うとおりだと思った。

ワインさんの政治家に対する見かたは、祖父やぼくの見かたと同じだった。

祖母はワインさんが訪ねて来るたびに彼から糸を少し買った。五セント白銅貨一枚で小さな糸巻きが二個、大きな糸巻きなら一個買えた。ときにボタンを買うこともあった。一度だけだが、花柄の赤い布地を買ったこともある。

ワインさんの荷物の中には、ありとあらゆる種類の品がつめこまれていた。色とりどりのリボン、きれいな布や靴下、裁縫に使う指ぬき、針、それにピカピカ光る小物類。ワインさんは床の上に荷を広げ、ひとつひとつ品物を取り上げて、それがなんであるか教えてくれる。

あるとき彼は、算数の本を一冊取り出してぼくにくれた。その本には、計算の方法が多くの実例によって示されていた。この本のおかげで毎日算数の勉強ができた。一か月後にワインさんがふたたび訪ねてきたときには、ぼくは彼が舌を巻くほど計算が上達していた。

算数を覚えることはとても大切だ、とワインさんは言った。教育というのは二つの幹を持った一本の木のようなものだ。ひとつの幹は技術を養うもので、自分の商売を切りひらいてゆくのに応用できる知識を育てる。そういう目的にかなうなら、教育が最新の技術を取りこんでゆくのに賛成だ、とワインさんは言う。しかし、技術だけでは駄目で、もうひとつの幹も大事にしなくてはいけない。それは、ものごとを尊重する心を育てることだ。

正直であること、倹約を実行すること、なにをするにも一生懸命であること、ほかの人たちを思いやること、それが一番大切だ。尊重する心を学び取らなかったら、どんなに最新の技術を身につけたとしても、ただそれだけのこと。もっと先へ進むことはできない。実際、尊重する心を持たないまま最新の技術ばかり身につけたら、その技術を悪いことに使うのがおちで、ものごとをぶちこわしにしたり滅ぼしたりするだけだ。ぼくにもワインさんの話はよく理解できたし、それからまもなく、彼の言葉の正しさを身をもって体験することになった。

ときおり、時計の修理にひどく手こずることがあり、そういうときワインさんはもうひと晩泊まっていった。

ある日、それは夏のことだったが、ワインさんが黒い箱をさげてやって来た。コダックの写真機だという。彼はその機械の使いかたを知っていた。「わしにゃうまく撮《と》ることはできんがな。客からの注文でとどける途中なんじゃよ。どうじゃろ、ここで写真を撮ったって、別に機械がいたむわけじゃなし、使ったあとが残るわけでもねえと思うが」とワインさんが言いだした。

ワインさんは、ぼくの写真を一枚、それから祖父の写真を一枚撮った。やっかいなことに、太陽にまっすぐ顔を向けていないと写らない。それに、ワインさん自身が認めているとおり、複雑な機械のしくみがよくわからない。

祖父はこの手の機械に警戒的で、一枚だけしか写真にはいろうとしなかった。そんな得体の知れない新しいものは使わないにかぎる、じっくり時間をかけてようすを見てからにしたほうがいい、と逃げ腰だった。

リトル・トリーといっしょに写してくれ、とワインさんが祖父に言った。その写真を一枚撮るのに午後いっぱいかかってしまった。ワインさんとぼくは身づくろいを正してかまえる。ワインさんはぼくの頭に手をのせる。二人とも、写真機の箱に向かって歯をむきニッコリ笑いかける。ところが、小さな穴をのぞきこんでいる祖父は、ぼくたちが見えないと言う。するとワインさんは祖父のところへ行き、箱の角度を少し上げてもどってくる。ぼくたちはまたポーズを取る。すると今度は、片腕しか見えないからもう少し横へ寄るように、と注文をつけられる。

祖父はその黒い箱におっかなびっくりだった。中からいきなりなにかがワッと飛び出してくるんじゃないかと恐れていたようだ。ワインさんもぼくも太陽にまっすぐ顔を向けっぱなしなので、目がくらんでなにも見えない。ようやく祖父は写真を撮り終えた。ところがそのできばえたるや！

翌月、ワインさんが仕上がった写真を持ってやって来た。祖父とぼくの写真はそれぞれとてもはっきり写っていたが、ワインさんとぼくをいっしょに撮ったはずのものには二人の姿がどこにもない。かわりに写っているのは、どうやら木の梢《こずえ》らしい。その上の方にはいくつかの小さなしみが見える。ためつすがめつながめたあげく、こいつは鳥だ、と祖父が歓声をあげた。

祖父は鳥の写真がひどく気に入ったようだった。ぼくも同じだった。祖父はそれを辻店《つじみせ》へ持ってゆき、ジェンキンズさんに見せびらかして、この鳥はわしが自分で撮ったんだ、と自慢した。ジェンキンズさんにはよく見えないらしい。祖父とぼくは指でさしながら、その小さな小さなしみが鳥だということを一時間も言いたてた。やっとのことでジェンキンズさんも認めてくれた。ワインさんとぼくはあのとき、鳥が舞う空の下に立っていたんだな、とぼくはその光景を思い浮かべた。

祖母は頑として写真に撮られるのをこばんだ。そのわけは言わず、写真機の黒い箱を疑わしげに見るだけで、けっして触れようとしなかった。けれども、できあがった祖父やぼくの写真を見ると、すっかり心を奪われたようだった。しげしげとながめたあと、煖爐《だんろ》の上の丸太の横木にのせたが、それからというもの、しょっちゅう目をやるようになった。気が変わって、自分の写真も撮ってもらいたいと思ったのかもしれないが、もう家にコダックはなかった。ワインさんが注文した人にとどけてしまったからだ。

ワインさんは、もう一台コダックを手に入れてこようと言ったが、それは実現しなかった。その夏がワインさんの最後の夏となったからである。

夏は終わりを告げようとしていた。そのさまは、末期《まつご》を迎えた人が残り少ない日々をうとうとと眠って過ごすのに似ていた。太陽はもう、ギラギラと命のたぎる白い光をまき散らさない。おぼろな黄金色の光で午後の天地をかすませ、夏が息を引き取るのをうながしている。

「準備ができたのよ」祖母が言った。「長い長い眠りのね」

ワインさんがその最後の訪問として、ぼくたちの小屋へやって来た。祖父とぼくはいつものように出迎え、いつものようにワインさんが丸木橋を渡り、小屋の踏み段を登るのに手を貸した。しかし、それが最後になるとは夢にも思わなかった。ひょっとすると、ワインさん自身は知っていたのかもしれない。

　床の上におろした荷物の革ひもをとくと、ワインさんは一着の黄色いコートを取り出し、両手で高くかかげた。コートはランプの光に金色に映えた。祖母は、野生カナリアの色みたいだと言った。ワインさんはコートの前とうしろをくるりくるり引っくりかえしてぼくたちに見せてくれる。だれもそんなにきれいなコートを見たことがなかった。祖母はさわってみたが、ぼくは手を伸ばすのさえはばかられた。

「どうもわしはすっかりぼけちゃっての、もの忘れがひどいんじゃ」ワインさんが嘆く。そのコートは大きな川（ミシシッピ川）の向こうに住むひ孫のためにつくってやったという。ところが、何年も前のサイズに合わせて仕立てさせたことに今になって気がついた。そのひ孫にはとても小さすぎて着られないし、かといってほかのだれも着られたものではない。

「まだ使えるものを捨てちまうのは罪の深い行ないじゃ」とワインさんは言った。「老いぼれの身で、これ以上罪を重ねるのはやりきれん。そう思うと、心配で心配で夜も眠れんのじゃよ。だれか親切な人にこいつを着てもらえんかのう。さもないと、どうしていいものやら途方に暮れちまう」ぼくたちはしばらくの間、その件について思案をめぐらせた。

　ワインさんはうつむいて、しょげきっている。「ぼくが着てみるよ」ぼくは思いきって言ってみた。

　ワインさんが頭を上げる。やがてひげづらが見る見るほころび、顔じゅうに笑みが広がった。「なんてこった！　おまえさんに頼めばよかったんじゃ！　目の前にいるのに忘れておったわ」勢いよく立ち上がったかと思うと、ちょっとジグ（動きの速い三拍子のダンス）を踊るまねをした。「おまえさんのおかげで罪をまぬがれたよ。これで重荷が降りたぞ！」

　みんなで寄ってたかってぼくにコートを着せはじめ

た。着終わったままぼくが突っ立っていると、祖母はコートの袖《そで》を引っぱり、ワインさんは背なかを掌《てのひら》でなで、祖父は裾《すそ》を引っぱる。ぼくにぴったりのサイズだった。ワインさんが覚えていた昔のひ孫のサイズと偶然同じだったことになる。

ぼくは、祖母が前後左右から見られるよう、からだをくるっくるっとまわした。腕を突き出して祖父にも袖が見えるようにした。ぼくもみんなも袖の布地をさわってみる。すべすべとやわらかく、気持ちがいい。ワインさんは、うれしさのあまりおいおいと泣きはじめた。

夕食の間もぼくはコートを着たままだった。皿の上に口を突き出し、食べものをこぼさないよう気をつけた。寝るときも着ていたかったけれど、しわになるからと祖母に止められた。そのかわりコートをベッドの柱にかけてくれたので、ぼくは横になったままそれを見ることができた。窓からさしこむ月の光が、コートを明るく照らした。

ベッドの中でコートに目をやりながら、教会や町へもそれを着てゆこうと心に決めた。商売品を辻店に運ぶときにも。ぼくがコートを着れば着るほど、ワインさんの罪はどんどん軽くなってゆくのではないかと思った。

ワインさんはワラの刺子《さしこ》ぶとんに寝た。ぼくの寝室からドッグ・トロットをへだてた居間の床にワラぶとんを敷くのだった。ぼくはワラぶとんが好きだったので、ぼくのベッドと交換してあげてもいいと提案したが、ワインさんはことわった。

その夜、ベッドの中であれこれ考えた。ワインさんのために親切なことをしてあげたかもしれないけれど、黄色いコートのお礼はちゃんとしなくてはいけないんじゃないか？　ぼくは起き出してドッグ・トロットを爪先歩《つまさき》きで横ぎり、居間のドアをそっとあけてのぞきこんだ。ワインさんはワラぶとんの上にひざまずき、頭を垂れている。お祈りをしているらしかった。

ワインさんは、大きな幸せを恵んでくれた少年――大きな川の向こうに住むひ孫――に感謝を捧げていたのだろう。キッチン・テーブルの上には一本のろうそくがともされていた。ぼくはドアの外にじっと立っていた。人がお祈りをしているときは、物音をたててはいけないと祖母に言われたことがあったからだ。

　やがてワインさんは顔を上げた。ぼくに気がつくと、はいっておいでと言う。ランプがあるのに、どうしてろうそくをつけるのか、ぼくはたずねた。

「わしの家族はな、みんな大きな川のずーっと向こうにおる。みんなといっしょにいられるようにするには、たったひとつしか方法がないんじゃ。毎晩決まった時間に、ろうそくをともす。遠くの家族もおんなじ時間にろうそくをともす。こうすると、みんなの思いはひとつじゃから、どんなに離れてたっていっしょにいられるんじゃ」ぼくはその話を心から信じた。

「ぼくたちの家族も遠いネーションに行っちゃって、ちりぢりになってるんだ。でもそんな方法でみんなといっしょにいられるなんて、今まで思ってもみなかったよ」

ぼくは不意にウィロー・ジョーンを思い出した。「ウィロー・ジョーンにもろうそくのことを話してみる」ぼくが言うと、ワインさんは、「うん、ウィロー・ジョーンならきっとわかってくれるじゃろ」と答えた。ろうそくの話に気を取られて、ぼくは黄色いコートのお礼をするのをすっかり忘れてしまった。

　翌朝、ワインさんは帰っていった。ぼくたちは彼が丸木橋を渡るのに手を貸した。

　ワインさんは背なかの荷物の重みに腰を曲げ、祖父がつくってあげたヒッコリーのつえをつきつき山道をくだってゆく。その姿が見えなくなってまもなく、ぼくは忘れていたことがあったのを思い出した。ぼくはあとを追って走った。しかし、ワインさんの姿ははるか下の方にあった。あきらめて、ぼくは大声で叫んだ。「黄色いコート、ありがとう、ワインさん！」ふり向かないところをみると、聞こえなかったのだろう。もの忘れがひどいだけでなく、耳も遠くなっていたのだ。小屋への道を引きかえしながら、ワインさんは自分が忘れっぽいのだから、ぼくがうっかり忘れたことも許してくれるだろうと思った。

　ともかく、黄色いコートを着ればワインさんの役にたてると思うと、ぼくはとてもうれしかった。

18　山を降りる

その年、秋の訪れはいつもより早かった。それを最初に告げるのは、空に接する高い尾根でたえまなく風に揺れる赤や黄色のもみじである。あのあたりではもう霜が降りたのだ。太陽は琥珀《こはく》色に変わり、林に谷間に斜光を注ぐ。

朝ごとに、霜はぼくらの谷間に向かってくだってきた。霜はいっきにすべてを枯らしてしまうことはなく、ためらいがちにやって来るが、もう夏を惜しんでも無駄であり、だれにも時間を引きもどせはしないことをさとらせる。死の冬がまぢかにせまっていることを、否応《いやおう》なくぼくたちの胸に突きつけるのだ。

秋は自然が与えてくれる猶予《ゆうよ》のときでもある。滅びゆくもの、死んでゆくものに対して心の整理をするチャンスを与えてくれるのだ。自分がしなくてはならないこと、あるいは今までしないままでいたことも、心を整理してゆくうちにおのずから明らかになる。秋は、追憶の、そして後悔の季節であり、ああすればよかった、ああ言えばよかったと思いかえすときなのだ。

ぼくはワインさんに黄色いコートのお礼をしなかったことが悔まれた。その月、ワインさんは姿を見せなかった。ぼくたちは夕方になると、ベランダにすわって谷間の道に目をこらし、聞き耳を立てた。けれどもワインさんはやって来ない。祖父とぼくは、そのうち町までくだって、彼の近況を確かめようと話し合った。

谷間にも霜が降りたが、まだうっすらと、かろうじて目につく程度だった。しかし、それは柿の実を真っ赤に熟させ、ポプラやカエデの葉を黄色く染めかえた。動物たちは、冬ごもりの食べものをたくわえる仕事に大わらわだ。青カケスは長い列をつくって高いカシの木からカシの木へ飛び交い、せっせと巣にドングリを運んでいる。いつものように悪ふざけしたり鳴きたてたりはしない。

最後の蝶が一匹、谷間の上の方をめざして飛んでゆく。何日か前にぼくらが実をもぎ取ったトウモロコシの茎のてっぺんにふっととまった。羽を開いたり閉じたりすることもなく、じっととまって待っている。食べものを貯《た》めようなんて気はない。まもなく死んでしまうのだ。彼は自分が死ぬことを知っている。こいつは並の人間よりずっと賢い、と祖父が言った。蝶はせまってくる死にいささかもうろたえない。自分が生まれてきた目的ははたし終わった。そして今やただひとつの目的は死ぬことにある。だから、トウモロコシの茎の上で、太陽の最後のぬくもりを浴びながら待っているのだ。

祖父とぼくは、料理用ストーブや煖爐《だんろ》のたきぎを集めた。夏じゅうバッタみたいにいそがしく跳ねまわって働いたんだから、冬は暖かにして家にこもろう、と祖父は言った。枯木の幹や重い枝を山の斜面から切畑まで引きずりおろした。祖父が打ち振る斧《おの》は夕日をはじき、その音は谷間の空にこだまを響かせた。ぼくは台所の大箱を木っ端《こっぱ》で満たし、小屋の外壁に沿ってたきぎを積み上げた。

ぼくたちが冬じたくに追われているさなか、突然政治家がやって来た。彼ら自身は否定したけれど、ぼくには結局同じことだった。男ひとり、女ひとりだった。

揺りいすをすすめても辞退し、二人は高い背もたれのいすに固苦しい姿勢ですわった。男の人はグレーのスーツを着ていた。女の人もグレーのドレスだったが、襟《えり》がぴっちり首にくいこんでいるせいか、息がつまったような顔をしている。男の人は女みたいにきちんと合わせた両膝《ひざ》に帽子をのせ、それを神経質そうにたえまなく指先でぐるぐるまわしている。女の人のほうが落ち着いていた。

女の人が口を開き、ぼくに部屋から出るようながした。しかし、祖父が、この子のことが問題になっているのだから本人も話を聞くべきだ、と言ってくれた。ぼくは腰をおろして、揺りいすを揺らしはじめた。

男の人が咳《せき》ばらいをして用件を切り出した。ぼくの教育をめぐって、世間ではあれこれ取り沙汰《ざた》している。子どもの教育は大切にしなければならない、と言う。祖父は、もちろん大切にしている、と答え、以前ワインさんがぼくはいい教育を受けているとほめたことも話した。

女の人が、ワインさんとはどんな人かとたずねたので、祖父はくわしく話して聞かせた。もちろん、ワインさんがしょっちゅうもの忘れすることだけは言わなかったが。女の人はフンと鼻を鳴らし、スカートを掌《てのひら》でゴシゴシこすった。ワインさんがそのへんにひそんでいて、彼女のスカートの中にもぐりこもうとしているとでも思ったみたいだった。

女の人はワインさんのことを聞き流しただけだったし、ぼくたちの考えなんかまるで眼中にないようだった。彼女は紙きれを一枚取り出すと、祖父に渡した。祖父はすぐに祖母にまわした。

祖母はランプに灯《ひ》を入れてキッチン・テーブルに置くと、すわって紙きれを読みはじめた。初めのうちは声に出して読んでいたが、途中から黙ってしまい、先へ目を走らせた。読み終わると、祖母は立ち上がり、ランプの上に身をかがめて、焔《ほのお》をいっきに吹き消した。

祖母のしぐさがなにを意味しているか、政治家たちにもすぐわかったらしかった。ぼくにもよくわかった。二人づれは薄暗がりの中で立ち上がり、あちこちぶつかりながら戸口から出ていった。さよならのひとことさえ言わなかった。

ぼくたちは、彼らが去ったあと、しばらくじっとしていた。やがて祖母がふたたびランプをつけ、三人はキッチン・テーブルにすわった。ぼくの頭はテーブルのへりにとどくかとどかないかだったので、その上の紙きれに書かれている文字を見ることはできなかった。祖母が読んで聞かせてくれた。

そこには、何人かの人たちが裁判所に訴状《そじょう》を提出したということが書かれていた。ぼくが不当な扱いを受けているというのだ。祖父母にはぼくを養育する資格がないこと、二人とも年を取っているうえに教育を受けていないこと、祖母はインディアンで、祖父も半分インディアンであること、祖父の評判がよくないこと、などの理由があげられていた。さらに、祖父母は自分本位の身勝手な人間で、ぼくの今後の人生の大いなる妨げになるだろうとも非難していた。つまり、老後を安楽に過ごしたいばかりに、二人はぼくを今から手なずけているというのだ。

ぼくの受けるべき処遇についてのくだりの部分を、祖父は声に出して読んでほしくないようすだった。祖父母が裁判所に出廷して、尋問に応ずべき日程も指定されていた。さらに、ぼくは孤児院に収容されるべきだとも書かれていた。

祖父はすっかり打ちのめされていた。帽子を脱いでテーブルに置いたが、その手はふるえていた。テーブルの端に肘《ひじ》をつき、黙りこくって帽子を指先でなでつづけている。

ぼくは煖爐のそばに行って揺りいすに腰かけ、ギシギシと揺らしはじめた。「一週間に覚える辞書の言葉を、十にふやしたっていいよ」とぼくは二人に話しかけた。「ううん、百にふやしたって――」そのころぼくは読む練習もしていたので、その勉強量をこれからは二倍にしたってかまわない、とも言った。「ほら、ワインさんだって言ってたじゃない、ぼくは計算がうまいって」あの二人はワインさんのことをまるっきり無視したが、ぼくは彼のおかげで着実に計算が上達しつつあったのだ。

ぼくは黙っていることができなかった。黙ろうとしても、次から次へと言葉が口をついて出てくる。揺りいすをますますはげしく揺らしながら、ますます早口にしゃべりつづけた。

おじいちゃんやおばあちゃんが、ぼくの人生の妨げになっているなんて、とんでもない。どんなことでも、ぼくは人並以上に恵まれている、というようなことをぼくはまくしたてた。だが、祖父はひとことも答えない。祖母は肩を落として、手にした紙きれをじっと見つめたままだ。

二人は、自分たちがその紙きれの中で非難されているとおりの人間でしかないと思っているようだった。ぼくはやっきになって打ち消した。それはまったくあべこべだ。おじいちゃん、おばあちゃんはぼくに幸せな生活を与えてくれた。それなのに、こんなに心配をかけるとは、きっとぼくが悪いからだ。大きな重荷を負わせたぼくを、二人はこんなに大切にしてくれている。このことは裁判所で証言できる。――だが祖父も祖母もあいかわらず口をつぐんでいた。

「ぼくは読み書きや算数以外でも進歩してるよ。だって、商売のやりかただって勉強してるんだもの。ぼくみたいにちっちゃくて商売の勉強をしてる子なんて絶対いないよ」

祖父は初めてぼくの方に顔を向けた。弱々しいまなざしだった。「どうであれ、法律は法律じゃから、商売のことは口に出さんほうがいい」

ぼくはテーブルにもどり、祖父の膝の上にすわった。

「ぼくは法律になんか従わないよ。法律が口出しするのをやめるまで、山奥のウィロー・ジョーンのところで暮らしたっていいんだ」

ぼくは祖母にたずねた。「孤児院ってなあに？」

祖母はテーブルごしにこちらを見た。祖母も目はあまりよくない。「パパやママのいない子どもたちを預るところよ」彼女は答えた。「子どもがたくさんいるの。……おまえがウィロー・ジョーンのところに隠れたりしたら、役人がきっと探しに来るわ」

もし役人が探しはじめたら、ぼくらの蒸留釜《じょうりゅうがま》は見つかってしまう。ぼくはドキッとした。だから、ウィロー・ジョーンのところへ隠れるなどとは二度と口にしないことにした。

「あしたの朝、町へ行ってワインさんに相談してみよう」しばらくして祖父がポツンとそう言った。

ぼくらは夜明けに家を出て、谷間の道をくだった。祖父は、ワインさんに見せるため、例の紙きれを持ってきた。町へ着くと、ぼくらはとある横丁へはいっていった。ワインさんは食料品店の二階に住んでいるということだった。店の横手から長いはしご段を登る。はしごはユサユサと揺れた。ドアには鍵がかかっていた。祖父が把《と》っ手をガチャガチャやっても、たたいても返事がない。ドアのガラスのほこりをぬぐってのぞきこんだが、中はからっぽだと言う。

はしごを降り、正面へまわりこんで食料品店へはいっていった。ぼくも祖父のあとに続いた。

外では真昼の太陽が明るかったため、店の内部はひどく暗く感じられた。祖父とぼくは目が慣れるまで、じっと立っていた。やがてひとりの男がカウンターに寄りかかっているのが見えてきた。

「やあ、なんの用だい？」男の大きな腹は、ズボンのベルトのくびれから突き出て垂《た》れ落ちそうだ。

「やあ」祖父が答えた。「ワインさんを探してるんじゃ。あんたんとこの二階に住んでるはずじゃが」

「ありゃあワインさんって名前じゃないぜ」男は、口をモゾモゾさせて、くわえた楊枝《ようじ》を左右に動かした。次に口をすぼめて楊枝を吸い、それから指先でつまんで抜き取ると、眉《まゆ》をしかめてそれに見入る。妙な味がする、とでもいったようすだ。

「実はな、あの爺《じい》さんにはもう名前なんてないのさ。死んじまったんだ」

祖父とぼくはびっくりした。あまりのことに、しばらく言葉を失った。胸の中に空洞ができ、膝がガクガクふるえた。ぼくの身にふりかかってきた事態をどう乗り越えたらいいか、ワインさんの意見を頼りにしていたのに。祖父も同じだった。だからワインさんが突然いなくなってしまった今、祖父は途方に暮れていた。

「あんた、ウェイルズって名前かね？」でぶっちょの店主がたずねた。

「そうじゃが」祖父が答えると、男はカウンターの向こうへまわり、かがんで手さぐりしている。すぐに麻袋を引きずり出してカウンターの上に放り出した。袋ははちきれそうにふくらんでいる。

「爺さん、これをあんたに残したんだ。札を見てみな。あんたの名前が書いてあるよ」祖父は字は読めなかったが、札を見つめた。

「あの爺さん、なんでもかんでも札をくっつけやがった」でぶが言った。「死ぬことがわかってたんだな。手首にまで札がついてたよ。死体をどこへ運んで埋めるか書いてあった。費用がいくらかかるかも正確に知ってたらしく、封筒に金を入れて残したんだが、一銭の狂いもなかったぜ。ケチもいいとこさ。ほかには一銭も残さなかった。いまいましいユダヤ人だぜ」

祖父が帽子の陰からキッと目を上げた。「家賃はきちっと払ったんじゃろう？」

でぶっちょはまじめな顔にもどって言った。「ああ、もちろんさ。おれは別に爺さんを嫌ってたわけじゃねえ。よく知らなかっただけさ。爺さんとつき合いのあった奴なんていねえよ。年じゅう山ん中をほっつき歩いてたんだからな」

祖父は麻袋を肩にかついだ。「弁護士の家はどこじゃな？」男は通りの反対側を指さした。「真ん前さ。あの建物の間の階段を登ったところだよ」

「世話になったな」祖父が礼を言い、ぼくらは出口に向かった。

「妙な話じゃねえか」でぶがうしろから声をかけた。「死んでるのを見つけたとき、あのユダヤ人の爺さんが、ろうそくにだけは札をくっつけてなかった。馬鹿爺い、そいつに火をつけて、わきでずっと燃やしてたんだぜ」

ぼくにはそのろうそくがなんのためだったかわかった。だが、黙っていた。お金のこともわかっていた。ワインさんは絶対ケチなんかじゃない。倹約家だっただけだ。家賃やらなにやら、払うべきものはきちんと払った。封筒にお金を残して、それが正しく使われるようにしておいたのだ。

ぼくたちは通りを横ぎり、正面の二つの建物の間の階段を登っていった。ドアの上の方に、文字の書かれたガラスがはめられている。祖父がノックした。

「どうぞ……どうぞはいりなさい」不意を突かれてびっくりしたような声が返ってきた。ぼくたちはドアを押した。

男の人がひとり、机の向こうのいすにもたれていた。白髪《しらが》で、見たところかなりの年寄りだった。ぼくたちを見ると、彼はゆっくり立ち上がった。祖父は帽子を取り、肩にかついだ麻袋を床におろした。男の人は机ごしに手をさし伸べる。「テイラーです。ジョー・テイラーです」

「ウェイルズです」祖父は相手の手を握ったものの、上下に振るまねはしなかった。すぐに手を放し、例の紙きれを取り出して弁護士のテイラーさんに渡した。

テイラーさんは腰をおろし、チョッキのポケットから眼鏡を取り出した。机に上体を乗り出すようにして、紙きれを読みはじめる。眉にしわを寄せて、いつまでも紙きれから目を放さない。

やっと読み終わると、テイラーさんは紙きれをゆっくりとたたみ、祖父に返した。それから目を上げ、口を開いた。「あんたは刑務所にはいってたことがあるんですな——ウイスキーの密造で?」

「一度だけ」祖父が答えた。

テイラーさんは立ち上がって、大きな窓の方へ歩いた。そこから外の通りを見おろしていたが、やがてため息をつくと、祖父に背を向けたまま言った。「わたしも商売だから、あんたから金をもらってこの仕事を引き受けてもいい。だが、なんの役にもたてんでしょうな。こういった問題を扱う政府の役人どもときたら、山の人のことをまったく理解しとらん。理解したくないんだ。奴ら淫売《いんばい》のせがれどもは、なにもわかっちゃおらんのですよ」彼は頭を上げて遠くに目を向けた。「インディアンのことだって同じだ。わたしらに勝ち目はない。奴らはその子を連れていくでしょうな」

祖父は帽子を頭にのせた。ポケットからがまぐちを取り出し、口金をはずすと指先で中をさぐる。机に一ドル銀貨をそっと置いた。ぼくたちは事務所を出た。テイラーさんはまだ窓の外を見ていた。

そのまま家へ向かった。麻袋を背負った祖父が先にたって歩く。あのワインさんが死んじゃった。ぼくたちは大きなものを失ってしまったのだ。

今までなかったことだが、その日は祖父のあとにおくれずついてゆくのはやさしかった。祖父の足どりは重く、ほこりっぽい道をモカシンを引きずるようにして歩いている。疲れているのだろうとぼくは思った。谷間の道にさしかかったとき、祖父の背なかに声をかけた。「おじいちゃん、いまいましいユダヤ人ってなあに?」

祖父は足を止めたが、ふりかえらない。声にも疲労がにじんでいた。「わしはよく知らん。聖書のどこかに書いてあるんじゃろが、ともかく大昔の話さ」祖父はあたりを見まわす。「今のインディアンとおんなじで……ユダヤ人も国なんて持ってなかったそうじゃ」祖父はぼくを見おろした。その目はウィロー・ジョーンの目にそっくりだった。

暗くなってから小屋に帰り着いた。祖母がともしたランプの光の下で、ぼくたちはテーブルの上にワインさんの麻袋のなかみをあけた。祖母用の赤や緑や黄色の巻き布、それに針、指ぬき、糸巻きに巻いた糸などが出てきた。ワインさんはきっと行商の品物をみんなこの麻袋につめたんだね、とぼくが言うと、祖母はうなずいた。

祖父用のいろいろな道具類もはいっていた。それに、ぼくのためにはたくさんの本。計算帳もあった。これはとても役にたつことわざ集だよ、と祖母が指さした本もあった。男の子や女の子や犬の絵が描かれた本には書きこみがしてあったが、表紙もツヤツヤの新しい本だった。きっとワインさんは、忘れないかぎり、次に来るときにこの本を持ってきてくれるつもりだったのだろう。袋のなかみはそれで全部らしかった。

ところが、祖父がからの袋を床に置こうとしてつかむと、なにかがテーブルにぶつかってコツンと音をたてる。祖父は袋を逆さに持ち上げた。真っ赤なリンゴが一個転がり出た。行商の途中どこかで取ってきたのだろうが、ワインさんがリンゴのことをちゃんと忘れずにいたのは、これが初めてだった。リンゴといっしょに、ほかにもなにか転がり出た。祖父がそっとつまみ上げたものは、一本のろうそくだった。札がむすびつけてある。祖母がそれに書かれた字を声に出して読んだ。「ウィロー・ジョーンに」と書かれてあった。

夕食のテーブルについたものの、三人とも食欲がなかった。祖父は開拓町でのできごと、ワインさんのことやテイラーさんが言ったことなどを話した。

祖母はランプを吹き消した。窓から新月のほのかな光がさしこむだけで、部屋の中は暗い。ぼくたちは煖爐のそばにすわったが、火はたかなかった。ぼくは揺りいすを揺らした。

「あまり心配しないで」ぼくは二人に話しかけた。「ぼくも心配しないから。きっと孤児院が好きになるよ。だってぼくぐらいの子どもがいっぱいいるんでしょ？　きっとそのうちお役人もわかってくれて、家に帰ってこられるよ」

「こうしていられるのも、あと三日だけなの」と祖母が言った。「三日たったら、おまえをお役人のところへ連れていかなくちゃならない」

だれももう話そうとしなかった。ぼくはなにを言ったらいいのか、わからなかった。三つの揺りいすのきしむ音だけが聞こえていた。夜がふけるまで、ぼくたちは黙ってすわっていた。

ベッドにはいったとき、ぼくは母の死以来初めて泣いた。毛布を口にくわえ、祖母にも祖父にも泣き声を聞かれないようにして、ぼくは泣いた。

残された三日間、ぼくらはつとめて楽しくふるまった。祖母は、ぼくと祖父が行くところへはどこへでもついてきた。「廊下」から「宙吊《づ》りの間」へ行くのにさえついてきた。ブルー・ボーイやほかの犬たちもいっしょだった。まだ暗いうちに起き出して高い山へも登った。頂上にすわって、山並のかなたに朝日がのぼるのをながめた。またぼくは、二人をぼくの秘密の場所へ案内したりもした。

祖母は、ほとんどどんな料理にも惜しげなく砂糖を使った。祖父とぼくは挽《ひ》き割りトウモロコシのクッキーを腹いっぱいつめこんだ。

出発の前日、ぼくは近道を走るようにして辻店《つじみせ》まで行った。ジェンキンズさんは、例の赤と緑の模様入りの箱を、古いものだからと六十五セントに負けてくれた。祖父には赤いスティック・キャンディーをひと箱。二十五セントだった。これで、チャンクさんからもらった一ドルの残りは十セントになった。

その夜、祖父がぼくの頭を散髪してくれた。インディアンのなりをしていたら、いやな目に会わされるだろうからというのだ。「ぼくは平気なのに。だってそのうちウィロー・ジョーンみたいになるんだから」とぼくは言った。

モカシンをはいてゆくのもまずいようだった。祖父がぼくの古靴を広げて大きくしてくれた。鉄の塊《かたまり》を靴の中に押しこみ、甲の部分の革を金槌《かなづち》でたたき伸ばしたのである。いつのまにか、ぼくの足は古靴がはけないくらい大きくなっていたのだ。

モカシンはベッドの下に置いてゆくことにした。「どうせすぐに帰ってくるんだから」とぼくは祖母に言った。「鹿皮のシャツはベッドの上に置いてくよ。ぼくのベッドで眠る人なんていないから、もどってくるまでここにあるだろうね」

赤と緑の模様の箱を、ぼくは挽き割りトウモロコシを入れるふたつきの箱の中に隠した。二、三日後に祖母はそれを見つけるだろう。スティック・キャンディーの箱は、祖父の背広の上着のポケットにしのばせた。教会に出かける日曜の朝、祖父はそれを見つけるはずだ。味見をするために、ぼくはひとつだけキャンディーを失敬した。とてもおいしかった。

その朝になった。祖母はぼくを見送りに開拓町まで行きたがらない。祖父は切畑でぼくを待っている。祖母はベランダに膝をつき、ウィロー・ジョーンを抱くようにぼくを抱いた。ぼくも祖母を抱きしめた。泣くまいとこらえたのに、少し泣いてしまった。

ぼくは古靴をはいたが、爪先《つまさき》を伸ばしても当たらず、痛くなかった。白いシャツの上に一番いい胸当てズボンをはき、黄色いコートを着た。麻袋には祖母が二枚のシャツと一着の胸当てズボン、靴下などを入れておいてくれた。すぐにもどってこられると信じていたから、それ以上荷物は必要なかった。「きっと帰ってくるからね」とぼくは祖母にもう一度約束した。

ベランダに膝をついたまま、祖母が言う。「天狼星*(ドッグ・スター)のことは覚えてるね、リトル・トリー？ ほら、夕方暗くなりはじめると、すぐ見える星よ」ぼくは覚えていると答えた。「どんなところにいても、夕方になったら天狼星を見るのよ。わたしもおじいちゃんもあの星を見てるからね。わたしたち、いつだっておまえのことを思ってるよ」「ぼくもいつだっておばあちゃんやおじいちゃんのこと思ってるよ」

天狼星は、ワインさんのろうそくと同じだ。ぼくは、ウィロー・ジョーンにも天狼星を見るように言ってほしいと祖母に頼んだ。彼女は、きっと伝える、と約束してくれた。

祖母はぼくの両肩をつかみ、目をのぞきこんだ。「チェロキーの人たちが、おまえのパパとママをちゃんと結婚させたんだ。いいかい、そのことを忘れるんじゃないよ、リトル・トリー。なにを言われても……そのことを思い出しなさい」

ぼくがうなずくと、祖母は手を放した。麻袋を手に、ぼくは祖父のあとにつづいて切畑から出ていった。丸木橋を渡るとき、ふりかえった。祖母はまだベランダに立って、こちらをじっと見ている。片手を上げて胸に触れると、その手をぼくに向かって突き出した。祖母の言いたいことをぼくは完全に理解した。

祖父はよそゆきの黒い背広に、靴をはいていた。二人は靴音をたてながらくだっていった。谷間の道では、松の木が低く枝を垂れてぼくの腕をつかんだ。カシの木は枝先の指を伸ばしてぼくの肩から麻袋をもぎ取ろうとする。柿の下枝はぼくの足にからみつく。小川は早瀬となってしぶきを飛ばし、騒がしい水音をたてる。カラスが一羽ぼくたちの頭上すれすれに降りてきて鳴き、ふたたび高い枝にとまってはカアカア鳴く。みんなが口々に言っている。「行かないで、リトル・トリー……行かないで、リトル・トリー」ぼくは目がよく見えなくなって、祖父のうしろをよろけながら歩いた。風が立ち、悲しげな声をあげて黄色いコートの裾《すそ》をうしろからつかむ。枯れかかった野イバラが道にはみ出し、足の上にかぶさってくる。ナゲキバトが一羽、長く尾を引く声で鳴いた。その声にこたえる仲間がいないところから、ぼくに向かって鳴いているのだとわかった。

祖父とぼくは重い足どりで谷間の道を抜けていった。開拓町のバス駅のベンチにすわって、ぼくたちは待った。ぼくは麻袋を両膝できつくしめつけつづけた。

「ぼくがいなくなったら、ウイスキーの商売はどうなるの?」「大変になるじゃろうな。二倍の時間働かなきゃならん」「すぐ帰ってくるから、二倍働かなくたってすむよ」「そうじゃな」祖父もぼくもそれきり黙ってしまった。

壁の時計がコチコチと鳴っていた。ぼくは時計を読むことができたので、祖父に時刻を教えた。駅内に人影はなかった。男がひとり、女がひとり、それだけだった。不景気だから、金をかけて旅行する者はいないんだ、と祖父が言った。

「ぼくらの山は孤児院のある町まで続いてるの?」「さあ、どうかの。行ったことがないんでな」ぼくたちはまた待ちつづけた。

女の人が駅の中にはいってきた。ぼくはその顔を覚えていた。グレーの服を着て家に来たあの女性だ。こちらに近づいてくるので、祖父は立ち上がった。彼女は前に立つと、何枚かの書類を祖父に渡した。祖父は黙ってそれをポケットにおさめた。「バスが待ってるわ」女の人が言う。「もう面倒はごめんよ。うまくやっていきましょ。やるべきことはやるしかない。それがみんなのためなの」

彼女がなにを言っているのか、ぼくにも祖父にも理解できなかった。彼女の態度はまったく事務的だ。バッグからひもを取り出すと、ぼくの首に巻いた。ひもには札がついていた。それはワインさんの札に似ており、字が書いてあった。女の人が先にたって、ぼくたちは駅の奥の方にとまっているバスに向かった。

ぼくは麻袋を肩にかついでいた。あいているバスのドアのわきに膝をつくと、祖父はウィロー・ジョーンを抱くようにぼくを抱きしめた。敷石に膝をついたまま、祖父はいつまでもぼくを抱きしめている。ぼくはその耳もとにささやいた。「すぐ帰ってくるからね」聞こえたしるしに祖父の腕にいっそう力が加わった。

女の人がせかす。「さあ、行くのよ」ぼくに言ったのか祖父に言ったのか、わからなかった。しかし祖父は立ち上がり、背を向けて歩きだした。もうこちらをふり向こうとはしない。

女の人はぼくのコートの襟《えり》をつまみ上げ、バスのステップに登らせた。ひとりで登れるのに、とぼくは思った。彼女は、運転手にぼくの首の札を読むよううながす。そのためぼくは運転手にまっすぐ向いて立っていなければならなかった。

切符もないし、お金も持っていないので、乗っていいのかどうかわからない、とぼくは運転手に打ち明けた。運転手は笑って、切符は女の人からもらったと言った。乗客は三人だけだった。ぼくはうしろよりの窓ぎわの席にすわった。そこからなら祖父の姿が見えるだろうと思ったのだ。

バスが動きだし、ゆっくりと駅を出てゆく。外ではグレーの服を着た女の人がじっと目で追っている。通りに出たが、祖父の姿はどこにも見あたらない。ぼくはキョロキョロ見まわした。おじいちゃん、どこなの？　と、そのとき目にはいった。前方、駅の入口の道路のすみに祖父は立っていた。帽子を目深《まぶか》に引きおろし、両手を腰のわきにだらんと垂らしている。

ぼくは窓を押し上げようとあせったが、どうすればいいのかわからない。手をむちゃくちゃに振った。けれども祖父には見えないようだ。

バスは祖父の前を通り過ぎる。ぼくは一番うしろまで走って、窓にしがみついた。祖父は目と鼻の先に立ってじっとバスを見上げている。ぼくは手を振って叫んだ。「さよなら、おじいちゃん！　すぐ帰ってくるよ！」祖父の目はぼくの方を見ていない。ぼくは叫びつづけた。「すぐ帰ってくるよ、おじいちゃん！」祖父は突っ立ったままだ。たそがれの光の中に、その姿はどんどん小さく、遠ざかってゆく。肩を落とした祖父は、ひどく年を取って見えた。

訳注

＊　おおいぬ座の主星シリウス。冬天に輝く最も明るい恒星。日本名は「あおぼし」だが、Dog Star の訳語として、ここでは中国名の「天狼星」を採った。

19　天狼星《ドッグ・スター》

どこまで行くのか見当もつかないときは、とても長い旅に思えるものだ。だれもそれを教えてくれなかったし、祖父だって知らなかったのかもしれない。

前の座席の背もたれが高くて進行方向は見えない。ぼくは窓側にすわって外の景色を見つづけた。家々や木立ちが滑るように走り過ぎる。すぐにバスは深い森の中にはいり、目に映るのは木また木ばかり。やがてそれも宵《よい》闇《やみ》にまぎれてゆき、ついになにも見えなくなった。

ぼくは座席のわきから通路の先をのぞいてみた。バスのライトに照らされて行く手の道が明るかった。だが、いつまで見ていても、その光景は変化しない。

町に着き、バスは駅で長い間とまっていた。ぼくは席にじっとすわったままだった。そこにいれば安全な気がした。

町を出ると、またもや暗闇つづきで見るべきものはなにもない。ぼくは膝《ひざ》の間に麻袋をはさんでいた。そうしていると、祖父や祖母に触れているような気がする。麻袋はブルー・ボーイの匂いに似ていた。ぼくはいつのまにかまどろんでいた。

運転手に肩を揺さぶられて目が覚めた。もう朝になっていた。窓の外に目をやると、細かい雨が降っている。バスは孤児院の前にとまっていた。バスから降りると、傘《かさ》をさした白髪《しらが》頭の婦人が待っていた。

婦人は地面にとどきそうに長い黒い服を着ている。一見あのグレーの服の女の人によく似ていると思ったが、近くで見るとちがった。ひとことも口をきかないまま彼女は腰をかがめ、ぼくの首の札を手に取って読んだ。目を上げて彼女がうなずくと、運転手はドアをしめ、バスは出ていった。婦人はそのまま突っ立ってしかめ面をしていたが、やがてため息をつくとはじめて口を開いた。

「ついていらっしゃい」先にたって鉄の門の中へはいってゆく。ぼくは麻袋を肩にかつぎ、あとについた。

鉄門の両側にはニレの大木がそびえ、頭上から話しかけるように葉ずれの音をたてた。婦人は全然気がつかなかったらしいが、ぼくはハッとした。ニレの木はぼくが来ることをあらかじめ聞いて知っていたのだ。

広い前庭を横ぎり、向こう側の建物の方へ歩いていった。婦人の足はのろかったので、ぼくはおくれずについてゆけた。ある建物の前で、彼女は立ち止まった。「これから院長先生に会います。落ち着いて、泣いたりなんかしないこと。行儀よくなさい。しゃべってもいいけれど、質問されたときだけですよ。わかりましたか？」ぼくはうなずいた。

暗い廊下の奥の部屋へ連れてゆかれた。院長先生は机に向かってすわっていた。ぼくたちがはいっていっても、顔を上げない。婦人は、机の前のまっすぐないすにぼくをかけさせると、爪先《つまさき》歩きで部屋から出ていった。ぼくは麻袋を膝の間に置いた。

院長先生はわき目もふらず、書類を読みつづけている。ツヤツヤ光るピンク色の顔。よほどていねいに洗ったものらしい。ショボショボと毛の生《は》え残った耳のまわりを除いて、頭全体がはげあがっている。

壁には時計がかかっている。ぼくは時刻を読み取ったが、声には出さなかった。院長先生のうしろの窓ガラスを雨が伝い落ちている。

急に彼は顔を上げた。「貧乏ゆすりはやめなさい」きつい口調だった。ぼくはすぐやめた。

院長先生はつづけて何枚かの書類に目を通した。やがて書類を机にもどすと、鉛筆を取り、指先でクルクルまわしはじめた。ぼくが小さすぎてよく見えないからか、机に肘《ひじ》をつき、上からのぞきこむようにする。

「世の中、不景気だ」自分ひとり、不景気にさいなまれているみたいに、院長先生は眉《まゆ》をしかめた。「州政府には救済事業の予算がないときた。教団が、おまえをここに連れてくるのを認めたんだ——われわれの妥当《だとう》な判断に反対してな。だが、結局われわれも受け入れることにした」

ぼくは、教団がやっかいの種を持ちこんだのは気の毒だと思ったが、なにも言わなかった。質問されたわけではないからだ。

院長先生は指の間で鉛筆をまわしつづけている。その鉛筆は倹約した削《けず》りかたではなかった。芯《しん》の先が鋭くとがっていて、折れやすそうだ。とりつくろった見せかけにくらべて、いい加減な人じゃないかと思われた。「われわれの学校におまえを入学させることにした。雑用班にはいって働いてもらうぞ。ここではみんな、なにかしら仕事をすることになっておる。おまえは働くことに慣れておらんだろうがな。規則を守ることだ。規則を破ったら、罰を与えるぞ」院長先生は、咳《せき》をしてから言葉を続けた。「ここにはインディアンはひとりもおらん。混血も含めてな。おまえの父親と母親は正式に結婚したわけではない。私生児を受け入れるのはまったく初めてだ」

ぼくは祖母が話してくれたことをしゃべった。お父さんとお母さんは、チェロキーの人たちがチェロキーのやりかたで結婚させた夫婦だと。チェロキーのやることなんか問題にならん、と院長先生ははねつけ、おまえに質問してはいない、と声を荒げた。それはそのとおりだった。

院長先生はしだいに興奮していすから立ち上がり、とめどなくまくしたてた。彼が属する教団は、すべての人たち、さらには動物やほかの生きものにさえ親切にするのが信条だという。

「おまえは教会の礼拝に出なくていい。チャペルでの夕方の礼拝にも出なくていい」聖書によると、私生児はどうあっても救われないからだという。「牧師の説教を聞きたければ聞いてもいいが、ただし」と彼はつけ加えた。「教会の一番うしろにすわって、おとなしくしていること。絶対に信者なかまにはいろうなんて気を起こさんように」

そんなこと、ぼくにはどうでもよかった。ぼくは祖父とともに、キリスト教の教えにはついてゆけないととっくにあきらめていたのだから。

「書類によれば、おまえの祖父は子どもを育てるのにふさわしい人物ではない。おまえはなにひとつしつけを受けておらんようだ」と院長先生は言う。たしかに、しつけというようなものを祖父からたたきこまれた覚えはない。「おまえの祖父は刑務所にはいっていたこともある」

院長先生は口をゆがめた。

「ぼくももうちょっとで縛《しば》り首にされそうになったことがあります」とぼくは言った。院長先生は鉛筆をまわす手を宙に止め、口をあんぐりあけた。「なんだと？　おまえ、なにをした？」

役人にもうちょっとでつかまり、縛り首にされるところだった、犬たちが助けてくれなかったら、吊るされたはずだ、とぼくは説明した。蒸留釜《じょうりゅうがま》の隠し場所だけは言わなかった。もし言えば、祖父とぼくはウイスキーの商売を続けられなくなると思ったのだ。

院長先生はいすにもどり、両手で顔をおおった。まるで泣いているように見えた。「こんなことはまちがっとる」頭を前後に振りながら、彼は二、三度そうつぶやいた。なにがまちがっているのか、ぼくにはわからない。

院長先生は、いつまでも両手でおおった頭を振りつづけている。やっぱり泣いているんじゃないだろうか？　ぼくは、なんだか気の毒になり、縛り首になりかかった話をしたのはまずかったと思いはじめた。ぼくたちは黙ったまましばらくすわっていた。

「泣かないでください」とうとうぼくは言った。「けがしたわけじゃないんです。どうってことないんですから。でも、老いぼれリンガーを死なせちゃいました。あれはぼくがいけなかったんです」

院長先生は頭を上げた。「うるさい、黙れ！　おまえになにも聞いちゃおらん！」書類をワシづかみにして、うめくように言葉を漏らす。「いや、やるんだ……やってみるんだ。神のご加護を仰いでな……。いずれこいつは少年院送りになるかもしれんが」

院長先生は机の上の小さなベルを鳴らした。次の瞬間あの婦人が飛びこんできた。ドアの外にずっと立っていたにちがいない。

婦人はぼくについてくるようにと言った。ぼくは床の麻袋を持ち上げ肩にかつぐと、院長先生に向かって「ありがとうございました」と言った。ただし、「院長先生」という言葉はつけなかった。たとえぼくが私生児で、そのために地獄行きだとしても、院長先生とか、さんづけで呼ばないからといって、ただちに地獄送りと決められるわけではないと思ったからだった。祖父が言っていたように、追いつめられてもいないのに、よけいなことをする必要はない。

部屋を出ようとしたとき、急に強い風が吹いて窓をガタガタ鳴らせた。婦人は立ち止まってふりかえる。院長先生もふりかえって窓を見た。ぼくにはわかった。山からぼくに伝言がとどいたのだ。

ぼくのベッドは部屋のすみに用意されていた。ズック張りの折りたたみ式だ。ほかのベッドからずっと離れているが、どういうわけか、ひとつだけ割合近いところに置かれている。大きな部屋で、同室者は二、三十人、たいていの者はぼくより年上だ。

ぼくに割り当てられた仕事は、毎朝毎晩、部屋を掃除することだった。むずかしい仕事とは思わないが、ベッドの下まできれいにしないと、白髪頭の婦人にやりなおしを命じられる。やりなおしはしばしばのことだった。

ぼくに一番近いベッドに寝るのは、ウィルバーンだった。ぼくよりずっと年上で、たぶん十一歳だったろうと思うが、自分では十二歳だと言いふらしていた。のっぽのやせっぽちで、顔じゅうそばかすだらけ。「養子にしてくれる人なんていっこねえから、十八ぐらいまでここにいなきゃならねえだろう、くそくらえだ」と彼は言った。「ここから出てったら、絶対もどってきて火をつけてやる」

ウィルバーンの足は曲がっていた。右の足が内側に湾曲《わんきょく》し、歩くときその爪先が左足をこすった。そのため、右側にガクリガクリと傾きながら歩くのだった。

ぼくとウィルバーンだけは、校庭で遊ぶなかまに加わらなかった。ウィルバーンは走れないし、ぼくは小さすぎるうえに遊びかたを知らない。「くそくらえだ、あんなのは赤んぼの遊びじゃねえか」と彼は言った。ぼくにもそう見えた。

ぼくとウィルバーンは、遊び時間には校庭のすみの大きなカシの木の下にすわっていた。ときどきボールがそれて転がってくると、ぼくは走っていってそれを拾い、投げ返してやる。とてもうまく投げることができた。

ぼくはそのカシの木に話しかけた。黙って話しかけたから、ウィルバーンにはさとられなかった。彼女は年老いていた。冬がすぐそこまで来ていたので、サララと音を立てる葉はもう落ちつくしていたが、かわりに、裸の枝を指のようにしならせて話しかけてくる。

「もう眠りたいんだけど」と彼女は言った。「あなたはここにいるって、あなたの山の木々たちに知らせるまでは眠るわけにいかないの。風にことずけてもらうのよ」ぼくはウィロー・ジョーンにも伝えてほしいと頼んだ。カシの木は引き受けてくれた。

カシの木の下で青いビー玉を見つけた。それは透きとおっていて、片目を当ててのぞくと、なにもかもが青く見えた。ウィルバーンがビー玉だと教えてくれた。ぼくはそれまでビー玉を見たことがなかったのだ。「そいつはのぞくもんじゃねえよ。土の上で別のビー玉にぶっつけて遊ぶんだよ。でも、もしおまえがそいつで遊んでるところを見つかったら、なくした奴に取りあげられるぜ」

「見つけた奴が勝ち。なくした奴は泣きを見る」とウィルバーンは言った。ぼくはビー玉を麻袋の中にしまった。

ときどきみんなは、院長室のとなりのホールに一列に並ばされた。どこかの紳士、ご婦人がたがやって来て、ひとりひとりを見てまわる。養子を見つけに来たのだ。白髪頭の婦人は、ぼくには並ばなくていいと言った。

ドアの陰からぼくはようすをうかがった。だれが眼にかなうか、ぼくには見当がついた。紳士がたは、気に入った子の前で足を止め、二言三言話しかける。それから、その子といっしょに院長室へ消える。ウィルバーンは一度も声をかけられなかった。

「くそくらえだ、おれは全然気にしねえよ」とウィルバーンは言う。しかし、本当は気にしているのだ。ホールに整列させられる日、彼はいつも洗いたてのシャツと胸当てズボンに着がえた。

列に並んでいるとき、ウィルバーンは近づいてくるおとなたちに愛想のいい笑いを浮かべる。曲がった右足を左足のうしろに隠している。だが、だれもが彼の前は素通りしてゆく。その夜、ウィルバーンはきまってベッドで小便を漏らした。「わざとやったんだ」彼は言った。「奴らの里子選びのやりかたは面白くねえ。だから、しかえしにやってやるのさ」

ウィルバーンが小便を漏らした翌朝、白髪頭の婦人はマットレスと毛布を全部日に当てるよう彼に命じた。

「おれはへっちゃらだよ。もし奴らがこれ以上おれにいやな思いをさせるってんなら、毎晩小便漏らしてやるぜ」

「おとなになったらなにをするつもりだ?」とウィルバーンが聞く。「おじいちゃんやウィロー・ジョーンみたいなインディアンになって、山の中で暮らすよ」ぼくは答えた。「おれは銀行強盗になって、孤児院も襲ってやる。金のありかさえわかれば、教会も襲ってやる」とウィルバーン。「銀行や孤児院を経営してる奴はみな殺しさ。でも、おまえは殺さねえよ」

ウィルバーンは、夜、ベッドの中でよく泣いた。ぼくは気づかないふりをとおした。口に毛布をくわえ、声を押し殺しているので、だれにも泣いていることを知られたくないのだと思った。

「ここから出られたら、足をまっすぐになおしてもらえるよ」とぼくはウィルバーンを慰めた。青いビー玉も彼にやった。


夕食の前に、チャペルで礼拝があった。ぼくはそれには出席せず、夕食も抜いた。おかげでぼくは天狼星《ドッグ・スター》をながめることができた。ぼくのベッドから数歩のところに窓があり、そこから天狼星がはっきりと見えるのだった。それは、暗くなりはじめた空にむきだしの青白い光を放ってまたたき、夜の闇が濃くなるにつれていっそうまぶしく輝いた。

おじいちゃんとおばあちゃんがあの星を見ている。ウィロー・ジョーンも見ている。ぼくは毎晩窓辺に一時間も立って、天狼星を見つめた。夕食を抜けばいっしょに見られるとウィルバーンを誘ったが、彼は礼拝に出ないと先生たちからしかられるし、夕食を抜く気はなかった。とうとう彼は一度も天狼星を見なかった。

星を見るのが習慣になった初めのころ、ぼくは、夜になれば思い出すはずの山でのできごとを、昼間のうちから頭に浮かべようとつとめた。心の準備をととのえて天狼星と向かい合いたいと思ったからだ。けれどもそんな必要はないことにすぐ気がついた。

なにも考えず、ただ星を見ていればよかった。そうすれば祖父が遠くから思い出を送ってよこす。祖父とぼくは山の頂きにすわり、朝の誕生を見つめている。のぼったばかりの太陽が氷を照らし、光がチカチカはじける。祖父の声がまざまざと聞こえる。「ほら、今日がまた生きかえったぞ！」ぼくは窓辺に寄りかかったまま答える。「はい、生きかえりました！」

祖父とぼくは天狼星を見ながら、また狐追いに出かける。ブルー・ボーイやリトル・レッド、それに老いぼれリピットやマウド婆《ばあ》さんもいっしょだ。老いぼれリピットの間抜けぶりに、ぼくらはたまりかねて噴き出してしまう。

祖母は、薬草の根を掘りに行ったときの思い出を送ってよこす。また、ドングリの荒挽《び》き粉に砂糖をぶちまけてしまったときの彼女の表情、トウモロコシ畑で四つんばいになり、サム爺さんに向かっていないなくまねをしていたぼくたちを見つけたときのあきれ顔なども、夜空のスクリーンにくっきりと映し出される。

祖母はぼくの秘密の場所が今どうなっているか、絵に描いたようにありありと見せてくれた。木々の葉は散りつくし、茶色や赤さび色や黄色の落葉が地面一面に降り敷いている。真っ赤なウルシが燃えさかるたいまつの輪のように取り囲み、ぼく以外のだれも足を踏み入れさせまいと守っている。

ウィロー・ジョーンは高い山に住む鹿たちの像を送ってよこす。彼のポケットにカエルをしのばせたとき、ぼくらは腹をかかえて笑ったっけ。彼が送ってくる像はときどきぼやけてしまう。きっとほかのことに気を奪われているのだろう。ウィロー・ジョーンにはどこか狂気じみたところがあった。

日中、ぼくは太陽と雲のようすを注意深く観察した。空がくもっていたら、夜になっても天狼星は見えない。そういうときには、ぼくはやはり窓辺に立って、風の音に耳を澄ました。

ぼくは小学校に入れられた。算数の時間があったが、ぼくにはやさしすぎた。ワインさんに教えてもらったおかげだ。ふとった大きな女の人が先生だったが、頭が固く、つまらないことにもすぐ腹を立てた。

あるとき、彼女は教室で一枚の写真を見せた。鹿が二匹、浅い流れを渡ってくるところが写っていた。うしろの鹿は前を行く鹿の背に跳び上がり、二匹もつれ合うように岸辺に向かっている。先生は「鹿がなにをしているかわかる人は？」と質問した。

ひとりの生徒が答えた。「なにかに追われているんです。たぶん猟師から逃げているところです」別の生徒は答えた。「鹿は水が嫌いだから、早く渡ろうとあせっているんです」先生は「よろしい、そのとおり」と言った。ぼくは手を上げた。

「鹿はつるんでるんです」とぼくは言った。「だって、雄鹿が雌鹿のうしろから跳びついてるんですから。それに、木ややぶのようすを見れば、鹿が交尾する季節だってこともわかります」

女の先生のようすは妙だった。突っ立ってポカンと口をあけたまま、なにも言わない。だれかが笑いだした。先生は額にピシャッと平手を当て、そのまま目をおおった。手から写真が舞い落ちる。急に気分でも悪くなったのだろうとぼくは思った。

先生は二、三歩うしろへよろめいたが、立ちなおった。そして顔を上げるなり、ぼくめがけて突進してくる。教室じゅうがしんと静まりかえった。先生はぼくの首をつかむとグラグラ揺すった。顔は真っ赤、金切り声で叫びだす。「まさか……まさかこんなにけがらわしいとは……な、なんてけがらわしい……このチビの私生児めが！」

ぼくには先生がなぜわめいているのかさっぱりわからない。誤解されたのなら正さなくてはと思って、ぼくは足を踏んばって立っていた。彼女はなおもぼくを揺すぶっていたが、やがて首のうしろをぐいとつかむと、教室の外へ押し出した。

廊下をまっすぐに院長室へ連れてゆかれた。先生はぼくにドアの外で待っているよう命じ、部屋にはいる。すぐに話し声が漏れてきたが、なにを話しているのかはわからなかった。

数分後、先生は出てきたが、ぼくには目もくれず、ホールの方へ急ぎ足で歩き去ってゆく。院長先生がドアのところに立っていた。「はいりなさい」ひどく静かな声だった。ぼくは院長室にはいった。

院長先生の口は薄く開かれ、今にも笑いだしそうに見える。だがそうではなかった。唇を舌でなめまわしている。顔には汗のつぶが浮いている。「シャツを脱ぎなさい」

ぼくは言われたとおり、胸当てズボンのつりひもをはずし、シャツを脱いだ。しかし両手でつりひもを高く持ち上げていないと、胸当てズボンはずり下がってしまう。ぼくがこういう姿勢でいると、院長先生は机の向こうに手を伸ばし、長いむちを取り上げた。

「おまえは悪魔から生まれたんだ。悔い改めろったってできまい。だが、ありがたく思えよ、神のおぼしめしで、たっぷり教えてやる。今後、おまえの悪魔のふるまいでキリスト教徒に迷惑をかけんようにな。悔い改めろったって無理だ……だが泣きわめくがいい！」

院長先生はむちを振り上げ、ぼくの背なかをむちゃくちゃに打ちはじめた。初めのうち、気絶しそうなくらい痛かった。けれどもぼくは泣かなかった。祖母が教えてくれたことを思い出していた。以前ぼくが足の生爪《なまづめ》をはがしたとき、祖母はインディアンが苦痛をこらえる方法を教えてくれた。それは、からだの心《ボディー・マインド》を眠らせ、からだの外へ霊の心《スピリット・マインド》とともに抜け出して苦痛をながめる——感じるかわりにじっとながめるというやりかただ。からだの苦痛を感じるのはからだの心《ボディー・マインド》だけ、魂の苦痛を感じるのは霊の心《スピリット・マインド》だけだ。ぼくはむちで打たれながら、からだの心《ボディー・マインド》を眠らせてしまった。

背なかでむちがバシバシと鳴りつづけた。とうとうそれは折れてしまった。院長先生は別のむちを見つけてきた。苦しげに息を切らしている。「強情《ごうじょう》な悪魔め」あえぎながらののしった。「神をたたえよ！　正義は打ち勝つ」

院長先生は新しいむちでなぐりつづける。ぼくは床に倒れた。だがグラグラしながらも起き上がった。二本足で立っていられるかぎりだいじょうぶだ、という祖父の言葉を思い出していた。床がかしいで見えたが、足を踏んばって耐えた。院長先生は肩で息をしている。「シャツを着ろ」

背なかから血が噴き出していた。そのいくらかはシャツが吸い取ったが、ズボンの下に下着をはいていなかったから、ほとんどは足を伝ってじかに靴の中へ流れ落ちた。そのため、足はベトベトだ。肩の傷に当たるので、ズボンのつりひもはとめなかった。

「部屋のベッドへもどれ。今後一週間、夕食は抜きだ」院長先生は宣告した。どっちにせよ、ぼくは夕食は食べないことにしている。「教室に顔を出すことはならん。一週間部屋から出てはならん」彼はそうつけ加えた。

その日の夕方、ぼくは胸当てズボンがずり落ちないよう引っぱり上げながら窓のそばに立ち、天狼星をながめた。

祖父と祖母、それにウィロー・ジョーンに話しかけた。なぜ、ぼくのどこが悪くて女の先生は腹を立てたの？　どうして院長先生はあんなことをしたの？　ぼくがいけないのならなおすのに。でも院長先生は、おまえは悪魔の子だから、悔い改めようたってできないって言った。どうすればいいのかわからないよ。ぼくは祖父に訴えた。家へ帰りたいよ。

星を見ているうちに、ぼくは窓の下でいつのまにか眠りこんでしまった。そんなことは初めてだった。食堂からもどったウィルバーンが見つけて、起こしてくれた。彼はぼくのことが気になって、夕食を早く切り上げて部屋へ帰ってきたという。ぼくは窓の下でうつぶせになって眠っていたのだった。

「見てろよ、そのうちここを出て強盗になったら、真っ先に院長の野郎をぶっ殺してやる」ウィルバーンは宣言した。「地獄へ落ちたってかまわねえ、おまえといっしょにな」

その日以後、夕闇が降りて天狼星が輝きはじめると、ぼくは祖父と祖母、それにウィロー・ジョーンに向かって、家へ帰りたいと訴えるのがならわしとなった。彼らが送ってよこすなつかしい思い出に目も耳もふさぎ、早く家に帰りたいと、それだけを訴えつづけた。天狼星は赤く、白く、そしてふたたび赤く色を変えて光っている。

院長先生にむちでぶたれてから三日めの夜、天狼星は厚い雲に隠れて見えなかった。強い風が電信柱を倒してしまったので、孤児院はまっくらやみに閉ざされた。ぼくの訴える声が祖父母やウィロー・ジョーンにとどいたのだとわかった。

彼らがなんとかしてくれる。ぼくは期待しはじめた。季節はすでに冬にはいっていた。風は刺すように冷たく、夜になると建物のまわりでビュービューと吹き荒れた。冬を嫌う人もいるが、ぼくは好きだった。

ひとりの時間を、ぼくはいつも校庭のすみのカシの木の下で過ごした。カシの木はもう眠ってしまったかと思ったが、そうではなかった。「あなたのために、眠らないでいてあげるわ」と彼女は言った。けだるそうな低い声だった。

ある夕方、帰室時間ぎりぎりの時刻に、ぼくは門の外に祖父の姿を見たように思った。背が高く、大きな黒い帽子をかぶった人影が通りの向こうへ歩いてゆく。ぼくは鉄柵《てっさく》に跳びついて叫んだ。「おじいちゃん！　おじいちゃん！」その人はふりかえらない。

ぼくは鉄柵の一番端まで走り、遠ざかってゆくうしろ姿に向かって声をかぎりに叫んだ。「おじいちゃん！　ぼくだよ、リトル・トリーだよ！」けれども声が耳にとどかないのか、その人影は夕闇にまぎれて消えてしまった。

白髪頭の婦人が、もうすぐクリスマスがやって来ると言った。みんなその日は幸せになって歌を歌うのだそうだ。ウィルバーンの話では、チャペルに集まって合唱するらしい。「クリスマスまでに歌を覚えなくちゃならねえんだ。院長のまわりをひいきされてる奴らが白いシーツ着てニワトリみたいに囲んでさ、大声を張りあげるんだ」彼らの練習の歌声はぼくのところへも聞こえてきた。

白髪頭の婦人は、サンタクロースがやって来るとも言った。「くだらねえ！」ウィルバーンは吐《は》き捨てるように言った。

ある日、二人の男が木を運びこんできた。どっちも政治家みたいにスーツ姿だ。上機嫌で高笑いしたあと、こちらを向いてニコニコ笑いかける。「見てごらんよ、坊やたち。いいものを持ってきてやったぞ。すてきだろう？　ええ、すてきだろう？　これは君たちのクリスマス・ツリーだよ！」

白髪頭の婦人は「本当にすてきですわ」と言い、「さあ、みんなですてきなツリーをありがとうございますって言いましょう」とうながした。みんな声を合わせて二人の政治家にお礼を言った。ぼくは黙っていた。木を切るなんて、まったくどうかしている。その木は男の松の木で、ホールでゆっくりと死にはじめていた。

二人の政治家は腕時計に目をやり、もう帰らなければならないと言い、みんなひとりひとり幸せになれるように、この木に赤い紙をのせなさい、と呼びかけた。赤い紙きれが配られると、みんな手に手に木の上にのせる。ぼくとウィルバーンだけが離れて見ていた。

政治家たちは、「メリー・クリスマス！」と大声で叫び、帰っていった。ホールに残ったみんなは、ツリーのまわりに立ってしばらくながめていた。

白髪頭の婦人が、あしたはクリスマス・イブで、サンタクロースがプレゼントを持って昼ごろやって来ると言う。ウィルバーンが口を出した。「イブの昼ごろに来るなんて、変だな」婦人は眉をしかめた。「ウィルバーン、おまえは毎年同じことを言うのね。いいこと、サンタクロースはあちこち行かなくちゃならないのよ。サンタクロースも、サンタクロースのお手伝いさんも、イブには家で家族と過ごしたっていいはずよ、わかってるくせに。わざわざ来てくれるんだから、ありがたいと思わなくちゃ」

「くだらねえ！」ウィルバーンはそっぽを向いた。

なるほど、翌日の昼ごろになると、四、五台の車が玄関先に止まった。それぞれ包みをかかえて紳士、ご婦人がたが降りてくる。みんな小さいおかしな帽子をかぶり、小さな鈴を手にしている。ホールにはいると、その鈴をいっせいに打ち振り、口々に叫ぶ。「メリー・クリスマス！」何度も何度も叫ぶ。自分たちはサンタクロースのお手伝いだ、と彼らは言った。

当のサンタクロースは最後に登場した。赤い上下の服を着ている。腹がふくらんでいるのはベルトの下に枕をつめているからだ。あごひげも、ワインさんのとちがってにせもので、口の下にひもでぶらさげられている。彼がしゃべっても、そのひげはだらんと垂《た》れたまま動かない。「ホー！　ホー！　ホー！」サンタクロースはいつまでも叫びつづけた。

白髪頭の婦人がうながす。「みんな幸せねえ。さあ、お客さまに向かって大きな声で言いましょう、メリー・クリスマス！」みんなはそれにならった。

ひとりの女の人がオレンジをくれたので、ぼくはお礼を言った。手に持ったままでいると、彼女はのしかかるようにして言う。「あら、こんなにおいしいオレンジ食べたくないの？」ぼくは彼女の見ている前で食べはじめた。おいしかったので、もう一度お礼を言った。すると彼女は、もうひとつ欲しいかとたずねる。ぼくがうなずくと、彼女はどこかへ探しにいってくれたが、もうオレンジは残っていなかったようだ。

ウィルバーンはリンゴをもらった。ワインさんがいつもポケットに入れたまま忘れたリンゴにくらべれば小さかった。オレンジを残しておけばよかったとぼくは思った。もしあの婦人がせっつかなかったら取っておいただろう。そうすればウィルバーンのリンゴと分け合うことができたのに。ぼくはリンゴに目がなかったのだ。


女の人たちはみんな手にした鈴を鳴らし、声を張りあげた。「サンタクロースがプレゼントをくださるわよ！　さあ、輪になって集まりましょう！　サンタクロースがなにかくださるわよ！」ぼくたちはサンタクロースのまわりにワッと集まった。

名前を呼ばれた子は、前へ進み出てプレゼントを受け取る。サンタクロースが頭をピタピタたたき、髪をなでてくれる間、おとなしく立っていなくてはならない。それがすんだら、お礼を言ってもとの場所にもどる。すると、婦人のうちのひとりがその子のところへ駆け寄って叫ぶ。「プレゼントをあけましょう！　すてきなプレゼントをあけましょう！」ホールじゅうがしだいに大混乱になってゆく。配られるプレゼントの数がふえるにしたがって、女の人たちはこっちからあっち、あっちからこっちへと駆けまわらなくてはならないからだ。

ぼくもプレゼントをもらい、サンタクロースにお礼を言った。彼はぼくの頭を数回なで、「ホー！　ホー！　ホー！」と奇声をあげた。すぐにひとりの婦人が駆けてきて、プレゼントをあけるようにうながす。言われなくても、あけようとしているところだ。ぼくは包装紙をはぎ取った。

それは厚紙でできた箱で、動物の絵が描かれていた。ウィルバーンがライオンだと教えてくれた。箱には小さな穴があいていて、ひもが通っている。「そいつを引っぱると、ライオンのほえる声が聞こえるんだ」とウィルバーン。

ひもは二つに切れていた。それでぼくは端どうしを結び合わせてなおした。ところが、結びめが引っかかって穴を通らないため、ライオンはうまくほえてくれない。

「カエルの鳴き声みたいだね」とぼくはウィルバーンに言った。

ウィルバーンがもらったのは水鉄砲だった。早速試してみたが、水が漏り、引き金を引いても、ちょろっと飛ぶだけで勢いがない。「おれだったら小便をもっと飛ばせるぜ」とウィルバーン。「モミジバフウのゴムがあればなおせるんだけど」とぼくはウィルバーンに言った。しかし、このあたりのどこでモミジバフウが見つかるものかわからない。

女の人がスティック・キャンディーを配って歩く。ぼくはひとつもらったが、女の人はたまたまそばを通りすがりにもうひとつくれた。二つめのキャンディーは半分ウィルバーンに分けてやった。

サンタクロースが叫んだ。「さよなら、みなさん！　来年また会おうね！　メリー・クリスマス！」紳士、ご婦人がたも同じことをいっせいに叫び、鈴を鳴らした。

彼らは玄関先にとめてあった車に乗りこみ、去っていった。急に静かになった。ぼくとウィルバーンはベッドのわきの床に腰をおろした。

「あいつらは町の商工会議所や社交クラブの連中さ」とウィルバーンが言う。「イブに浮かれて酔っぱらっても、うしろめたい思いをしねえですむように、毎年孤児院に慰問に来るんだ。まったくうんざりだよ。ここを出たら、おれはクリスマスなんて屁《へ》も引っかけねえからな」

あたりが暗くなりはじめた。みんなクリスマス・イブの礼拝に出なくてはならない。ぼくはひとりあとに残った。やがてみんなの歌う声が聞こえてきた。ぼくは窓辺に立った。夕闇はいっそう濃く、大気は澄み、風も静かだった。そこからは歌声がよく聞こえた。みんなは星の歌を歌っている。天狼星の歌ではない。ぼくは、空のはずれに明るく光りはじめた天狼星に目を向けた。

みんなはなかなか帰ってこなかった。チャペルからまだ歌声が聞こえてくる。ぼくは天狼星が空高くのぼるまで見つめていた。家に帰りたいよ。祖父母とウィロー・ジョーンにそう語りかけた。

翌日、クリスマスの日にはご馳走《ちそう》が出た。それぞれの皿に、チキンの脚ばかりか、首や砂嚢《すなぎも》までのっている。「いつもこうさ。奴ら、脚と首と砂嚢だけのチキンでも育ててるのかな」とウィルバーンは言った。おいしかったので、ぼくは全部たいらげた。

夕食後は好きなように過ごしてよかった。外は寒いので、だれも外に出ようとしない。ぼくはプレゼントにもらった厚紙の箱を持って校庭を横ぎり、カシの木の下へ行った。そこにぼくは長い時間すわっていた。

夕闇がたちこめはじめたので、部屋にもどらなければならない。ふとぼくは目を上げて向こうの建物を見た。おじいちゃんだ！　ちょうど院長室から出てきたところで、ぼくの方へ歩いてくる。手にしていた箱も放りだして、ぼくは走った。夢中で走った。膝をつき、腕を広げる祖父の胸に飛びこむ。しばらくは二人とも言葉が出なかった。

だいぶ暗くなったので、大きな帽子の陰の祖父の顔が見えない。「ようすを見に来たんじゃ」ようやく祖父が口を開いた。「じゃが、すぐに帰らにゃならん。おばあちゃんは来られなかったよ」

ぼくもいっしょに帰りたい。今までにないくらいはげしくそう思った。しかし、そのためにおじいちゃんに迷惑をかけるんじゃないか？　ぼくはのどから出かかる言葉を飲みこみ、歩きはじめた祖父と並んで門へ向かった。そこでもう一度抱き合った。祖父はゆっくりと歩み去ってゆく。

祖父のうしろ姿が闇の中に消えてからも、ぼくはそこに立ちつくしていた。

バス駅をちゃんと見つけられるだろうか？　不意に心配になったぼくは、祖父の去った方角へと駆けだした。ぼくだって駅の場所を知っているわけではない。でも見つけるのを手伝ってあげることはできるだろう。

道の先に祖父の姿が見えたので、走るのをやめ、少しおくれてあとをつけた。まもなく、両側に家の立ち並ぶ通りに出た。駅はそこから近かった。祖父は道を渡り、バス駅にはいってゆく。建物の奥へ進むと、電燈の下に立ち止まった。ぼくは通路の壁の陰からようすをうかがった。

クリスマスのせいか、見わたしたところだれもおらず、駅の中は森閑としている。ぼくはしばらくじっとしていたが、とうとう叫んだ。「おじいちゃん、バスの行き先読んであげるよ」祖父は別段びっくりしたようすを見せなかった。手まねで来いと言う。ぼくは走り寄った。二人でバスの行き先札を見てまわったが、ぼくにはどれがどこ行きだかわからなかった。

まもなくスピーカーの放送があり、祖父の乗るべきバスがわかった。ぼくは乗り場までついていった。バスのドアはもうあいている。ぼくらはそこに立ち止まった。祖父があらぬ方を見ているので、ぼくはズボンを引っぱった。母のお葬式のときのように、祖父の足にしがみつくことはさすがにもうしなかった。祖父はぼくの顔をのぞきこんだ。「おじいちゃん、ぼく家に帰りたいよ」

祖父はしばらくぼくを見つめていた。やがて腕を伸ばしてぐいとぼくを抱き上げると、バスのステップの一番上に降ろした。祖父もすぐにステップに足をのせ、がまぐちを取り出した。「わしと孫のぶんの切符を」いかめしい口調だった。運転手は顔を上げて祖父を見たが、笑わなかった。

ぼくらはバスの奥の座席へ歩いていった。運転手がドアをしめるのをぼくはじりじりしながら待った。そしてついにドアがしまり、バスは出発した。

祖父がぼくを抱き上げて膝にのせる。ぼくは胸に頭をもたせかけたが、眠らなかった。窓を見ると、ガラスに氷が白く張りついている。バスのうしろの席は寒かったが、二人とも気にならなかった。

ぼくは祖父といっしょに山の家へ帰るのだ。

見てごらん、あの山を
うねりながら高く高く盛り上がる山を。
あれは新しい朝を孕《はら》んだ大地のお腹《なか》
今彼女は真っ赤な太陽を出産するところだ。
見てごらん、こちらの山を
白い霧のシーツが膝にからまり
木々の指先からそよぎ出た風は
空に接する尾根の背を掻《か》いては吹きわたる。

雲のかたまりが彼女のお尻をなでまわすものだから
木々の枝もやぶもひそやかな吐息を漏らしている。
小暗《おぐら》い谷間は彼女の子宮。
聞こえないか、胎動する命のつぶやきが
感じないか、彼女の体温を、甘い息づかいを
轟《とどろ》きわたる交尾のリズムのこだまを。

体内深く水脈は脈打ち
豊かに張る乳房は草木の根に乳首をふくませ
なおもあふれる乳はゆりかごのいとし児《ご》を養う。
せせらぎのハミングは大地の霊の子守歌。

祖父とぼくは今
山ふところに抱かれた家へ帰ってゆく。

20　家へ帰る

何時間もバスに揺られつづけた。ぼくはずっと頭を祖父の胸にもたせかけていた。二人ともしゃべらず、眠ろうともしなかった。バスは途中、二、三度止まった。なにかが起こって、引きもどされるんじゃないかという恐れが頭から離れない。

朝早くまだ暗い時刻に、祖父とぼくはバスを降りた。たちまち寒気が襲いかかる。地面には氷が張っていた。

ぼくたちは登り道を歩きはじめた。わだち道へ曲がったとき、ぼくは山に目を向けた。山々は、まわりの闇よりもいっそう黒々と大きく眼前にうずくまっている。ぼくはそちらに向かって駆けだしたくなった。

わだち道をそれて谷間の小道にはいりこんだときには、闇は薄れ、あたりは灰色の大気に包まれた。ぼくは祖父に声をかけた。「どうも変だと思ったよ」

祖父は足を止めた。「どうした、リトル・トリー?」

ぼくは道ばたに腰をおろし、靴と靴下を脱ぎ捨てた。「こんなのはいてたら、山道を歩いてる感じがしないよ、おじいちゃん」素足の裏に土のかすかなぬくもりが伝わり、すねから膝《ひざ》へ、膝からももへと、ゆっくり這《は》い登ってくる。祖父は声をたてて笑い、自分も腰をおろすと靴を脱いだ。靴下も脱いで靴につめこみ、立ち上がって思いきり遠くへそれを放り投げた。

「いい気味だ！」祖父がどなった。ぼくも今来た道の方へ靴を放り投げてどなる。「いい気味だ！」腹の底から笑いがこみ上げてきた。笑って笑ってぼくはひっくりかえってしまったし、祖父ときたら転げまわってボロボロ涙を流している。

なにをそんなに笑ったのか、ぼくたちにはわからなかった。ともかく、以前なにかを笑ったときよりもはるかにおかしかったのだ。「こんなところ、人が見たら、ウイスキーで酔っぱらってるって思うだろうね」ぼくが言うと、祖父はまた笑った。けれども、ぼくらはきっと本当に酔っぱらっていたのではないだろうか――なにかに、なにか知れないあるものに。

山道をさらに登ってゆくと、東の山の尾根に最初のバラ色の光がさした。空気がゆっくり暖まりはじめる。道の上に松の枝が低く垂《た》れ、ぼくの顔に触れると跳ね上がる。「こいつら、本当におまえかどうか確かめてるんじゃろ」祖父が言った。

小川のハミングする音が聞こえてきた。ぼくは祖父を待たせて岸辺に駆け寄り、両手をついて水の上に顔を突き出した。しぶきがぼくのほっぺたを軽くたたき、頭を飛び越え、小川はいっそう声を張りあげて歌う。

丸木橋が見えたときには、もうすっかり明るくなっていた。朝の風が吹きはじめる。「あの風はな、悲しんでるんでも、ため息をついてるんでもねえ。松林の中で歌って、山のみんなにリトル・トリーが帰ってきたことを伝えてるんじゃ」そのとき、マウド婆《ばあ》さんがほえはじめた。

祖父がどなった。「こら、マウド、ほえるんじゃねえ！」

犬たちがひとかたまりになってまっしぐらに丸木橋を駆け抜けてくる。いっせいに彼らが跳びついてきたので、ぼくは尻もちをついた。押し合いへし合い、ぼくの顔をペロペロなめる。起き上がろうとするのだが、そのつど背なかに跳びついてくるので、ぼくはまた倒れてしまう。

リトル・レッドは、四フィートほど跳び上がり、空中でひょいと向きを変えるという芸当を見せてくれた。ジャンプするたびにキャンキャンはしゃぐ。マウドが早速まねをする。老いぼれリピットまでまねをしようと跳び上がったが、着地に失敗して小川にずり落ちた。

祖父とぼくは、わめいたり笑ったり犬たちをペタペタたたいたりしながら、丸木橋までやって来た。ぼくは小屋のベランダに目をやった。しかし、そこに祖母の姿はなかった。

丸木橋を半分渡ったところで、ぼくは急に不安になった。おばあちゃんはどこだろう？　ふと気配を感じて、ぼくは首をまわした。祖母がいた。

寒いのに鹿皮の服だけの姿で、朝日に髪を光らせて立っている。そこは山の斜面で、葉の落ちつくした白カシの木の下だった。祖母はぼくの方に目をこらしている。祖父の姿は目にはいらないというように、まじまじとぼくを見つめている。

「おばあちゃん！」ぼくは叫んだ。その拍子に足を踏みはずし、下の小川に落ちた。けがはなかった。朝の空気の冷たさにくらべ、水は暖かかった。

祖父が跳び上がり、「ホーイ！」と叫びながら空中で足を広げ、ドボンと水中に落ちてきた。祖母は山の斜面を駆け降りてきた。そのままジャブジャブ流れに走りこみ、ぼくに抱きついてくる。ぼくらは転がり、しぶきを跳ね散らし、わめき、そして泣いた。

祖父は小川のまんなかにすわりこみ、両手で水をすくっては宙に投げ上げる。犬たちはみな丸木橋の上に並んで、ぼくらを見おろしている。ただならぬ騒ぎに肝《きも》をつぶしたらしかった。「わしらが気が狂ったと思っとるんじゃろ」と祖父が言う。だが、すぐに犬たちもわれ先に水に飛びこんできた。

松の梢《こずえ》高く、カラスが鳴きはじめた。そして鳴きながらバタバタとぼくらの頭上まぢかに舞い降りてきたかと思うと、また舞い上がり、谷間の上手めざして飛んでゆく。「おまえが帰ってきたことをみんなに知らせに行ったんだよ」と祖母が言った。

祖母がぼくの濡《ぬ》れた黄色いコートを煖爐《だんろ》のそばにかけてくれた。昨晩祖父が孤児院に来たとき、ぼくは校庭にいたから、そのコートを着ていたのだ。ぼくは自分の部屋に行き、鹿皮のシャツとズボンに着がえた。それからモカシン・ブーツをはいた。

ぼくは小屋の外へ飛び出し、谷間の道を登っていった。犬たちがついてきた。ふりかえると、祖父と祖母が裏手のベランダに立ってこちらを見ていた。祖父はまだ素足のままで、祖母の腰に腕をまわしている。ぼくは駆けだした。

納屋の前を通ると、サム爺《じい》さんが鼻を鳴らし、数歩ぼくのあとを追う足音が聞こえた。谷間の道を登りきって「廊下」へ、さらに「宙吊《づ》りの間」まで登っていった。立ち止まりたくなかった。耳もとで風が歌い、リス、洗い熊、それに小鳥たちが木の上からぼくを見つめ、大声をあげる。輝かしい冬の朝だった。

　帰りはゆっくりとくだっていった。ぼくの秘密の場所にまわってみると、孤児院の夜空のスクリーンに祖母が映し出してくれた光景と寸分ちがわなかった。裸になった木の下に赤さび色の落葉が厚く積もり、それを真っ赤なウルシが、だれものぞきこめないよう囲いこんでいる。ぼくは落葉の上に寝そべり、眠たげな木々に話しかけ、風の音に耳を澄ました。

　松林のささやきが風に乗って聞こえてくる。やがてそれは歌に変わった。「リトル・トリーが帰ってきた……リトル・トリーが帰ってきた！　わたしたちの歌をお聞き！　リトル・トリーはまたわたしたちといっしょ！　リトル・トリーが山に帰ってきたよ！」あるときは低くハミングし、あるときは高らかに歌う。小川のせせらぎが唱和する。犬たちも歌声に気がついたらしい。地面を嗅《か》ぎまわるのをやめて立ち止まり、耳をピンと立てて聞いている。歌の意味を察した犬たちは、ぼくのそばへ来て腹ばいになる。みんなとても気分がよさそうだ。

　冬の短い昼間を、ぼくはそうやって秘密の場所で過ごした。ぼくの魂はもう少しも痛まなかった。風や木や小川や鳥たちの心のこもった歌声に身も心も洗い清められたからだ。

　彼らはからだの心《ボディー・マインド》のはたらきについて気にもしないし、理解もしない。だから彼らはぼくに地獄の話なんかしないし、生まれがどうの、悪魔がどうのといった話もしない。風や木や小川や鳥たちはそんな言葉を知らない。彼らといっしょにいると、すぐにぼくもそんな言葉を忘れることができた。

　太陽が尾根の向こうに沈みかけ、最後の光の矢を「宙吊りの間」ごしに放射している。ぼくはようやく腰を上げ、犬たちと家路についた。

　谷間に青い靄《もや》が漂いだすころ、小屋の裏手のベランダにすわってこちらに顔を向けている祖父と祖母が見えてきた。ぼくがそこに登ってゆくと、二人はからだをかがめ、ぼくを腕の中に抱き取った。ぼくらはひとつに抱き合う。言葉なんていらなかった。ぼくが家に帰ってきた喜びを、ぼくらはしみじみと感じていた。

　その夜、ぼくがシャツを脱いだとき、祖母が目ざとくむちの傷跡を見つけ、どうしたのかとたずねた。ぼくは二人にわけを話し、もうちっとも痛くないと言った。

保安官に話をつけて、もう二度とおまえを連れていくようなまねはさせない、と祖父がきっぱりと言った。祖父が心に決め、それを口にしたからには、かならずそうなるはずだ。むち打ちの話はウィロー・ジョーンにはしないほうがいい、とも祖父は言った。ぼくは黙っていると約束した。

その夜、煖爐のそばで祖父はこんな話をした。「毎晩わしらも天狼星《ドッグ・スター》を見ておったよ。ところがな、しだいに不吉な予感がしはじめたんじゃ。と、そこへ、ある日の夕暮れどきにウィロー・ジョーンがひょっこりやって来た。

わざわざ山を越えて歩きどおしで来たらしい。そのくせ、ひとこともしゃべろうとせん。わしらは煖爐のそばで夕めしを食った。ランプはつけなかったんじゃ。ウィロー・ジョーンはな、とうとう帽子も脱がなかった。その晩はおまえのベッドで寝たよ。ところが翌朝起きてみると、もう姿が見えんのじゃ。

次の日曜日、おばあちゃんと教会へ行ったんじゃが、ウィロー・ジョーンはそこにもおらん。いつも会うことになってたあのニレの木の下に行くとな、枝に結び文がしてある。それには、まもなくもどる、すべて順調、と書いてあった。次の日曜に行ってみると、先週残した結び文がそのままで、やっぱりウィロー・ジョーンの姿は見えん。そのまた次の日曜に行ってみると、今度はいつもんところで待っておったよ。どこへ行ってたとも言わんから、わしも聞かなんだ。

ところでな、わしのところへ保安官から連絡があった。孤児院からわしに呼び出しがかかってるというんじゃ。で、行ってみるとな、院長はいらいらしておって、おまえを預かるのはもう願い下げにしたいから、書類にサインするつもりだと言いおった。院長の話では、二日間野蛮人にあとをつけられ、そのあげく院長室にまで踏みこまれたらしい。その野蛮人とやらは、リトル・トリーを山の家に帰せ、とそれだけ言って帰っていったそうじゃよ。院長は、野蛮人や異教徒といざこざを起こすのはまっぴらだ、と言っとった」

ぼくは祖父の話を聞いてすぐに思いあたるところがあった。あの日、門の外の通りを歩いていった人影を、ぼくはてっきり祖父と思ったが、そうではなかったのだ。

祖父の話は続く。「わしが院長室から出てきて、おまえに会ったときにはな、おまえがまもなく孤児院から追い出されることは知っておった。じゃがな、おまえがほかの子どもらともっといっしょにいたいのか、家に帰りたいのか、わしにはわからなかった。だからおまえに決めさせたんじゃ」

ぼくは、孤児院に着いた瞬間から自分がどうしたいのかわかっていた、と答えた。

二人にウィルバーンの話をして聞かせた。クリスマスにもらったライオンの箱をカシの木の下に置いてきたことを思い出したが、きっとウィルバーンが見つけただろうと思った。祖母が、ウィルバーンに鹿皮のシャツを送ろう、と言いだした。のちに祖母はそのとおりにした。

祖父はナイフを送ってやろうと言う。けれども、ナイフを手に入れようものなら、ウィルバーンは院長先生を刺すにちがいない。ぼくがそう言うと、祖父はしぶしぶあきらめた。その後のウィルバーンの消息については、なにもわからないままになってしまった。

次の日曜日、三人で教会へ行った。ぼくは先頭にたって切畑を突っきり、谷間の道を駆け降りた。ウィロー・ジョーンは思っていたとおり、ニレの木立ちの中でぼくらを待っていた。たいらなつばの古びた黒い帽子を頭にのせている。ぼくは無我夢中で駆け寄り、足にしがみついた。「ありがとう、ウィロー・ジョーン！」なにも言わずにウィロー・ジョーンは手を伸ばし、ぼくの肩に触れた。見上げると、黒々と輝く目がぼくを見おろしていた。

21　遠い旅路の歌

ぼくたちは快適な冬を過ごした。もっとも、祖父とぼくはたきぎ集めで大いそがしだった。しばらくの間、男手は祖父ひとりだったため、冬じたくがじゅうぶんでなかったのだ。「おまえが帰ってこなかったら、凍《こご》え死にするところじゃったよ」と祖父は言った。実際そうだったかもしれない。

その冬はとりわけ厳しい、凍《い》てつく寒さが続いた。商売品のウイスキーがなくなると、蒸留所へ登ってゆくのだが、まず火を燃やして、長い管に張りついた氷を融かさなくてはならない。

きつい冬もときどきは必要だ、と祖父は言う。それがなにかをかたづけ、なにかをよりすこやかに育てる自然のやりかたなのだ。例えば、氷は木の枝のうちの弱いものを選んで折ってしまう。もっと強い枝を出させるためだ。こうして、やわな木の実しかつけられない弱い枝を冬のうちに一掃し、夏から秋にかけて、かたく実のしまったドングリや栗、チンカピン栗、クルミなどの幸を山にもたらすのだ。

厳しい冬が去り、春がめぐってきた。種をまく時季だ。ぼくらは、今までより多めのトウモロコシの種をまいた。秋につくるウイスキーの量をもっとふやそうと考えたからだ。

世の中は不景気で、どんな商売も不調なのに、ウイスキーの商売は上向きだ、と辻店のジェンキンズさんが言っていた。人々が、憂《う》さ晴らしのためにウイスキーをたくさん飲むようになったからだそうだ。

夏を迎え、ぼくは七歳になった。祖母が父と母の結婚のあかしであるつえをくれた。そのつえにはナイフの刻みめがあまりついていなかった。というのも、二人の結婚生活はあまり長くなかったからだ。ぼくはつえをベッドの頭板に立てかけた。

季節が夏から秋に移ったころのある日曜日、ウィロー・ジョーンは教会に来なかった。ニレの木の下に彼の姿が見えない。ぼくは木立ちの奥へ駆けこんで叫んだ。「ウィロー・ジョーン！」だがそこにもいなかった。ぼくらは引きかえした。礼拝に出席するのをやめて、家へ帰ることにした。

祖父と祖母は心配そうだった。ぼくも不安になった。いつもなら、不都合が生じたらなにかしら信号を残しておいてくれるのに、今日はそれが見つからなかったのだ。「なにかあったな」と祖父が言った。ぼくと二人でようすを見に行くことにした。

ぼくらは月曜の朝、日の出前に出発した。朝日に照らされる開拓町にはいり、辻店《つじみせ》の前を通り、教会を過ぎると、あとはまっすぐ急な山道へ分け入った。

それまでぼくが登ったこともないような高い山だった。祖父が歩調をゆるめてくれたので、ぼくはすぐあとからついてゆけた。ずっと昔につけられた山道で、樹木におおわれて薄暗く、足もとがよく見えない。やがて道は尾根に達し、さらに高い方へと通じて、次の山へとぼくらを導く。尾根道は急ではなかったが、どこまでも登りつづきだった。あたりの木々は風雨に痛めつけられ、押しひしがれて、丈《たけ》が低い。

ある山の頂上から下に向かって、谷と言うほど深くはないが、切れこみが走っていた。その両側には松がしげり、上から見ると毛足の長い緑のカーペットを敷いたようだ。ウィロー・ジョーンの小屋はそこの一角にあった。

ぼくらの小屋のようにふとい丸太でなく、細い木を重ねてつくられ、松林の奥、窪地《くぼち》の土手に寄りかかり、身をひそめるような具合にそれは立っていた。

ぼくらはブルー・ボーイとリトル・レッドを連れてきていた。彼らは小屋を見ると鼻づらを上げ、まもなくヒーヒーと鳴きはじめた。いい徴候ではない。祖父が先にたって小屋にはいる。ドアをくぐるのに背をかがめなければならなかった。ぼくもあとに続いた。

小屋には部屋がひとつしかなかった。ウィロー・ジョーンは、小枝を積み重ねて鹿皮を広げたベッドに横たわっている。裸だった。銅色の細長いからだは枯木のようにしなび、片腕がほこりだらけの床に投げ出されている。

祖父が声をひそめて呼びかけた。「ウィロー・ジョーン！」

ウィロー・ジョーンが目をあけた。遠くをさまようような目つきだったが、口もとには笑いが浮かんだ。「来てくれると思ったよ。だから待っとったんじゃ」

祖父は鉄のなべを見つけ、ぼくに水を汲《く》んでくるよう言いつけた。小屋の裏の岩の間からチョロチョロ流れ落ちる清水が見つかった。

ドアのすぐ内側の床に火をたくための穴があった。祖父はそこで火をおこし、鉄なべをかけ、鹿肉の薄切りを入れた。それが煮えると、ウィロー・ジョーンの頭をそっと自分の腕にのせ、スプーンでスープをすくってのどに流しこんだ。

部屋のすみにあった毛布で祖父とぼくはウィロー・ジョーンのからだをくるんだ。

ウィロー・ジョーンはずっと目をつぶったままだ。もう夜になろうとしている。祖父とぼくは火を絶やさないようにした。風の音が聞こえる。山頂でヒューヒュー吹きすさんでいたかと思うと、小屋のまわりでかぼそい泣き声をあげている。

祖父は火の前であぐらをかいた。チラチラ揺れる焔《ほのお》の加減で、祖父の顔がいっそう老けて見える瞬間がある。頬《ほお》骨が濃い影を落とし、でこぼこの岩のようにも見えたが、そのうちぼくは祖父の目だけに気を奪われた。じっと火を見つめる両の目は黒々と燃えている。焔を立てて燃えさかるのではなく、埋《うず》み火のように内にこもって燃えている。ぼくは火のそばにからだをまるめて眠った。

目が覚めると、朝になっていた。ドアのすきまからしのび入る霧を、床のたき火が焔を振り上げて追い返そうとしている。祖父は昨夜の姿勢のまま火のそばにすわっていた。ひと晩じゅう石のように身じろぎもしなかったみたいだ。しかし、もちろん火にたきぎを加えつづけてはいたのだ。

ウィロー・ジョーンがからだを動かした。祖父とぼくがそばへ寄ると、彼は目をあけている。片手を上げてドアの方を指さす。「外へ出してくれんか」

「外は寒い」祖父が言う。

「わかってる」ウィロー・ジョーンが弱々しく答えた。

ウィロー・ジョーンをかかえ上げるのはひと苦労だった。全身力なくグニャグニャだったからである。ぼくも手を貸した。

祖父がドアの外へウィロー・ジョーンを運び出すあとから、ぼくは小枝のベッドを引きずっていった。祖父は窪地の土手の一段高くなったところへよじ登った。小枝を地面に敷き、その上にウィロー・ジョーンを寝かせる。全身を毛布に包みこみ、足にはモカシン・ブーツをはかせた。さらに祖父は鹿皮を折りたたみ、ウィロー・ジョーンの頭の下にさし入れた。ぼくらの背後から朝日が照らしはじめた。あたりの霧は山陰を求めてゆっくりと退散しはじめる。

ウィロー・ジョーンは顔を西に向けた。眼路《めじ》はるか、いくえにも重なるけわしい山と深い谷をへだてたネーションの方角に目を向けたのだった。

祖父は小屋にもどり、ウィロー・ジョーンの長いナイフを持ってきて、それを手に握らせた。ウィロー・ジョーンはナイフを持ち上げ、刃先をねじくれたモミの老木の方に向けた。「わしが死んだら、あそこに、彼女のそばに埋めてくれ。彼女はたくさんの子どもをつくり、わしにたきぎを恵み、暖めてくれた。わしをずっとかくまってもくれた。あそこへわしを埋めるのはいいことじゃろうよ。食べものがあれば、彼女はもう二冬は生きのびられるじゃろ」

「わかった」祖父が答えた。

「きれいな蜂《ボニー・ビー》に伝えてくれ」消え入りそうな声だった。

「次に生まれてくるときは、もっとましじゃろう」

「伝えるよ」祖父はウィロー・ジョーンのそばにしゃがみ、手を取った。ぼくも反対側にしゃがんでもう一方の手を取った。

「あんたたちを待ってるよ」

「すぐ行くよ」

ぼくはウィロー・ジョーンに話しかけた。「きっと風邪《かぜ》だよ。おばあちゃんが言ってたけど、すごく流行《はや》ってるんだって。ぼくたちが看病してあげるよ。歩けるようになったら、家《うち》へ行こうよ。歩けるようにさえなればいいんだ。絶対だいじょうぶだよ」

ウィロー・ジョーンは笑ってぼくの手を強く握った。

「おまえはいい心を持ってるなあ、リトル・トリー。じゃがな、わしはとどまってるわけにはいかんのじゃよ。もう行きたいんじゃ。いつかおまえが来るのを待っとるよ」

ぼくは泣いた。もう少しとどまろうと考えてはもらえないか、来年、もっと暖かくなってから行けばいいのではないか、この冬はヒッコリーの実がたくさん穫《と》れそうなのに、鹿だってよく肥えそうなのに。泣きじゃくりながらぼくは言いつのった。

ウィロー・ジョーンはほほえんだが、なにも言わなかった。

祖父とぼくがそこにいるのも忘れたかのように、ウィロー・ジョーンは山のかなた、西の方角をじっと見つめている。やがて彼は、精霊たちに遠い旅だちを告げる歌を歌いはじめた。死出《しで》の旅路の歌である。

のどの奥から漏れ出る低い声が徐々に徐々に高まり、ふたたび消え入るようにかぼそい声に変わっていった。

風の音なのかウィロー・ジョーンの声なのか、もはや区別がつかない。のどの筋肉のふるえもしだいにかすかになり、それにつれて目の光が薄れていった。魂が両目の奥へ吸いこまれるようにしりぞいてゆき、肉体を去ろうとしているのが見えた。──そして、ついにウィロー・ジョーンは行ってしまった。

一陣の風がぼくらの頭上をかすめ、モミの老木の枝をたわめた。「ウィロー・ジョーンだ」祖父が言った。強い魂を葬送する風だった。ぼくらはそれを目で追った。尾根の木々の梢《こずえ》をいっせいになびかせ、山腹を駆けくだってゆく。カラスの群れが驚いて空に舞いたち、またひとかたまりに集まって、カアカア鳴きながらウィロー・ジョーンとともに山の斜面をなだれ落ちていった。

祖父とぼくはすわったまま、ウィロー・ジョーンが山並の向こうに消えてゆくのをいつまでも見送った。

「ウィロー・ジョーンはもどってくる」と祖父は言った。風が吹けば、風の中に彼を感じるだろう。木々のそよぎに彼の声を聞くだろう。

祖父とぼくはそれぞれ長ナイフを取り出し、モミの老木のできるだけ近くに穴を掘った。深い穴を掘った。ウィロー・ジョーンの遺体にもう一枚毛布を巻きつけ、穴の中に横たえる。祖父は彼の帽子も穴に入れ、ナイフを持ちなおさせた。ウィロー・ジョーンは長いナイフをしっかりと握った。

ぼくらはウィロー・ジョーンのからだの上に石をぎっしり積んだ。洗い熊を寄せつけるわけにはいかない、と祖父は言った。ウィロー・ジョーンが言い残したように、彼のからだはモミの老木の食料に捧げられるはずだったからだ。

太陽が西に沈みかけるころ、ぼくらは山をくだることにした。小屋はそのままにしておいた。祖父はウィロー・ジョーンの鹿皮のシャツを一枚取り上げた。祖母のために形見《かたみ》として持ち帰るのだ。

谷間に帰り着いたときには、すでに真夜中を過ぎていた。遠くで鳴くナゲキバトの声が聞こえる。その声にこたえるものはいない。だから、ウィロー・ジョーンのために鳴いているのだとぼくにはわかった。

小屋のドアをあけると、祖母がランプに火を入れた。祖父は黙ってウィロー・ジョーンのシャツをテーブルに置いた。祖母はなにがあったかを察した。

それからのち、ぼくらは教会へ行かなくなった。教会など、もうどうでもよかった。ウィロー・ジョーンはもうあそこでぼくらを待ってはいないのだから。

祖父と祖母とぼくは、その後二年間いっしょに暮らした。たぶんぼくらはみんな、口にこそ出さないものの、残された時間がわずかであることを予感していたのだろう。祖母は、祖父とぼくが出かけるときにはどこへでもついてくるようになった。ぼくらは精いっぱい生きた。秋にはもみじの中でもひときわ赤いもみじ、春にはスミレの中でもとびぬけて青いスミレ——すばらしいもの、美しいものを見つけるたびに、ぼくらは指さしてそれを教え合い、ひとつの感情を分かち合った。

祖父の足どりがしだいにのろくなりはじめた。モカシンを引きずるようにして歩く。ぼくは商売品の壺をできるだけ多く背負うようにした。きつい仕事もできるだけ多く受け持つようにした。しかし、ぼくたちはそういうことを話題にはしなかった。

祖父は、斧《おの》の使いかたを教えてくれた。弧を描くように振りおろすと、丸太を早く楽に割ることができるというのだ。収穫のときには、ぼくは祖父よりもたくさんトウモロコシを摘んだ。祖父がもぎやすそうなのはわざと残しておいた。以前祖父が老いぼれリンガーについて、自分もまだ役にたつと思わせることが大切だ、と言ったのをぼくは思い出していた。トウモロコシの収穫も終わったその最後の秋に、ラバのサム爺《じい》さんが死んだ。

新しいラバを探すのはよそう、とぼくは意見を言った。春までまだ間があるから、ようすを見るとするか、と祖父も答えた。

三人で高い山へ登ることがひんぱんになった。以前にくらべ、祖父と祖母の足はめっきり弱ってきたが、二人とも高いところにすわって周囲の山並を見晴らすのが好きだった。

尾根道で祖父が足を滑らせ、転んだ。そのまま立ち上がることができない。祖母とぼくが両側からささえて小屋まで降りたが、その間彼は「なあに、すぐなおるさ」と言いつづけた。けれどもいつまでもよくならなかった。祖父はベッドに寝たきりになった。

ある日、パイン・ビリーが訪ねてきた。その日以来、彼は祖父につききりで夜も寝ずに面倒を見た。祖父の希望で、彼はバイオリンを弾《ひ》いた。ランプの光の中、パイン・ビリーが長い首をバイオリンの上に傾けると、自分で刈ったらしい髪がバラリと両耳にかぶさった。涙があとからあとから頬を伝い、バイオリンを滑り落ちて胸当てズボンを濡《ぬ》らす。

「泣くんじゃねえ、パイン・ビリー。せっかくの音楽が台なしじゃ。わしはバイオリンを聴きたいんじゃ」祖父がしかりつけた。

パイン・ビリーはのどをつまらせながら言い返した。「泣いてなんかいねえや。か、風邪を引いただけだい」そう言い終わらないうちに、バイオリンを投げ出し、祖父のベッドの足もとに倒れこんだ。ふとんに頭をごしごし押しつけ、背なかを大きく波打たせてしゃくりあげる。パイン・ビリーはなにごとによらず自制のきかない男だった。

祖父は頭を持ち上げ、どなろうとする。だがのどから出るのは弱々しい声だった。「馬鹿もんが。ふとんに赤鷲《レッド・イーグル》印の嗅《か》ぎタバコの匂いがしみついちまう!」

ぼくも泣いた。声をたてず、祖父に泣き顔を見られないようにして泣いた。

祖父のからだの心《ボディー・マインド》はうつらうつらと眠りはじめ、霊の心《スピリット・マインド》がそれにかわった。ウィロー・ジョーンにしきりに話しかけている。祖母は祖父の頭を両腕に抱きかかえ、耳もとにささやきかけた。

ふたたびからだの心《ボディー・マインド》が息を吹きかえした。帽子を取ってくれと言うので、ぼくが渡すと、祖父はそれを頭にのせた。ぼくがじっと手を握っていると、祖父の顔に笑みが広がった。「今生《こんじょう》も悪くはなかったよ、リトル・トリー。次に生まれてくるときは、もっといいじゃろ。また会おうな」そして、祖父は吸いこまれるように急速に遠くへ去っていった。ウィロー・ジョーンのときと同じだった。

いずれ起こることだと頭では知っていた。しかし、どうしても信じられなかった。祖母は祖父に添い寝し、しっかりとそのからだを抱いた。パイン・ビリーはベッドの足もとに泣きくずれている。

ぼくは小屋から飛び出した。犬たちは、やみくもにほえるかと思うと、急にしょげきってクンクン鼻声を漏らす。彼らにもわかっているのだ。ぼくは谷間の小道をくだり、近道に分け入った。いつも先にたって歩く祖父の姿が今はない。世界が終わってしまったことをぼくは知った。

涙で目がつぶれ、転んでは起き上がり、また数歩歩いては転んだ。それでもようやく町の辻店にたどり着き、祖父が死んだことをジェンキンズさんに告げた。

ジェンキンズさんは年寄りで足が不自由なので、息子さんをぼくにつけて山へやってくれた。息子さんはもうおとなで、道すがら赤ん坊の手を引くようにぼくの手を引いてくれた。ぼくは全然目が見えなかったからだ。

ジェンキンズさんの息子さんとパイン・ビリーが棺箱《かんばこ》をつくった。ぼくも手伝おうとした。人が手を貸してくれるときには、自分が先にたって働かなければいけない、と祖父から教えられたのを思い出したからだった。けれどもぼくはなんの役にもたたなかった。パイン・ビリーはいっこうに泣きやまず、やはり役にたたないばかりか、金槌《かなづち》で自分の親指をたたく始末だった。

祖父のなきがらを山の上へ運び上げた。祖母が先頭にたち、パイン・ビリーとジェンキンズさんの息子さんが棺箱をかついで続く。ぼくと犬たちがそのあとを追った。パイン・ビリーは泣きつづける。それを見ていると、祖母の気持ちを掻《か》き乱したくないと思いながらも我慢できず、ぼくも泣いてしまった。

祖母が祖父をどこへ運ぼうとしているのか、ぼくにはわかっていた。祖父の秘密の場所、あの山の頂きへ運ぶに決まっている。その生涯を通じて、祖父はあの場所に数えきれないいくらいたびたび登り、新しい一日の誕生を見つめ、飽きることがなかったのだ。「ほら、生きかえるぞ、生きかえるぞ！」そのつど、まるで初めて朝日を目にするような昂《たか》ぶった声だった。きっと日ごとの大地の蘇生のさまは少しずつ異なっているのだろう。そしてきっと、祖父にはそれが見えていたのだろう。祖父がぼくを最初に連れていってくれたのもあの場所だった。そのことからしても、祖父がどんなにぼくを愛してくれたか、よくわかる。

パイン・ビリーとジェンキンズさんの息子さんとぼくは、穴を掘って祖父の棺箱を底に降ろした。

祖母はこちらを見ようともせず、まっすぐ立ったまま遠い山脈にじっと目を向けている。祖母は一度も泣き顔を見せなかった。山頂は風が強く、縄編《なわあ》みの長い髪が吹き上げられ、うしろになびいた。

埋葬《まいそう》が終わると、パイン・ビリーとジェンキンズさんの息子さんは山を降りていった。ぼくと犬たちはしばらく祖母を見まもっていたが、まもなくそっとその場を離れた。

帰りの道を半分ほどくだったところで、木の下にすわってぼくらは待った。夕闇がせまるころになって、祖母は降りてきた。

死ぬ前に祖父が心配し、ぼく自身も気がかりだったのは、ウイスキーの商売がどうなるかということだった。ぼくは仕事を再開することによって、その不安を取り除こうとつとめた。ひとりで蒸留作業に挑戦したのである。けれども、できあがったウイスキーがいいものでないことをすぐに思い知らされた。

祖母はワインさんが残してくれた計算の本を全部取り出してきて、ぼくを勉強に駆りたてた。また、ひとりでぼくは町に出かけ、図書館から本を借りてきた。煖爐《だんろ》のそばでぼくが朗読するのを、祖母はじっと火を見つめながら聞くのだった。よく読めたね、といつもほめてくれた。

老いぼれリピットが死に、冬の終わりにはマウド婆《ばあ》さんがあとを追った。

春を迎える寸前のことだった。ぼくは「廊下」から谷間へくだってきた。小屋の裏手のベランダに祖母の姿が見えた。揺りいすにすわってそこで日中を過ごすのが祖母のならわしになっていたのだ。

ぼくが近づいていっても、祖母は目を向けようとしなかった。祖父が眠るあの山の頂きを見上げたまま動かない。祖母が死んだことをぼくは知った。

祖母は、祖父のお気に入りだったオレンジ色、緑、赤、金色の柄模様のドレスに身を包んでいた。活字体で書かれたメモが胸にピンでとめてあった。それにはこう書いてあった。

リトル・トリー、わたしは行かなくてはならないの。風の音を聞いたら、木々を感じるように、わたしたちを感じてちょうだい。おまえが来る日をわたしたちは待っています。次に生まれるときには、もっとよくなるでしょう。なにも心配はないわ。おばあちゃんより。

祖母の小さななきがらを小屋の中に運び入れてベッドに寝かせ、そばにすわって昼間を過ごした。ブルー・ボーイとリトル・レッドがぼくにならった。

夕方、ぼくは山を降り、パイン・ビリーを探した。彼はいっしょに小屋へ来て、ひと晩じゅう寝ずに祖母とぼくのそばにいてくれた。泣きながらパイン・ビリーはバイオリンを弾きつづけた。風や天狼星や山の尾根の歌、朝の歌、夕べのしらべ……。祖父と祖母がじっと耳を傾けている。ぼくもパイン・ビリーもその気配を感じていた。

　翌朝、棺箱をつくった。山の頂きまで運び上げ、祖父のかたわらに埋めた。それが終わると、二人のお墓の頭のところに、石を積み上げた。ぼくは祖父母の結婚のちぎりの古いつえを持っていったが、その両端を二つの石積みの間にもぐりこませて、お墓の間にさし渡した。つえの一方の端近くには、ぼくのために刻みこまれた印がついていた。深い切りこみで、それは幸福を祈願する印だった。


　ぼくとブルー・ボーイとリトル・レッドは残りの冬をやり過ごし、春を迎えた。そこでぼくは「宙吊《づ》りの間」へ登り、蒸留釜《じょうりゅうがま》や「ミミズ」管をそこに埋めた。ウイスキーづくりはぼくにはまだ無理だったし、商売のしかたも一から十まで祖父から伝授されていたわけではない。ぼくらの蒸留釜をだれかほかの人が使ったり、その結果質の悪いウイスキーをつくられたりしたら、祖父がいやがるだろうとぼくは考えたのだ。

　祖母がぼくのためにウイスキーの売り上げ金を壺の中にたくわえておいてくれた。それを持って、ぼくは西の方、山脈のかなたにあるというネーションへ行く決心をした。ブルー・ボーイとリトル・レッドもいっしょだ。ある朝、小屋のドアを閉めて、ぼくらは出発した。

　農場を見つけては、働かせてくれるよう頼んだ。しかし、犬を置くわけにはいかないという返事のときは、ぼくはただちにそこを立ち去った。人は犬に助けられている恩を忘れてはならない、と祖父は言っていた。ぼくもそのとおりだと思う。

　アーカンソー州のオザークで、リトル・レッドは氷を踏み破って川に落ち、死んだ。山の犬にふさわしい死にかただった。ぼくとブルー・ボーイはネーションへの旅を続けた。ネーションなどもうそこにはなかったのだが。

　ぼくらは農場で働きながら西へ西へと向かっていった。平地に出ると、牧場で働いた。

　ある午後おそく、ブルー・ボーイがぼくの馬のそばに来て、そのままへたりこんだ。彼にはもう一歩も歩けなかった。鞍《くら》の上にブルー・ボーイを抱き上げた。ぼくらはシマロン（カンザス州の町）の真っ赤な夕日に背を向け、東の方角へ引きかえした。

この帰路の旅では、ぼくは仕事を探さなかった。馬と鞍は十五ドルで買ったぼくのものだったから、働かなくてもなんとかなった。

ぼくとブルー・ボーイは山をめざして急いだ。

ある日の明け方、ぼくらはようやく山のふもとにたどりついた。山と言うより丘と呼ぶのがふさわしかったが、それでもブルー・ボーイはヒーヒー鳴き声をたてた。頂上に彼を運び上げたとき、朝日が東の地平に顔をのぞかせた。ぼくが墓穴を掘るのを、ブルー・ボーイは横になったままじっと見つめている。もう頭を上げることさえできなかったが、それが自分の墓であることはわかっている、と彼は無言でぼくに語っていた。片耳をピンと立て、ぼくから目をそらさない。穴を掘り終わると、ぼくは地面に腰をおろし、彼の頭を膝《ひざ》の上に抱いた。抱かれながら、彼はときどきぼくの手をなめた。

まもなくブルー・ボーイは静かに死んでいった。ぼくの腕の中で、彼の頭がガクッと傾いた。深い穴の底に死体を降ろし、石をびっしりつめて野獣に食い荒らされないようにした。

ブルー・ボーイは格別鼻がきいたから、もうまっしぐらに故郷の山へ向かっているだろうとぼくは思った。

ブルー・ボーイの奴、おじいちゃんにわけなく追いつ
いちゃうだろうな。

リトル・トリー讃歌

宮内　勝典

インディアン少年の物語『リトル・トリー』を読んだときやってきたのは、圧倒的な沈黙だった。たしかに言葉を読みとってきたはずなのに、風や水音、稲妻や、森のざわめきに耳を傾けていたような気がする。人の声も聴こえた。今生《こんじょう》も悪くなかったよ、次に生まれてくるときはもっといいだろう、また会おうな、と言い残していくインディアンの最後の息づかいも、犬、鳥、獣たちの声も聴こえてきた。そして、物語が吹きぬけていったあと、沈黙が流れこんできた。

言葉が出てこない。そう、生きるというのはこういうことだな、これが世界に在《あ》るということだな、そんな思いだけが谺《こだま》してくる。

何年か前、スー族インディアンの村で暮らしたことがある。吹きっさらしの半砂漠の村だった。この物語の少年リトル・トリーと同じような混血児もいた。白人に棄てられたインディアン女性が、故郷の村に連れ帰ってきた子供だった。タタンカ（野牛）とインディアンの名前で呼ばれているが、髪の毛が赤茶けて、肌は白かった。無口な少年で、わたしと喋《しゃべ》るときも必要なことしか口にしなかった。インディアンとして生きようと子供心にも決意しているのか、ほかのどんな少年よりも凛々《りり》しく、若い母親を助けてよく働いていた。

その混血の私生児を大人たちは分けへだてなく受け入れ、村の行事のときもきちんと役割を与え、同族のインディアンとして育てようとしていた。たまたま同じ地上に生まれあわせ、共有の思いによって身を寄せあう者すべてが、一つの大家族となっていた。そうしたインディアン社会のふところの深さ、寛容さといったものに感銘を受けたことをよく憶えている。

その少年が、大人でさえ尻ごみする苛酷な儀式に参加して、呪医《シャーマン》の刃を小さな胸に受けて血を流しているとき、村中のインディアンたちが泣いていたことも忘れられない。断食の四日目、その少年が踊りながら日射病で草むらに倒れたとき、老人たちがいっせいに駆け寄り、皺《しわ》だらけのごつい手を団扇《うちわ》のようにあおいで、少年の口もとに風を送っていた。

同じような手が、この物語にも出てくる。

チェロキー族の祖父母にひきとられ山で暮らしはじめたリトル・トリーは、ある日、土手に腹這《ば》いになり、川の水に手を突っこみながら魚の穴をさがしていた。すると、すぐわきの方から乾いた衣《きぬ》ずれのような音がする。ふり返ると、猛毒のガラガラ蛇がとぐろを巻き、鎌首をもたげている。蛇の舌さきがチロチロとひらめくたびに、顔に触れそうだ。

リトル・トリーは身がすくんで動けない。

そこに祖父がやってきて、低いおだやかな声で、まるで天気の話でもするように、

「頭を動かすんじゃねえ。じっとしてろよ、リトル・トリー。目《ま》ばたきするなよ」

と語りかけながら、ガラガラ蛇と少年の顔の間に、さっと手を割りこませる。毒蛇がぐいぐい頭をもたげても、その手は岩のように動かない。ついにガラガラ蛇は襲いかかった。だが祖父は身じろぎもせず、毒蛇の鋭い牙《きば》を自分の

手に受けとめる。

インディアンの世界には、そんな大きな、懐かしい手がいまも隠れている。トウモロコシを作り、狩りをし、ときには密造酒をつくったり、女にうつつをぬかしたりもする、粗野で無骨《ぶこつ》なインディアンの一人一人が、そんな大きな手を内部にもっている。

この物語もまた巨大な手に包まれている。シェイクスピアを読んでくれる祖母も、耳を傾ける祖父も、行商人も、リトル・トリーを孤児院から奪い返そうとするウィロー・ジョーンも、だれもが堂々とした無名性の慈愛とでもいうべき感情を湛《たた》えている。

「ひとつ、これだけははっきりしてることがある。インディアンはけっして権力なんぞ欲しがらん」

と祖父は語る。文字も読めない平凡な老インディアンだが、動物たちが結婚して子を育てる春から夏にかけて、かれは狩猟をひかえるのだ。

「だれでも二つの心を持っているんだよ。ひとつの心はね、からだの心《ボディー・マインド》、つまりからだがちゃんと生きつづけるようにって、働く心なの」と祖母は語る。「でもね、人間はもうひとつ心を持ってるんだ。それは、霊の心《スピリット・マインド》なの。(中略)霊の心ってものはね、ちょうど筋肉みたいで、使えば使うほど大きく強くなっていくんだ」

この物語のインディアンたちは、もうすでに英語で語りあうようになっているのだが、祖父も祖母も、インディアンの価値観や考え方にもとづいて、自分たち流に英語をつくり変えている。たとえば、祖父が祖母にこんなふうに語りかけるのだ。

“I kin ye.”

こんな英語なんてどこにもない。文法的にはまったくでたらめだ。けれど少年リトル・トリーは、祖父が"I love you."と言っているのだとすぐにわかる。言葉の響きに、そのような感情がこもっているからだ。シェイクスピアを愛読するほどの祖母でさえも、話の途中で、

"Do ye kin me ?"と、たずねたりする。

すると祖父はまた"I kin ye."と答える。それは"I understand you."わかっているよ、という意味だ。

この奇妙な言葉に驚いて、わたしは念のために"kin"という一語を辞書でひいてみた。やはりそうだ。"kin"というのは、親族、親戚、縁者、血縁関係、同族、同類、同質、といった意味である。けれど文法を超えて、直観的にぴんとくる、よく腑《ふ》に落ちる言葉ではないだろうか。

同じ地上に生まれあわせ、共有の思いによって身を寄せあうとき、"kin"という言葉は、愛や理解と同じ意味になるのだ。

この物語は、単純で、深い。

この惑星に生まれあわせて生きるというのはこういうことだな、これが世界に在《あ》るということ……、いや、よけいな言葉なんかなにもいらない。

見てごらん、あの山を
うねりながら高く高く盛り上がる山を。
あれは新しい朝を孕《はら》んだ大地のお腹《なか》
今彼女は真っ赤な太陽を出産するところだ。

雲のかたまりが彼女のお尻をなでまわすものだから
木々の枝もやぶもひそやかな吐息を漏らしている。
小暗《おぐら》い谷間は彼女の子宮
聞こえないか、胎動する命のつぶやきが
感じないか、彼女の体温を、甘い息づかいを
轟《とどろ》きわたる交尾のリズムのこだまを。

地上の生を楽しむように、こんなインディアンの世界をたっぷりと堪能《たんのう》して、物語が吹きぬけていったあと、その沈黙のなかでわたしたちは出会えるだろう。
I KIN YE!

フォレスト・カーターと『リトル・トリー』

フォレスト・カーターは、四、五歳の頃から、チェロキーの血を引く祖父と離れがたい緊密な間柄だった。祖父は農場を持ち、その近くで雑貨屋を営んでいた。祖父は初め、フォレストを「リトル・スプラウト(小さな若芽)」と呼んでいたが、背が伸びてくると「リトル・トリー(小さな木)」と呼び名を変えた。リトル・トリーは、この祖父から、チェロキーのシンプルな生活規範、例えば感謝を期待せずに愛を与えること、大地からは必要なものだけしか取ってはならないことなどを学んだ。リトル・トリーはまた、山の嵐の中で母なる自然が春を生み落とす光景を観察し、小鳥たちの告げる信号や風の歌を聴き取り、月のない夜にはどんな野菜の種を植えたらいいかを知った。昔チェロキーの人たちがたどった「涙の旅路」の話を聞いて、涙を流して泣いたのはインディアンではなく、路傍で行列を見守る白人たちであったことも学ぶ。祖父の店に季節ごとにやって来るユダヤ人の行商人からは慈悲とはどういうものか教えられ、また貧しい小作人の内にひそむ思いがけない誇りを理解する。祖父の勇気ある行動のおかげで死を免れたこともあり、また生まれて初めて、白いアメリカ人たちの偽善や冷酷さにも直面した。

世代から世代へと口承された民族的な説話が散りばめられているため、『リトル・トリー』の物語は必ずしも彼自身の体験した事実にもとづいてはいないが、それでもなお自伝的な要素を含んでいる。例えば物語のなかの祖母は、完全なチェロキーだった曾々祖母(祖父の曾祖母)が子孫たちに残した思い出と、子供のころシェイクスピアを読み聞かせてくれた母親の記憶をもとに、ひとつの人物像に結びつけたものである。しかし、リトル・トリーが一〇歳のとき、祖父の死によって幕の降りる著者の一時代を描いたこの回想録において、祖父はまぎれもなく真実を伝えている。

『リトル・トリー』はチェロキーの編む籠のようだ。自然が恵んでくれた材料で編まれ、デザインはシンプルで力強く、たくさんのものを運べる。この本は「小さな古典」と呼ばれてきたが、私の感じではそれ以上のものだ。これまでに書かれた最高の自伝の一つである。環境、家族の絆、人種差別、人間関係――どの一つをとっても誤解や無視によって破滅的な結果をもたらしかねないが、この本はそのすべての問題について深い関心を寄せている。この本は今の世に求められている。これを読み、理解し、行動に移すなら、おとな、子供を問わず、人々の生活を変えうる、そのような本だ。――ジョゼフ・ブルーチャック（インディアン作家）――「パラボラ」より引用

フォレスト・カーターは、一九二五年、アラバマ州オックスフォードに生まれた。そこは『リトル・トリー』に描かれた祖父の農場の近くである。彼はチェロキーの血や伝統を純粋なチェロキーであった曾々祖母と、彼女の子孫たる祖父を通じて受け継いでいる。オックスフォードの高校を卒業後、米海軍に服役、除隊後はコロラド大学に学んだ。彼は四つの作品の題材を、自分の親族やインディアンの友人から得たが、アメリカ南々西部およびインディアンの歴史を学ぶことに没頭した図書館の資料からも得ている。一九七九年没。

〈作品〉

『テキサスへ *Gone to Texas*』（一九七三年）、『ジョジィ・ウェルズの復讐の旅 *The Vengeance Trail of Josey*

Wales』(一九七六年)、『リトル・トリー *The Education of Little Tree*』(一九七六年)、『山上のわれを待て *Watch for Me on the Mountain*』(一九七八年)。

ニューメキシコ大学出版局

訳者あとがき

本書は、フォレスト・ベッドフォード・カーター（1925〜79）の小説 *The Education of Little Tree* の全訳である。作家としておそい出発をはたした四八歳から、五四歳で心臓発作により急死するまでの六年間に、カーターは四つの作品を残している。本書はその三作目にあたり、一九七六年ニューヨークのデル・パブリッシング社から出版された。

処女作は『テキサスへ *Gone to Texas*』、二作目は『ジョジィ・ウェイルズの復讐の旅 *The Vengeance Trail of Josey Wales*』、最後の作品は『山上のわれを待て *Watch for Me on the Mountain*』（邦題『ジェロニモ』めるくまーる刊）である。

第一作と第二作は、南北戦争後の正義も悪も混沌としていた時代を背景に、懸賞金つきのガン・ファイターを主人公とする連作もののアクション・ウェスタンで、部分的に、かのジェシィ・ジェイムズをモデルにしていると言われる。老インディアンとの友情、ギャング団の手から救った娘との恋を描いた第一作は、クリント・イーストウッド監督・主演により映画化され（日本では「アウトロー」というタイトルで公開された）、その成功により原作者カーターの名も広く知られるところとなった。

最後の作品はアパッチ族の指導者ジェロニモを主人公とする伝記的小説。大平原における白人との戦闘に見せた彼の智略の数々と、山中における孤独なシャーマンとしての姿があざやかに描き出されている。

『リトル・トリー』は、チェロキーの血を引く祖父のもとで過ごした作者の幼少年時代の回想をふくらませた作品で、初めカーターは『ぼくと祖父 *Me and Grampa*』というタイトルを考えていたという。全四作の中で見れば、『リトル・トリー』は少年の目を通して語られるやさしさと痛みとユーモアにあふれた物語であり、他の三つの作品がテーマからして血なまぐさくヴァイオレンスに満ちているのにくらべて、性格も趣きも大いに異なる。もっとも、権威や体制の欺瞞性に対する反発、虐げられた弱者への共感、つねに帰るべきところとしてある自然への敬慕などは、すべての作品に共通するものである。彼が全作品にインディアンへの献辞を添えているのは、彼の精神的なよりどころがインディアンの世界にあったことを物語っている。そのような基本的な姿勢は、カーター自身が体験によって獲得していったものではあるが、やはり幼時の原体験とも言うべき祖父の教えが頑丈な骨格となって支えてもいたのだろう。

幼いリトル・トリーの、水のようにせせらぎきらめきつつ流れ去った至福の日々と、そのやわらかな魂に刻印された祖父の粗野ではあるが真実の教え、祖母の愛、山の草木やけものたちとの語らい——読者はこの平明な物語の中に、年齢を越えて、それぞれに心を誘われるなにかを発見し、また思い出すであろう。

作家として登場する以前のカーターの経歴については不明な点が多い。アメリカでは彼の生活歴、思想歴をめぐってひととき論争があったが、当人が死して口を閉ざしてしまった今、正確なところはわからない。ニューメキシコ大学出版局版より短い紹介文を訳出併載したので、それを参照されたい。

『リトル・トリー』は七六年に出版されてまもなく絶版となったが、八六年にニューメキシコ大学出版局から復刊されるや年を追って売り上げ部数を伸ばしていった。ひとつには、拡大する環境破壊に対する危惧が、人々の目を自然と共生するインディアンの知恵へ向けさせたという機運に呼応してのことであろう。そして、ついには九一年七月から一七週間にわたってニューヨークタイムズのペーパーバック部門ベストセラー第一位、第二位にランクされつづけるにいたった。同年、第一回ABBY賞（American Booksellers Book of the Year）を獲得したが、全米書店業協会が設けたこの賞の選考基準はただひとつ、それを売ることに書店が最も喜びを感じた本、とされている。人種差別のいまだ根強いアメリカで、このような被差別側の世界を扱った本がベストセラーになることは、かすかながら希望を与えてくれる変化ではないだろうか。

最後に、翻訳について少々つけ加えたい。

言うまでもなく、インディアンにとって英語は自分たち本来の言葉ではない。とくに老人にはいつまでもなじみにくいものであったにちがいない。リトル・トリーの祖父がしゃべる英語は、文法的には誤りだらけ、俗語や南東部山岳地方の方言も入り混じっており、翻訳にはいささか手こずらされた。しかし、二人のアメリカ人の友人に助けを求めることができたのは幸いだった。インディアンのライフスタイルに学び、ホピ族の人たちと長く親交をむすんでいるデイヴィッド・フランク氏、言葉に対して勘の冴えを見せるクリストファー・シロタ氏にはさまざまなアドヴァイスをいただいた。

草花や昆虫の名称についてはそれぞれ専門家のご教示を仰いだが、該当する和名が見当たらない場合は、英語名の発音を片仮名書きにするか、意味を汲んで訳語をつくった。したがって、それらは日本語として定着した語ではない。チェロキー語はローマ字読みにして音写した。なお、「インディアン」という言葉は歴史的誤解にもとづく差別語として「アメリカ先（原）住民」にとってかわられつつあるが、カーター自身「インディアン」を用いている点も考慮し、この語で統一した。

本書にさわやかな雰囲気を添えてくださった表紙カバーの藤川秀之氏の労を多としたい。また、インディアンと深くかかわり、その相貌もインディアンの戦士を思わせる作家の宮内勝典氏からはすばらしい一文を寄せていただいた。厚く感謝申し上げる。

二〇〇一年八月

和田　穹男

訳者略歴

和田穹男（わだ・たかお）
1940年神戸に生まれる。
早稲田大学仏文科中退、東京外国語大学フランス語科卒。
書籍編集者を経て、翻訳業、画業に転ず。

普及版　リトル・トリー

二〇〇一年一一月二〇日　初版第一刷発行
二〇二一年　三　月　一　日　初版第一〇刷発行

著　者　フォレスト・カーター
訳　者　和田穹男
発行者　梶原正弘
発行所　株式会社めるくまーる
東京都千代田区神田神保町一―一一　〒101―0051
電話03（3518）2003
URL https://www.merkmal.biz/
印刷製本　中央精版印刷株式会社

ISBN978-4-8397-0109-3 C0097
Printed in Japan